第六类接触

钟墨凡 著

山东画报出版社
济南

图书在版编目（CIP）数据

第六类接触 / 钟墨凡著 .— 济南：山东画报出版社，2024.2

ISBN 978-7-5474-4686-7

Ⅰ. ①第… Ⅱ. ①钟… Ⅲ. ①幻想小说 - 中国 - 当代 Ⅳ. ①I247.5

中国国家版本馆CIP数据核字(2024)第006575号

DILIU LEI JIECHU

第六类接触

钟墨凡　著

责任编辑　张　倩

装帧设计　王　芳　张智颖

主管单位　山东出版传媒股份有限公司

出版发行　山东画报出版社

社　　址　济南市市中区舜耕路517号　邮编 250003

电　　话　总编室（0531）82098472

市场部（0531）82098479

网　　址　http://www.hbcbs.com.cn

电子信箱　hbcb@sdpress.com.cn

印　　刷　山东临沂新华印刷物流集团有限责任公司

规　　格　148毫米×210毫米　32开

10.25印张　7幅图　255千字

版　　次　2024年2月第1版

印　　次　2024年2月第1次印刷

书　　号　ISBN 978-7-5474-4686-7

定　　价　49.80元

谨以此书献给我的祖母刘星莎和我的外曾祖父，以及他的祖父，将始自1938年的精神火种传承下去。

序言

我的祖母叫刘星莎，她出生于2027年，是一名天文学家。我把她从小给我讲的故事整理成了这本书，来记录2060年之后的那段奇异岁月。

我出生于地元11裂，或叫作地历27年，也就是公元2090年。祖母的父亲，也就是我的外曾祖父，出生于1990年。我们差了整整100岁。他没能来到新世界，也许他还活在某一个地方，但我不清楚，我甚至不知道他的名字。

外曾祖父再往上数两代就到头了，因为他的爷爷是一个孤儿。他的爷爷出生于1938年，自记事起便在地主家放牛。新中国成立后，一个人流浪到内蒙古大草原，找了座煤矿务工安了家。他的父亲是当地第一名大学生。家里其他的事情我便不太清楚了。

外曾祖父曾远赴他乡学习计算机技术，在全球兜兜转转了一圈，做过科研，做过工程师，做过商人。他起初留洋，因为那里的科技之发达享誉全球，但随后又裸辞，只因不愿为了获得一张绿卡而被看得见的手所异化。

他只身一人来到上海滩摸爬滚打的时候，认识了外曾祖母。我的祖母出生在一个叫作安纳西的梦幻小镇，在她出生前的那个夜晚，星空弥漫，沙砾闪闪，因此得名“刘星莎”。

他曾对祖母说，人类之所以值得拥有文明，是因为有文化，如果本末倒置，没有精神力量，徒有先进器物，便会被文明所反噬。如果说文明是工具，那么文化就是人。没有文化的文明，如同没有主人的工具，而一个技巧高超的主人，可以将各类工具应用得游刃有余。

空洞的器物文明让工具反倒成了人的主人。生存的本能演化为无限扩张的欲望，率先掌握工具的人便会去剥削后出生的人。无论配套的伦理学与哲学如何解释，其本质依旧是掠夺性的、排他性的。此类文明，在地球中是异族者为奴，在宇宙中是黑暗森林。

文化是具有包容性的，能集人之所长，以安身立命。有文化底蕴的文明，不是让欲望在横向扩张中失控，而是让器物得以合理使用而不伤人，进而钻研为学问，升华为艺术。

而文化究竟是什么，他也没能说清楚，或者，我也没能理解清楚。只记得小时候祖母告诉我，文化是人类在更高层级解决问题的思想总和，包括为人处世的方式，法律政策的制度，精神愉悦的途径。

比如，有人误以为吃喝嫖赌是一种精神愉悦，故现今“纵欲岛”何其之多，装修金碧辉煌，有高科技产品加持，能提升人们分泌多巴胺的速率，这就是器物文明。而艺术、思想、修身养性是一种内省型的、更为持久的精神愉悦的方式，这就是文化。

再比如，当资源紧缺时，发动战争消灭一部分人口，是一种解决问题的方式。战争之中用到先进的武器，这就是器物文明。而通过合作共赢，制定更为合理的利益分配方案与配套制度体系，从而生产更为充足的资源，便是更高层级的解决方式，这就是文化。

人类是否能有文明，是根据资源禀赋而定。谁碰巧获得了过量可使用的资源，就能演化出文明。这并不困难，任何族群都可以因天时地利机缘巧合掌握先进的文明。而文化则是人类智慧的至高体现。若非人类成千上万年对宇宙本质的不断追寻，对现实问题的不断思考，对人何以为人的坚定立场，就不能发展出深厚的文化。

在外曾祖父生活的那个年代，科技还是先进与正确的代名词。说一件事不科学或伪科学，便是指这件事不正确。而他则提出警醒：现今的制式科学只是一种认识世界的方式，有其自身的局限性，不可被奉为圭臬。文化所具备的全局观测能力，恰恰与科学互为阴阳，形成一种全新的认知世界的方式。在这种格局之下，万物才能够各得其所欲，社会才得以长远发展。

这也是为什么，他当初放弃了发展势头正旺的科技领域，转而投身文化研究。不得不说，他确实有预见性。我们现在已经熟知，什么是万物博弈，什么是文明阈值，什么是科玄之术。但在几十年前，外曾祖父生活的那个年代，世人多不以为意。

殊不知，多少传奇的文明湮没在岁月中，早已留下印记，书写在深深的大地之下。我们总把眼光投向浩瀚的宇宙，而无尽的幻想却存在于真实的世界。我们总以为地球村狭隘局限，但世界之外亦在世界之内。我们总以为战乱都源于善恶争辩，但万物博弈自有其不得已，构成了世界发展的方向。

从这个意义上来说，神话来源于现实，科幻也会成为历史，过去又何尝不是现在。本书是一部纪实科幻录，也是一部地球未知史，让我们穿过这异度时空，在岁月的对影中看清楚自己的模样。

一眼千万年，无尽的智慧苍穹划过天际，坠入地下，化作一场邂逅，书写了一段地球上最为波澜壮阔的历史。

这，就是我们故事的开头。

目录

III 第一段　异度时空

III 第二段　对影交错

III 第三段 世界之外

第一段 异度时空

有物混成　先天地生
独立而不改　周行而不殆

α. 三角龙

银生代35600年（距今6500万年前），西邑，驯龙场

“三角龙追来了！快跑！”森林中的一片蘑菇地里，一个孩子拉起身旁的另一个孩子撒腿就跑。

“啊哈哈！这次可不能再让它们捉住了，否则我们可太丢脸了！”另一个孩子一边跑，一边咯咯地笑。

“啊，小心！我们中计了！”第三个孩子赶紧趴倒在地，但是已经晚了。

“呼哧……”空气高速震动的声音从头顶传来。一只翼龙从天而降，抓住了两个孩子。紧接着，一只霸王龙从树林后冲出来，张开血盆大口叼起了第三个孩子。

“哎，又输了。”两只恐龙松开了孩子们。一个孩子哇哇地哭，另两个孩子垂头丧气地站在旁边。三角龙也得意扬扬地走过来，慵懒地卧在边上。

这片森林里的树都是龙血树，像一把把高高的伞立在草地上。草地上长了很多大大的蘑菇。蘑菇的菌盖红白相间，长在草地上像是漂亮的发卡；菌柄有半米多高，正适合几个孩子藏在下面。

三个孩子披了一条和蘑菇一样的红白条纹毯子，有两米出头。这准确地说应是身长，而不是身高，因为它们的直立并不是像人类一样垂直于地面，而是略微前倾。屁股后面有一条短而粗的尾巴，比熊的长一些，比狼的短一些。

它们，就是白垩纪末期的智慧生命体，它们不是“人类”，而是“拉瑞”。

这时走来一个成年拉瑞说道：“你们这次的伪装做得不错，但是缺乏定力。其实三角龙根本没发现你们，只是在虚张声势。你们一受到威胁，立刻乱了阵脚，反而真的暴露了自己。敏锐力也有待提高，翼龙埋伏在龙血树上，尾巴都垂下来了，是故意给你们卖个破绽，但你们居然没有发现。来，再练一次！”说着拍了拍其中一个孩子的肩膀。

成年拉瑞的手有三根指头，身长近三米。它迈着铿锵有力的步伐，在泥泞草地上留下了一个个深深的四趾脚印。成年拉瑞赤身裸体，但没有外露的生殖器，故而看不出性别。成年拉瑞光滑的皮肤上有一层半透明的、十分轻薄的丝状羽毛，后脑上的褐色羽毛则十分浓密。

三个孩子不住点头。一个说：“这次多给我们一点准备时间，二十分钟！”

另一个说：“失误，失误，这把我要认真了！”

成年拉瑞说：“好，再给你们一次机会，就给你们二十分钟。你们要好好准备，制定计划！”然后又转身对三只恐龙说：“你们也去好好准备吧，这次不要留有余力！”

三个孩子有说有笑：“咱们这次要全副武装，一定不能让翼龙发现！”

“还有，三角龙跑得实在太快了，我们与其逃跑，不如把它吓跑。它可是吃草的，胆子小得很，应该害怕咱们才对！”

“最难缠的是霸王龙，被它发现咱们绝对又输了，得把它引开！”

几个孩子说的话，都只是两三个音节而已，听上去只是音高和音低不同。成年拉瑞的一大段话只是三个音节加上虹发出的一束蓝光，却能表达如此复杂的含义。它们的头上比人类多一个器官，称之为“虹”，位于眉心处，是一个用来发射光的圆形的孔，不用的时候可以用虹皮盖上。

所以它们的语言，可以用两种方式进行传递：声音和光。不同的沟通方式适用于不同的环境：如果是在广阔空间，优先采用光传递，因为其速度快，且不容易衰减；如果是近距离，或者交流保密信息，或者隔着障碍物，便如同人类一样讲话。当然它们也可以同时用声音和光，来提高沟通的效率。

人类可见光的频率大约在400THz～750THz，可听声音频率范围大约在20Hz～20000Hz，而它们对波的感知能力则强许多，可以看到红外线和紫外线，可以听到超声波和次声波。不仅如此，它们可以精准地掌握光和声音的具体波形，从而将语言编码在全波段上。同样的音节，在高音和低音就有不同的意思，所以它们的词汇量非常大，高达一百多万。高级词汇可以表达极其复杂的意思，翻译成人类语言就是一个长难句。成年拉瑞之间进行复杂的信息交流，在几分钟之内传达的信息相当于人类几十页的法律文件。人类将语言转换为文字需要使用表音或表意等方式进行编码，而拉瑞的语言本身就是文字，拉瑞的文字就是语言的波形。

相应的，它们的情感也十分丰富，仅类似于人类的喜怒哀乐的基本情感就有2136种。比如，“多巴胺浓度为400nmol/L”的快乐和“多巴胺浓度为1000nmol/L”的快乐，是很不同的快乐；“独自坐在黄昏下对传说中古老的家园的思念”和“午后散步时与同伴想起儿时的往事”，是完全不同的思念，需要用不同的词汇描述。

“哈哈！这次终于成功了！”挥夷彭高兴地说。

“多亏了我的诱敌之计，霸王龙被我做的稻草桩子骗走了，哈哈！”风于罡兴奋得跳了起来。

“也多亏了我的智勇双全，我用火焰棍吓退了三角龙！”融也不甘落后。

三个孩子兴冲冲地你一言我一语，有时候说得着急了，就同时用虹发射五颜六色的光。

霸王龙好像不关它的事情，跑到旁边呼哧呼哧吃着肉罐头；翼龙姗姗来迟，显然是刚才一轮的搜寻一无所获；三角龙垂头丧气地卧在地上一动不动。三只恐龙虽然不会说话，但是它们都知道，自己在刚才的游戏中输了。

广傅走来，拍了拍三个孩子的肩膀，说道：“孩子们，你们赢了，但是，你们违规了。不能为了取得胜利不择手段，挥夷彭，风于罡，你们俩明白吗？”

两个孩子都支支吾吾。融着急地给它们使眼色，仿佛在问到底怎么回事。见它们还在装傻充愣，广傅严肃地说道：“挥夷彭，说说吧，刚才翼龙在搜索的时候睡着了，是怎么一回事？”

“是……它困了吧，我怎么知道！”挥夷彭果然还是一个孩子，刚才使用了通灵之术，在翼龙马上发现自己的时候把它催眠了。这些都被广傅看在眼里，但挥夷彭还在执拗地狡辩着。

广傅厉色道："驯龙课，是为了锻炼你们的体力和本能，提高适应自然的能力，从而更好地释放你们的禀赋潜能。在驯龙课上使用任何禀赋能力，都是作弊行为！挥夷彭，我跟你讲过很多次了，你还是作弊。今天不是你一个拉瑞受罚，而是风于罡跟你一起，都再加训一节课！"

"哇哇……"挥夷彭忍不住哭了出来，"我这次真的知道错了，求求你，老师，只惩罚我一个吧，这跟风于罡没关系啊！"

风于罡轻轻地举起了右手，说道："跟我也有关系，我坦白。我刚才情不自禁使用了预言之术，计算了霸王龙的奔跑速度，虽然跟结果没有关系……好吧，那也不行，我不该那么做。"

广傅："这是今天额外教给你们的一课。记住！拉瑞必慎独其身！"

三个孩子乖乖地站成一排，低下头，都不吭声。

广傅开始布置功课："挥夷彭，你今天的功课是在1小时内召唤来10只霸王龙，超时就要重新来做！你的通灵术效率不够高，建立量子纠缠的速度还是太慢。你要瞬间洞悉万物本质，在微观层面掌握其状态，操纵对应的原子，才能快、准、狠，一定要勤加练习！"

风于罡，你继续去数沙子吧，数清楚那座山头有多少沙子。一粒都不准差，才算功夫练到位了！你的预言术现在不够稳定，尤其是难以把微观粒子的概率计算反映到宏观上。你一定要冷静，屏息凝神，你现在还是有点浮躁了，要多磨炼自己的心性！

"融，你最近功课都完成得很好，司物术进步非常快，今天你可以休息了，下课吧孩子！"

挥夷彭和风于罡一脸地不愿意，但是不敢不去，否则广傅将使用量子纠缠之术强行让它们去做，那将会痛苦百倍。融开心地用虹直放红光，绕着龙血树跑了几圈才停下来：“哈哈，我去遛三角龙喽！”它跑到三角龙身边，用绳子拴住它的脖子，拉着它往森林深处跑去。

森林里的这三个孩子挥夷彭、风于罡和融，分别是执、依、实三种性别的拉瑞。它们是一组联姻，或者叫定了娃娃亲，是部族的统治继承者。

相对于人类只有男人和女人，拉瑞拥有X、Y、Z三种性染色体，DNA是三螺旋结构。相应的，三种染色体可以组成十种性别：XXX、XXY、XXZ、XYZ、YYY、YYX、YYZ、ZZZ、ZZX、ZZY。如果排除第二性征的雷同，如XXY和YYX本质上可视为一种性别，区别只在于第二性征的强弱，便只有七种性别。其中XXX、YYY和ZZZ又被称为纯色性别，分别为执性、依性和实性。非纯性则被称为杂色性别，其中XYZ称为三杂性，其余的则称为双杂性。

在三十万年前，地球上遍布着三百多种拉瑞，它们可以形成极为复杂的社会结构。不同种的拉瑞之间不存在生殖隔离，类似于尼安德特人、丹尼索瓦人和智人。每一种拉瑞有自己的活动范围，并且形成几个大型的社会组织。后来，几种乃至几十种拉瑞共同生活，又形成了一些混居组织。

其中两种从未谋面的拉瑞经过长年累月的领土扩张，产生了交集，形成了一个几万拉瑞组成的庞大混居社区。这两种拉瑞所生育出的后代产生了基因突变，生成了一种新的性染色体Z。XZ或YZ染色体的拉瑞则无法继续生育，被当成异类发配到边缘地带。

随着聚集的异类拉瑞与日增多，竟产生了同时具备XYZ三条染色体的拉瑞。它们经过长年累月的互相交配，最终形成了三个拉瑞共同交配的一种延续后代的方式，从而产生了一个新的拉瑞品种。

这个社区拉瑞的多性繁殖对比于两性繁殖，正如两性繁殖对比于无性繁殖，通过染色体多样性的重组，将进化效率提升了许多倍。因此，即使环境发生突变，它们也可以在几代之间完成适应性的演化。经过了三万年～五万年，这一种拉瑞的进化速度远远超过了其他拉瑞的进化速度，最终演化出了三种禀赋，并且将这些禀赋的信息编辑到了性染色体上。

凭借着超强的竞争力，这一种拉瑞消灭掉了地球上其他的拉瑞，成为白垩纪晚期唯一的主宰。当然，禀赋只是基因层面的潜质，如果想要实现，也离不开后天的勤学苦练。

带有X染色体的拉瑞有通灵的禀赋，通过产生叠加态粒子，和外物建立量子纠缠的关系，从而读取其信息或改变其状态。因为无法选择单个粒子的特定状态，无法传递有效信息，所以通灵是依靠成千上万个粒子所组成的量子比特矩阵来实现的。使用者在脑海中生成一个指令，将其编译到量子比特矩阵之上，然后发射到目标脑海中，并找到目标位置群。量子比特矩阵有一个片段负责执行，根据预先编译的信息来搭建大脑网络神经，便建立了两个大脑的纠缠关系。

带有Y染色体的拉瑞有预言的禀赋，具备超强的推理计算能力，类似于人类某种孤独症患者，有着常人难以理解的观察力、计算力与记忆力，可以见微知著，如果知道了所有事物的状态及其运动规律，就可以预测未来。这在宏观层面表现为决定论，在微观层面，即便有不确定性原理（$\Delta x \Delta p \geqslant \frac{h}{4\pi}$），依然可以在概率层面预测宏观。

带有Z染色体的拉瑞有司物的禀赋。所谓司物，是指操纵能量，改变万物。生物界普遍存在可以转化能量的生物，如太阳能大黄蜂，可以从其外骨骼捕获光线，产生电能。拉瑞这种大型生物进化出这种功能，可以数万倍地捕获并存储能量，然后在需要之时将能量转化为电能，将电能作用于万物之上，从而改变其状态。

拉瑞现任的统治者是伏苍子、淳于天和雷烛，它们是一个和谐美满的家庭：伏苍子是一位XXX执性，拉瑞的王通常由执性者担任；淳于天是YYY依性，拉瑞的预言家通常由依性者担任；雷烛是ZZZ实性，拉瑞的首司通常由实性者担任，负责物质建造与能量的管理。

广傅是挥夷彭家庭的老师，伏苍子家庭的后代。广傅是XYZ三杂性拉瑞，拥有各项能力，但每一项能力的禀赋都很有限。广傅成长于统治者家庭，从小对各项能力的使用都耳濡目染，具备非常高的理论水平，起到了知识与技能传承的关键作用。往往现任统治者的后代，是未来统治继承者的王师。这种天然性，决定了拉瑞的政治制度是能者居之。

每隔十年，拉瑞们就会举办一场统治继承者选拔赛。所有的未成年拉瑞都会到场进行专项禀赋的比拼，则各项比赛的第一名就是对应职位的继承者。三个继承者组成一个家庭联姻，从而成为统治继承者，再经过十年的刻苦训练，即获得参加统治者挑战赛的资格。统治者挑战赛是3V3的团体实战赛，如果挑战成功，则晋升成为新一代的统治者。

在五十年前的统治继承者选拔赛中，王的继承者所比拼的是通灵的能力，即谁的量子纠缠能力更强。场地中央是一只桀骜不驯的霸王龙。参赛选手站在两边，通过与霸王龙建立量子纠缠关系，将意识输入霸王龙脑中，能让霸王龙走向自己一方的则获胜。伏苍子每场比赛都是以极大的优势取得了胜利，连赢十场之后成为王的继承者。

预言家的继承者选拔赛所比拼的是计算与推理能力。裁判扬起一把沙子后，参赛选手需要在沙子落地之前精确计算出有多少粒，以及它们落下来的具体位置。沙子落下后，裁判将读取它们脑中的结果以确定名次。淳于天的答案近似度高达99.78%，远远高于第二名的91.20%。

首司的继承者选拔赛所比拼的是调度周身能量的能力。参赛选手来到一座山前，需调动体内存储的太阳能，在双手中形成一个巨大的电球，用尽全力推送出去，让电球撞击到山上，则击穿的深度最大者获胜。雷烛运转周身能量，轰隆隆一声巨响，竟然直接将山体击穿，形成一个圆形的贯穿洞，如同隧道，是历史上唯一一个将山体直接击穿的拉瑞。

此三者在各自的领域都拔得头筹，便定下联姻，成为统治继承者，并有王师悉心指导，让它们的能力精益求精。苦练十年之后，它们互相配合得极为默契，并全力为统治者挑战赛做准备。

统治者挑战赛是一场操控霸王龙的比赛。双方各自统领五只霸王龙，则率先将自己的旗帜插进对方大本营者获胜。这是一场非常考验综合能力的比赛：执性负责操控霸王龙的意念，并且干扰对方；依性需要精准计算场上的各类信息，将相应最优战术传递给实性；实性则负责不断为霸王龙注入能量。伏苍子家庭在第一次统治者挑战赛中即采取防守反击的战术强势取胜，现在已经任统治者长达四十年。

继任统治者之后，它们仨便准备传宗接代，也是为拉瑞培育新的王师。它们聚在一起，背靠着背进行交配，依靠大脑对身体强大的控制力，将彼此的脊柱融合在一起。雷烛和淳于天将各自的生殖细胞通过脊柱上盘绕的生殖管道注入伏苍子的子宫内，再由淳于天从千亿的生殖细胞中通过细致入微的观察和精密的计算，选取一个最优的组合，将其结合在一起，从而形成了一个蛋。蛋里面就是拉瑞幼崽的胚胎。

伏苍子怀孕三个月后将蛋产下。雷烛来负责孵化，将生殖管道插入蛋的隐穴中，为其提供养分。两年之后，雷烛才能孵出一个拉瑞幼崽。雷烛也需要长达一年的休养才能恢复身体状态。

伏苍子受孕，淳于天选育，雷烛孵化，三个拉瑞的悉心付出才完成生育这一壮举。又经过30年的悉心栽培，它们的后代广傅，终于成长为下一代王师。

拉瑞如此复杂且漫长的生育周期是为了适应它们超级发达的大脑的发育。从1.5亿年前一直到大约6500万年前，拉瑞完成了脑部的神奇进化，具备了生物历史上唯一一种由两部分组成的大脑。拉瑞首先进化出了效率很高的消化酶，从而使得肠、胃等消化器官都大大减小。大脑则下移至空出来的腹腔，分成左脑、右脑、中脑，与人脑功能类似。不过，其脑容量有32000毫升，是人脑的21倍左右；其褶皱面积展开更是达到了50平方米，是人脑的227倍左右。

还有另外一部分大脑留在了脑壳中，起到信息整合的作用：

其一是与外界的联系。搜集外界各类信息传递给大脑，并将大脑处理的海量结果通过语言等形式反馈出去。

其二是与自己的身体联系。它们对身体的控制可以到达细胞级，对每一个器官都可以精准控制，有意识地调度身体能量去修复受损组织。它们还可以主动调节新陈代谢的速度，控制体内各项激素的分泌。

如果想快乐，可以用脑力自主分泌多巴胺；如果想幸福，也可以用脑力自主分泌内啡肽。这都无须外界刺激。如果激素比例略有偏差还可以用脑力自主调节，从而不会得人类糖尿病、高血压等疾病，相当于自带高科技医疗设备。拉瑞这种主动调节机制，通常都可以使它们幸福快乐地活到理论年龄的最大值——300岁。

1. 恐龙二号

2060年12月5日，星期日，下午5点，中国科学院云南天文台

按照惯例，每周日天文观测组都会召开组会，总结一周的工作情况。散会之后，实验室成员们都整理好个人物品，穿上外套，背着包陆续离开办公室。

“刘台，我们先走了！”

“好的，注意安全。”

“刘导，去市里吃火锅，要不要一起呀？”

“今晚没空了，下次一起啊。”

刘星莎一边整理会议记录，一边应和着。

刘星莎在30岁出头就担任了中国科学院云南天文台的新任台长。天文台的人称呼刘星莎为“刘台”，她的学生都亲切地称呼她为“刘导”。

等到大家都走得差不多，一个扎着高高马尾的女子朝刘星莎走来：“怎么样，忙完了吗？”

“小青，我先整理这周的会议记录，你帮我再检查一遍慧T。”刘星莎头也不抬地说道。

这位女子名叫魏子青，在实验室负责暗物质观测，是刘星莎的科研助理，更是无话不谈的闺蜜。

魏子青伏在桌边，摇头晃脑不情愿道："又看慧T……看了100多遍，把眼都看麻了。还是你觉得我能把它看裂开啊？"

刘星莎抬起头白了她一眼："快去！例行检查！"

"好嘛！"

魏子青，生性活泼灵动，聊起天来滔滔不绝，开起玩笑来也肆无忌惮。她出生前两年，正赶上了"有限合伙制婚姻"的诞生。当时，婚姻法几乎名存实亡，社会财富分配极不平衡，家家都做婚前财产公证，私生子也已成为常见现象，社会纠纷也愈演愈烈。柴道煌集团推出了"有限合伙制婚姻"的项目：男女双方不领取结婚证，而是注册一个有限合伙制基金会。考虑到女性生育的额外付出，男女双方初始入股资本分别为2∶1，但双方各占50%股份，此后每年双方分别按1∶1继续注资。家庭日常花费与养育子女开销等共同支出由基金会承担，双方各自花费则自行承担。柴道煌集团有专业的审计，每年查询基金会的账目。这样的结构杜绝私生子争夺家产、夫妻一方债务转化为共同债务等法律风险，并有效保障了双方在婚姻关系中的平等付出。魏子青正是出生在这样的家庭。她的父母没有领法律意义上的结婚证，而是购买了柴道煌集团的服务。

魏子青拿起天文台这一周最新的慧T照片，漫不经心地一张张翻着，忽然感觉很奇怪，虽然每张照片里的慧T看起来都一样，却有连续渐变的差异。慧T的前方像是在一点点微微凸起。

慧T，是彗星T/2050-CY3908，为有史以来已知的最大彗星，直径

210.06千米，质量超过1000万亿吨，来自太阳系边缘的奥尔特云。2050年，贵州天眼通过暗能量巡天观测到其踪迹。当时，它正在天王星的运行轨道。奥尔特云是一个假设包围着太阳系的球体云团，里面布满了彗星。通常情况下，这些彗星会绕着太阳系做平缓运动。在一次引力波动的影响下，慧T脱离了原有轨道，直冲着地球飞来。

当时，刘星莎还是黄东禹院士的科研助理，帮助黄老测量太阳系内运动天体的形状与运行轨迹。实验室的任务就是确保地球在宇宙中的安全，一经发现有陨石、彗星等物质飞向地球，立刻预警，联合军方采取拦截措施。

经过测算，慧T在行进中会受到木星引力的影响，从而改变轨道，将从地球和火星中间飞过。于是黄老确定慧T的危险指数为1.0，即最高级，但概率为→0，即最低级。但黄老生命垂危之际，在病床前对刘星莎最后的嘱托是让她保持对慧T的关注。从那以后的十年间，观测慧T的形状与运行轨迹变成了每周必做的事情。

魏子青打开显示屏，将照片放大100倍，反复对比，同时启动了图形扫描软件加以分析，实在等不及扫描结果，便喊道："姐！你快来看！慧T，好像变形了！"

刘星莎吓了一跳，急忙凑到屏幕旁。对于它的形状，甚至每个阴影的细节，她都记得太清楚了，一眼就看出了不对劲，赶忙又拿出了一个月内所有的彗星T/2050-CY3908照片，同时在显示屏上放大100倍，一张张反复对比。

刘星莎仿佛看到了什么，用记号笔画来画去，屏幕上也出现了扫描结果：异常形变，尺寸偏差为2.1米。

魏子青在旁边急得要跺脚，两只手颤抖地指着屏幕喊道："慧T不会真的裂开吧?！"

刘星莎定睛一看，慧T的头部果然仿佛长出了两个小犄角，非常地小，仿佛犀牛头上长了犀牛甲虫的角。刘星莎赶紧将各项数据汇总并输入天体运行模型中，一阵焦灼地等待后，忽然恍然大悟，自说自话道："应该是路过木星时，受引力影响导致。"

果然，话音刚落，模型也运行完毕。看到显示结果与自己所料想的一样，刘星莎长舒一口气："虚惊一场。"

"哈哈！姐，我跟你开玩笑呢！我当然也知道是引力导致的啦。放心吧，慧T看完了，咱们下班喽！"魏子青一边说一边收拾着书包。

刘星莎这才反应过来，原来魏子青早就知道慧T这周正从木星旁边穿行而过，故意营造恐怖气氛吓唬自己，拉着她的辫子说道："鬼丫头，这种事可不能开玩笑！"

"好好好……错了错了，哈哈！"

两人一阵闹腾之后，刘星莎并没有感到轻松，反而更加疑虑了，总有一种怪怪的感觉，始终保持着警惕，依然坚持观测。

2061年3月9日，星期三，凌晨2点40分，刘星莎家中

慧T头上的小犄角急速地长大，几小时内，就看起来像是犀牛角那样明显，然后继续长大，超过了犀牛的头那么大，突然快速地飞了出去！紧接着又冒出一个小小的犄角，越长越大，同样快速地飞了出去！

刘星莎的手机接到了警告信息：警告！慧T发生超常规形变！

这是她3个月前设置的一个警告提醒，只要慧T形状发生变化，她就会收到通知。

她睡眼蒙眬地爬起来看手机，顿时清醒了，一向十分冷静的刘星莎从床上连滚带爬翻下来，跑到玄关处慌乱地找车钥匙，同时给魏子青打电话："小青，你快……在家门口等我，我马上去接你。你通知所有的特需组员，立刻来实验室集合！"

刘星莎挂断电话，睡衣都没顾上换下来，披了一件外套就冲出家门，等进电梯的时候才想起来用手揉揉眼睛。

魏子青那边还没来得及问怎么回事，电话就挂了，只好赶紧收拾洗漱。所有人接到紧急通知之后也都陆续赶到实验室，对慧T的形变进行观测分析。

原来，这并非长在慧T上的小犄角，而是另外两颗小彗星，一直隐藏在慧T身后，紧紧贴着它同步飞行！经过木星时，在引力作用下，速度加快，这才看上去是脱离了慧T。

就在他们观测的时候，两颗小彗星又发生了碎散，分裂成了几千颗小碎块，其中有23颗都非常大，直径超过了10千米。这一阵流星雨直接向地球扑来。

几位教授将数据录入数学模型，推演它们的飞行轨迹，反复验算后，确认碰撞不可避免，在1.953年之后会撞向地球！刘星莎将它们命名为恐龙二号，喃喃自语道："这恐怕是地球在白垩纪物种大灭绝以来最大的一场灾难。"

"灾难程度恐怕要远远超过6500万年前。"角落里不知道谁说的这一句，令人不寒而栗。所有人都从镇定自若变成目瞪口呆，盯着屏幕上的太空模型只觉浑身发冷。

“姐，真的出事了，这可怎么办呀！”偌大的实验室里只听到魏子青一个人的声音，仿佛房间里只有她一个人。

太阳慢慢升起，将阳光射在了大大的显示屏上，照得恐龙二号闪闪发光。

2061年3月9日，星期三，清晨5点41分，中国科学院云南天文台

刘星莎把恐龙二号相关的资料加密存储在硬盘里，清除了设备上的记录，连同纸质资料也都一并粉碎，并嘱咐众人今夜的任何信息都不得透露。一切安排妥当之后，她拨通了李文军的电话：“李将军，您好。”

“嗯，您哪位？”李文军显然是被电话吵醒的，揉了揉眼睛，迷迷糊糊地说道。

李文军，太空军司令员，40岁出头，从军入伍后，因立军功当上了空军师长。赶上国家重点发展外太空探索事业，重组太空军，肩负保卫整个地球太空安全的任务，李文军被调任军长，到2061年的时候已经是司令员了。

“我是刘星莎，冒昧突然打扰您，我有关于慧T的重要发现，需要尽快到太空军指挥部当面向您汇报。我定了最早一趟航班去北京，请问您能安排会面时间吗？”

十年前，刚观测到慧T的时候，时任军长的李文军亲自去贵州查看，与同去查看慧T的刘星莎加了异度好友。异度空间是当时最流行的虚拟空间，从元宇宙的概念演变而来。在异度空间中，每个人的虚拟形象都与本人的音容笑貌别无二致。后来，慧T一直平静地飞行，二人之交也淡如水，主要是异度空间里逢年过节的问候。

由于这是他们第一次互通电话，而且是刘星莎清晨打来的，李文军感觉事情必定非同小可，顿时睡意全无。忽然想起了十年前的慧T，他心里一惊："难道说，黄老的担心，真的发生了？"他立刻进入了工作状态，查看了一下工作日历，推掉了上午的太空垃圾监测结果报告会，与刘星莎安排好了会议时间。

刘星莎和魏子青驱车赶往昆明长水国际机场，乘最早一趟航班到达北京。军方专用越野车已经等在了机舱门下面。

"刘教授，幸会。我是太空军指挥部常鸿，李将军让我来接二位。"一位身着军装、头戴面具的机器人雄浑有力地说道。

虽然早就听说过军方的最新黑科技——常鸿，但当它突然间站在面前的时候，二人还是着实吃了一惊。

"李文军可比我们还着急，连我们的航班信息都查了，而且居然派常鸿来接机。我还是宁愿他小题大做，毕竟拦截陨石对军方来说应该不难的。"刘星莎心里这般宽慰自己，对常鸿说道："谢谢你，麻烦了。这位是魏子青，我的科研助理。"

常鸿点点头，领着二人上了越野车。

常鸿，第五范式人工智能机器人。

计算机技术自诞生以来总共进行过四次范式转移。第一范式为计算时代，通过数理逻辑来对数据进行加工整理。第二范式为数据时代，根据大数据来用机器学习等算法训练模型，如AIGC。第三范式为物联时代，基于量子云数据训练模型，令每个设备运行自有算法，可以高效进行点对点沟通，如自动驾驶。第四范式为后验时代，可以不依赖于先验概率与似然函数，而是根据已有的知识体系自行总结出解决问题的模型，并通过元学习与自适应系统来修改自己的代码，从而可以处理完全陌生的问题。这类型的AI作为工具效率自然很高，但根本没法胜任一个小型组织的管理，在实验区域担任村长全都以失败告终。

可以毫不夸张地说，第五范式是人类科技史上最大的一次范式转移。此前计算机的基本单位是只能表达0和1的晶体管，所以整个系统必须遵循数理逻辑的时间关系，让AI受制于硬件、算法与数据。而第五范式计算机则基于化学材料，在每个有机组件之间都可以用不同的化学状态彼此连接，可以容纳指数级的组件数量。如此一来，第五范式AI就具备了处理人际关系的能力，将人工智能技术由工具走向了人文，由自然走向了社会。正因如此，其研究与使用仅限于军方的特定功能与场景。生命的元驱动力在于生存，是生命得以源源不断演化的动力，而第五范式AI的元驱动力在于提供问题的最优解，也是它源源不断自我迭代的动力。

2061年3月9日，星期三，上午9点，太空军指挥部

李文军早已在会议室准备好了，一起出席会议的还有三名军事参谋。几人互相介绍寒暄之后，魏子青将恐龙二号的资料发给了各位。李文军和参谋们走进了模拟作战室，嘱咐二人在会议室稍加等候。

李文军将数据模型输入系统，模拟一颗恐龙二号中的大型陨石撞向地球的场景，然后开启核防卫网进行追踪拦截。没想到引以为傲的核防卫网根本没来得及响应，就被恐龙二号突破过去。李文军大惊，还以为数据有误，又核实了一遍，确定恐龙二号的尺寸、质量、速度、形状等关键参数没有错，于是又运行了一遍模拟器，还是一样失败了。

见全自动模式不行，李文军亲自披挂上阵，进行半手动拦截。有两名参谋也各自操作相应的部署装置，严阵以待。几人凭借丰富的作战经验，终于击中了目标。

众人还没来得及庆祝，被击中的陨石立刻群状散开，铺天盖地而来。几人极速调动各层核拦截网，已经全然来不及。

李文军并没有气馁，令三人仔细分析整个过程中的数据，以便在下一次模拟时据此预判，提前部署拦截网，并设下一个五层拦截的结构。系统一启动，还是照常首先命中陨石，但没想到此次散开的路径分布与上次全然不同，李文军赶紧调整拦截网，又已经来不及。模拟器还是显示一样的结果：地表结构已被摧毁。

李文军看着冰冷的几个字愈发不服气，但反复尝试几遍之后，又急又累，已经满头大汗，都与成功拦截相差甚远。与此同时，一位参谋已经配合常鸿得出结论：根据刘星莎提供的观测数据，因为这是一个陨石群凝结而成的巨型陨石，所以我们首次命中时受太空环境影响，难以计算出具体命中的力度、角度、时间等一系列指标，导致后续状态近乎无限多，所以后续分散状态具备很高的随机性。

刘星莎与魏子青在会议室焦急地来回踱步。不知道等了多久，李文军终于出来了，看着二人期盼的眼神，面露难色地说道："太快了，实在太快了。"

"什么太快了？还有两年，我们部署核防卫网，来不及了吗？"刘星莎急切地问道。

"恐龙二号的飞行速度太快了。部署覆盖全球的核防卫网，随时都可以，但是按照你们给出的观测数据，恐龙二号飞向地球的速度约为每秒二百千米，而目前人类的核拦截武器速度为每秒五十千米，这相差了足足四倍。”李文军眉头紧锁道。

“那我们能不能布置多层网络，并加大每层网络的拦截点？一层成功率低，两层、三层，实在不行十层啊！”魏子青说道。

几位参谋打开模拟器具体解释了一番。恐龙二号是个史无前例的巨型陨石群，被命中主体部分后会立刻分散为众多巨型陨石，甚至每次分散状态都是随机的。而陨石飞行的速度又远超过任何防卫系统的响应速度，核拦截武器根本没法临时反应；其数量之多，也没法进行穷尽式拦截。

李文军无可奈何地总结道：“就算我们穷尽人类所有的核拦截武器，疯狂地扫射，最多可以在外太空炸毁其中的五分之一。而剩下的那五分之四，也足以摧毁地表……”

“太空核弹都不行，那还能有什么办法？坐宇宙飞船逃出去？”魏子青急着问道。

一名参谋回答道：“目前宇宙飞船只能近太空飞行，这也就意味着恐龙二号撞击地球产生的碎片也有可能将宇宙飞船击落。此外，宇宙飞船的容量有限，容纳不了多少人，因此所起到的作用也是微不足道的。”

魏子青小声嘟囔道：“样样微不足道，太空军的实力也太逊了吧！”刘星莎见状赶紧捏了她一把。她现在有点后悔带魏子青一同过来，担心魏子青祸从口出。

众人都陷入了沉思之中。李文军在白板上继续模拟恐龙二号，反复地画了又擦，擦了又画。

“有办法了！”李文军兴奋地喊道。

刘星莎看着白板，没看出什么所以然：“什么办法？”

“改变地球速度！”李文军对着白板上画的恐龙二号运行轨迹说：“我们给地球公转加速或者减速，从而避让恐龙二号，只需要一点时间差就足够了。地球直径1.28万千米，公转每小时行进10万千米有余……也就是说……1小时肯定足够了，之后我们再将速度恢复至正常，不就行了？”

“那还不如让恐龙二号直接撞地球呢！”魏子青嘟囔了一句，虽然声音很小，但几位参谋还是听见了，疑惑地看着她。

“魏子青！”刘星莎压低嗓门吼了她一句，走到白板前与众人解释道：“地球不是铁板一般的固体，主要是由地幔和地核构成，有不少液态区域。如果给地球安装发动机，且不说这种发动机能不能造出来，只要施加能让地球改变速度的力，那这个力就足以大到撕裂地壳，而且6000万亿吨的大气层在相对速度改变后也会形成巨大飓风。这可能比恐龙二号的破坏力还要大得多。所以连1分钟都不行，更别提1小时了。”

看着大屏幕上的恐龙二号仿佛悬挂在太空中，一动不动，实则极速飞奔而来。众人也一动不动，实则心脏都在飞速砰砰撞击着胸口。

会议室又陷入了沉默。

2. 无处可逃

“天上跑不了，我们还可以跑到地下呀！恐龙二号并不是毁灭地球，而是毁灭地表。”魏子青率先打破了沉默。虽然她平时看起来大大咧咧，口无遮拦，但脑子灵光，关键时候经常能灵机一动。

李文军问道：“土耳其卡帕多西亚地下城那样？”

“那太浅了，只有不到一百米，很容易就会被陨石砸穿。但这个思路也许真的可行！冷战时期，苏联就向下挖了12000多米。以现在的科技，也许可以挖得更深、更大，甚至在地下建造一座城市！”刘星莎对此想法表示了赞同。

常鸿也在一旁默默地点点头。

“有可能还真是个方案！常鸿，去请卢教授来开会！”李文军吩咐道。

“哇！是那个地质学家，卢兑震？”魏子青惊呼。

李文军：“是的，卢教授是国家干热岩工程的总负责人，从事地质学20多年来，几乎坚持在一线勘测，真可谓大丈夫当朝碧海而暮苍梧。他现在也是军方智库成员，对了，你怎么会认识卢教授？”

魏子青笑道："哈哈，我不认识他。他爸和我爸也算是老对手了。他爸真是个狠人，有钱不赚，去做社会企业，搞了一套自治组织的联营模式，说是要在根本上解决资本主义的内生性矛盾，这不是要解决我们家的根嘛！"

2061年3月9日，星期三，下午2点37分，蟠龙山

卢兑震正在进行大规模开发干热岩的测试准备，忽然看见两辆军用越野车开了过来。一辆车停在了工地门口；另一辆车不顾门卫阻拦，径直闯了进来，一个急刹车后停在了卢兑震身旁。漆黑的窗户里传出一道厚重的声音："我是太空军指挥部常鸿，有重要的事情特来紧急邀请卢教授回北京开会。事发突然，还没来得及开具邀请函，请您见谅。"说着，常鸿在车窗之上亮出了自己的证件，也将车的后门随之打开。

若是常人定会被这架势所震慑住，但卢兑震只抬眼看，淡定地回复道："现在正是干热岩开发的攻坚阶段。这可是能替代煤炭和石油、供人类使用四千年的干热岩，关乎人类生死存亡。你们太空军还能有什么更重要的事情？"

卢兑震视干热岩事业如同生命。他认为金融殖民者强于主权货币，而货币由军事强权维护，因货币的底层是资源，而石油又是资源之首，所以应该釜底抽薪，消除石油的垄断地位。于是，他没有继承家业，而是选择攻读新能源科学与工程，希望开发新一代低成本清洁能源，帮助南方国家摆脱盘剥。

常鸿说道："人类可能已经用不到干热岩了！我已通知卢教授所属单位，希望您可以理解与配合。"

“什么？怎么回事？干热岩用不到了？你开什么玩笑？”卢兑震被这位军官略带恐吓的语气搞得有点摸不着头脑，但听对方的口气仍是坚定得不容置疑。

“因为人类可能要不存在了。”常鸿说着摇下了车窗，一个机器人的脸使卢兑震一惊。

从副驾走下来一名参谋，对卢兑震说道：“卢教授，事发突然，时间紧迫，请您见谅。先上车，容我在路上慢慢给您解释。”

越野车驶向几十千米外的一个小型军事基地后，三人立刻登上了一架战斗机。卢兑震还是第一次见到这等阵仗，心想怕不是真出了什么大事。

2061年3月9日，星期三，下午3点20分，太空军指挥部

常鸿领着卢兑震回来了。一番交代之后，卢兑震内心石化了一般，这才明白为什么常鸿会说“人类可能已经用不到干热岩了”。

李文军：“卢教授，情况就是这么个情况。恐龙二号对地表的摧毁程度有多大？人类幸存的机会有多大？”

卢兑震打开计算机模拟程序，将恐龙二号的具体数据导入天体撞击模型中，并录入了地球的各项数据指标。一番计算之后，大屏幕上生成了一系列画面：一颗陨石撞向地球，立即产生了一个巨大的火球，释放出高温高压的冲击波，随后形成一个巨大的深坑，至少有一座城市那么大。无尽的、威力巨大的飓风、火山、海啸、地震接踵而来，几乎把地表完全摧毁。天空中充满了颗粒物，遮天蔽日，灰黑一片。紧接着又一颗陨石落入太平洋，击穿了海底地壳，导致无数根水火交融的柱子冲破天际。海浪翻起上百米，淹没了目之所及所有的岛屿，然后渐渐淹没了整个大陆。水汽形成连绵不绝的厚重云层，又引发了阵阵狂风暴雨。

最后，磁场慢慢偏移，使一天变成了29个小时。地球如同一个地狱，在浩瀚的宇宙中缓慢地旋转着。

众人盯着屏幕上骇人的模拟场景眉头紧缩，神色凝重。

卢兑震说道："人类，未必会灭绝。大家可以看到，陨石撞到不同的地质环境所引发的灾难也不尽相同。所以论幸存的概率，是有两种，而哪些地方幸免于难，则是没法事先判断的。"

李文军还在疑惑之际，魏子青已经开启了抢答模式，补充道："我明白了！一种概率是指人类作为一个整体灭绝的概率，这种概率其实不大；另一种概率是对个体而言，绝大部分人都会遇难。"

李文军暗自思忖，认为无论哪一种概率都是人类所无法接受的，看来建地下城真的是唯一出路。

一位参谋问道："那地球内部呢？会遭到多大程度的破坏？"

卢兑震指着大屏幕上的模拟结果说道："我们按照最恶劣的可能性推测：地壳浅的地方可能会被撞击突破莫霍面，有大量岩浆涌出，正如同画面所显示的那样，但不至于被完全撕裂。地幔则大部分不会遭到破坏。与其说恐龙二号会毁灭地球，倒不如说它只是毁灭了人类的家园。"

一旁的魏子青点点头："是啊。地球经历过多次巨大的灾难。你们知道太阳系大轰炸吗？数以亿计的陨石彗星持续轰炸地球至少两亿年，足足两亿年啊！恐龙二号与之相比只是毛毛雨，所以它对人类的灭顶之灾，对地球来说只是挠痒痒而已。"魏子青的语气和神态都跟严肃的会议室气氛格格不入，刘星莎只得又把她拉到一旁。

卢兑震接着说道："以恐龙二号最大几颗陨石的质量和速度来估算，

它们砸向地表，可击穿20千米～30千米深的花岗岩掩体，所以地下城必须在地壳纵深30千米以下的地方建造。现在未知因素太多，安全起见，地下城需要建在35千米深处。”

“太好了，这算是坏消息中的好消息了。看来这个计划真的可行。”李文军也看着屏幕上的地质解剖图转悲为喜地说道。

可卢兑震却面无喜色，一板一眼地说道：“先用爆破技术松解岩层，然后用大型激光切割机，配合冷凝技术，平均每天下挖200米，半年可以挖下35千米。再用一年时间开凿一个半球状空腔，用土壤铺整，在地壳中建一座城市。最后再配置好人造生态循环系统，又需要半年。整个工程满打满算，两年内可以全部完成。人类进入地下城之后再用花岗岩封住通道，等到重回地表的时候，反向挖开即可。这样做理论上确实是可行的。”

李文军听卢兑震洋洋洒洒把方案讲述完毕，才发觉到此间话中有话，不禁问道：“等等，理论上可行？什么意思？实际上呢？”

“实际上……哎！可行，也不可行。”卢兑震边说边摇头。

“您就别卖关子了，赶紧说吧！”李文军催促道。

“若开挖至35千米深处，以目前人类的工程能力，地下城占地面积最多为5平方千米，这是用石墨烯搭建一层防护层的极限了，否则地下城会被地壳运动所挤压而坍塌。即便我们最大限度地利用垂直空间，每平方千米人口也不能超过20万，否则人造生态循环系统将无法正常运行，甚至空气比例、水资源循环、垃圾循环、生物多样性等都会被破坏。这样算下来的话，每座地下城……极限大概为100万人……”卢兑震倒吸了一口凉气说道。

“现在地球上有100亿人，那就需要建1万座地下城？”李文军也倒吸了一口凉气。

“不……根本建不了……地壳的平均深度仅为17千米，浅的地方只有几千米，因此地球的大部分地壳都会被恐龙二号所击穿。地壳纵深足够、内部环境稳定的条件，只有少数几个高原具备，但下挖难度都极大。而且考虑到只有两年时间，举国之力投入，最多也只能建3座。”卢兑震越说越慢，声音也越来越小，但所有人都听得清清楚楚。

“这……这也太少了吧，跟人类灭绝差不多，这太可怕了吧！”魏子青说着紧紧拉住刘星莎的胳膊。

“还有更可怕的！”卢兑震平静地说道，众人却都不敢再听下去。

李文军：“还有什么？！”

“时间。”

“时间？什么时间？”

“6500万年前，一颗直径10千米的小行星撞向墨西哥尤卡坦半岛，引起了巨大海啸与火灾。火山灰蔽日不散，引发了生物大灭绝事件。地球在数万年后才逐渐恢复生机，在前1000年仅有极少数体重不过600克的生物。以恐龙二号的破坏力来做一个大致估算的话，其威力堪比2000万吨TNT，相当于1000亿颗广岛原子弹同时爆炸……”

卢兑震一边说，一边将重要参数输入计算机的数学模型。“质量、速度、个数……这是撞击力、覆盖范围、磁场偏转……灾后生态破坏程度，这是持续时间……然后使用人造生态循环系统进行恢复……最后，嗯，结果出来了。你们看，最快500年后人类才可以走出地面，但只能在室内密闭空间活动，3000年～5000年后才能在户外正常活动。”

会场顿时寂静了下来，所有人都陷入了沉思。

李文军喃喃自语道："100亿到几百万……还要被压在地下500年，这太可怕了。"

"这下以后人类都成孙悟空了。"魏子青真的是心大，在这个时候居然还有心情说笑。

刘星莎的思维已经跳跃到了地下城中，心中暗自想道："不仅如此，参考现在27年为一代，假设总和生育率保持不变为2.3，地下城的人口也会很快超负荷。在地壳内有限的资源下，怎样保证能平安度过500年也是天大的难题。"

"为什么会发生这样的灾难，史无前例，史无前例啊！人类的运气太差了，上天不眷顾我们啊！人类还在不断地发动战争，真是短视，真是愚蠢啊！"李文军的心态也快要绷不住了，毕竟无论什么规模的战争，都无法与眼前的恐龙二号相比。

卢兑震却冷静地说道："恰恰相反，宇宙对我们的眷顾已经够多。人类进化的关键200万年没有发生严重的全球性灾难，否则现在都还不会有文明。地球孕育生命之后，经历了5次物种大灭绝，其中2.5亿年前的二叠纪大灭绝使超过90%的物种消失了，6500万年前的白垩纪物种大灭绝让统治地球约1.6亿年的恐龙也灭绝了。但每一次大灭绝之后，物种都会进化到一个新的智能高度。这次的恐龙二号是对人类的一场终极大考验。灾难过后，地球将有一个全然不同的生态系统。如果人类得以幸存，将会迎来智能水平再次飞跃。"

刘星莎也平复了心情，接过了卢兑震这股气势："是的，我们的地球，我们的家园，在宇宙中能孕育出生命，所以我相信'大过滤器假说'，真的是我们的运气太好了。木星和月球帮我们抵挡了多少陨石，让我们能挺到今天才遇见恐龙二号，这就是不幸中的万幸了。我们一定可以战胜它，至少可以保留人类文明的火种！”

“你们真的是科学家，还能这么冷静、这么乐观。好吧！我们现在面对的就不是一个工程问题了，而是如何保留人类文明的问题。我这就立刻向中枢院报告！”李文军说罢便铿锵有力地走出了会议室。临走之前又折回来，安顿了常鸿一番。

随后，常鸿递过来几副金色边框眼镜。这是军方的“火眼”，其中内置防监听电话、监听器、针孔摄像头。

魏子青推开眼镜抗议道：“哇，这太过分了吧！那隐私岂不是全没有了？睡觉、洗澡、上厕所怎么办？”

常鸿答道：“此事至关重要，绝不能泄露消息。否则只能委屈几位，暂住我们这边的安全屋。这是命令，还请大家见谅！”

刘星莎拉住了魏子青，问道：“可以，我们理解，只是需要配合多久？”

“没法确定，要等李将军的消息。相信中枢院很快会给出进一步指示。”

看几人依然面露难色，常鸿接着补充道：“48小时。48小时后如果还无法解除监控，我再帮大家想办法。”

“好吧，为了人类，48小时没问题。”卢兑震说着接过了眼镜。

“你可要说到做到啊，机器人！”魏子青说道。

三人戴上火眼在几名士兵的护送下离开了指挥部的大门。

随后，常鸿又依次联络了此事的全部知情人员，不仅包括太空军的两名参谋，还有天文台最初共同观测到恐龙二号的实验室特需组员，将他们安抚好并派遣到南极的一个秘密基地进行观测研究黑洞的任务，期间不得与外界接触，并签署正式工作合同与保密协议，为期3年，10倍薪水。

2061年3月9日，星期三，晚上7点34分，太空军指挥部门口

三个人走出指挥部大门后，终于放松了下来。在过去的十几个小时中，卢兑震进行大量的、绝不能出错的计算时，一直在强迫自己镇定，毕竟那是压力多么大的一件事。现在看到外面车水马龙，反而觉得真实的世界异常不真实，忽然感到一阵头晕目眩，仿佛做了一场梦，一场很真实的梦。如同昔者庄周梦为蝴蝶，竟为蝴蝶之梦周与。

卢兑震迷迷瞪瞪看了看手表，想着耽误了一天时间，得赶回蟠龙山勘测现场，毕竟干热岩的大规模投入使用只剩最后一个研发环节了。但随即又“嘟嘟嘟”猛地摇头，两眼空空，任凭双腿迈着步子，才终于接受了“人类已经用不到干热岩”这一事实。

“卢教授，您如果不着急返回山东的话，要不晚上一起去吃火锅？”刘星莎好像看到了卢兑震内心的彷徨，故作轻松状问道。

魏子青在前面领路，引着卢兑震走进了一辆黑色保姆车。三人乘车来到了五环外的一栋别墅。

“到了，卢教授，这是我丈夫在北京的家。大家一起吃火锅，聊聊天，都是我非常可靠的朋友，请您放心。”

卢兑震这才从恍惚中回到现实，点了点头。

β. 流星雨

银生代35600年，西邑，王宫中厅

“流星雨真的要来了，还有30年。”淳于天在篝火旁正襟危坐，进行着一次艰难的预言。其实这是对之前一个预言的验算，这已经不知道是它第多少次验算了。无论怎么验算，那颗陨石都会击中地球。

拉瑞们在王宫中厅点起了一堆篝火，再度商议如何应对这场陨石灾难。王宫是伏苍子统治家族的住所，分为前厅、中厅和后厅。前厅非常开阔，像是一个巨大的广场，是它们活动的场所；中厅两边是会议室、中间是开放的大厅，是它们会后议事的地方；后厅是它们生活起居的住所，与中厅间隔着一条2000米的长廊。

“不管怎么样，我们一定要拼尽全力将其击碎！”希丹站出来说道。

希丹是西邑总署署长。“西邑”是一个拉瑞部族的所在地，位于一片浅海之中的小岛。整个西邑有10000多个拉瑞。帮助统治者总管各项事务的最高指挥部叫作“总署”。

“你们慌什么，我相信联合总署定有所防范。况且，咱们这群拉瑞，手无寸铁，打打霸王龙还可以，要想跟陨石作战，绝无胜利的可能。”雷烛回应道。

“0.21%”淳于天说出一个数字。

“什么意思？”希丹问道。

“也不是绝无胜利的可能，而是有0.21%的概率能成功将其在外太空击碎。”

“这个可能性，就相当于没有。如果是联合总署去截击呢？胜率在多少？”希丹听了直摇头。

“这我可就不知道了，联合总署我都没去过呢！”淳于天摊摊手。

“连我们都可以预言到这场灾难，联合总署必然也能预言到，可是却迟迟没有通知我们。说到底，我们还是边缘拉瑞，平常得不到联合总署的一点帮助，根本发展不了文明。这也就算了，危难时刻，怎么安顿咱们，也不知会一声。”希丹叹了口气道。

银生代世界地图

联合总署是地球上所有拉瑞的总署。拉瑞的文明已经达到了相当于宇宙第二等级文明的水平，但是各部族差距非常大。西邑是拉瑞之中的原始部落，几乎没有掌握多少先进的文明。

因为文明过于发达，单个拉瑞终其一生也无法完全掌握一个细分领域。发达部族的科技团队是由数千万个拉瑞组成，每个拉瑞只负责一个小的模块，因此它们甚至自己也无法讲述清楚科技的整体构架。这几乎形成了一个难以逾越的门槛，像西邑这样的边陲小岛，根本没有机会踏进去。

说“科技”，其实并不严谨，拉瑞认知宇宙的方法与人类并不相同。科学是运用范畴、定理、定律等思维形式反映现实世界各种现象的本质和规律的知识体系，或可通俗地理解为通过做分组对照实验等方法，得出一些具有可证伪性的结论。

而宇宙中宏观尺度的事情只会出现几次，甚至只有一次，无法进行重复观测，更加无法做实验，那就只能提出假说，而不能得到有效结论，如宇宙的起源、生命的起源这类问题。人类对于微观粒子的操控也局限于已有的技术水平，因此很多实验无法完成，如超弦理论，所以这种事情都无法形成科学结论，因此人类的认知水平也就被局限住了。

与科学相对，玄学是另一种认知方式，是对事物进行观察，进而总结出抽象的规律，再将这些规律汇总，便能提取出更大尺度依然适用的规律，与关注事物的原因相比，更关注于事物的结果或最终的表现形式。玄学所形成的结论，与科学不尽相同，也不具备可证伪性，但依然能确保正确，如世界分阴阳，无法从事物的组成原子来验证，但总能分类正确，如果继续发展下去，也许能形成在整个宇宙尺度内的有效结论。

实际上，许多科学只是对玄学的解释，而这些解释或有或无，也不影响玄学的应用。比如，对于用轮子组成的自行车为什么行驶的时候不会摔倒，玄学家首先观察出这种物体不会倒，然后加以应用发明出轮子，而科学家想要给出合理的解释却十分困难。如果按照科学的方法，需要先从物理学建立模型，然后设计轮子，那么人类可能永远无法发明出轮子。同样的道理，对于自然界存在的东西譬如水、火、山、林，人类都可以加以利用，而不需要明白火到底是不是气体，是由哪些分子组成的。

可惜，人类在发展初期可以说是科学与玄学一并发展，在关键的几百年则完全放弃了玄学。即便人类科学观从逻辑证实、可证伪、范式转换一路发展到贝叶斯主义，已经能解决几乎所有的逻辑问题，但这种受限于前提条件的思考方式使得思维被锁死在了“以理观物”的阶段。

而拉瑞认知宇宙的方法类似于综合了科学和玄学两个方向，将两者汇集到中点所形成的一种复合思维方式，达到了“以性观物”和“以命观物”的阶段，可以将自然规律运用到社会结构之中，拉瑞称呼此为“科玄”。

“好吧，今天的会就开到这里吧，光想也没有用。希丹，你明天随我一同出海，咱们到联合总署去问问情况。”伏苍子伸了一个懒腰。

“前几天刚去，连大门都不让进。哎！咱们部族现在真的是微不足道。这次要去，我多联合几个外海的部族一并去，涨涨气势。”希丹抱怨道。

“也好，那你抓紧联系，咱们3天后出发。”伏苍子说着站起身，招呼了淳于天和雷烛一起，准备往后厅走。

“好的，我看呐，还是白折腾，不如咱们自己早做打算。”希丹说着冲它们挥挥手，往前厅走去。

总署长官一般都是禀赋和能力都超群的纯性拉瑞，而双杂性拉瑞构成西邑社会的中层，三杂性拉瑞往往沦为社会底层靠做体力活为生。

希丹则与众不同，它是总署中唯一一个XYZ三杂性拉瑞，并且它一直担当署长10多年。它的执亲是XXY，普通的心理咨询师；它的依亲是YYZ，小聚落里的算命师；它的实亲是YZZ，一个基层工程师。它们仨都是双杂性拉瑞，而且都有Y染色体，本来有机会生出Y纯性拉瑞，去竞选预言家，最不济也能是一个聚落的首领。结果生的4个孩子，非但没有一个纯性，就连双杂性都没有，全部是XYZ三杂性拉瑞！

希丹是最小的一个孩子，刚出生的时候就展示出了极为罕见的坚韧品质，不达目的决不罢休。它的家族集全族之力，聘请到了上一任王师，也就是伏苍子家庭的老师，来教它本领。少年时代，它更是游历整个西邑，遍访名师，但凡一拉瑞有何超然之处，希丹便不辞劳苦为其做苦力，恳求它传授自己本领。最终，它的禀赋能力都与总署里的长官不相上下，便被破格录用至总署，并在两年的时间里晋升为署长。再之后，它更是走出四海，领略过发达部族高超的科玄水平，所以总署出使四海，一般是由希丹来负责。

银生代35600年，陶虞

希丹先是拜访了其他一些原始的拉瑞部族，说动了6名署长一同前去联合总署，与伏苍子汇合。

联合总署所在的地区叫作陶虞，是拉瑞世界中最为发达的地区。不像西邑是纯自然的环境，这里几乎都是文明的产物，所有的建筑物都是错落有致地悬在空中。这是一片立体的区域，像是一个巨大的圆锥体，最高处可达近万米，高耸入云，相当于人类近3000层的大厦，是迪拜塔的十几倍高。在这个空间内，每10万立方米的中心就有一个核桃般大小的黑色小球悬浮在空中，这是能量转换器，可以近乎100%地吸收太阳能，然后将其转换为拉瑞所需的各种能源。

陶虞的文明已经进展到了可以直接操纵原子的层面。能量转换器不仅能为城市中的各项设施提供能量，还可以将所产生的能量用于操纵物质内部的原子，并且可以提取出目标原子，通过特定的排列方式，来形成所需的物品。

希丹少年学艺之时曾在陶虞住过几个月，已经习以为常，并且能熟练使用能量转换器的各种功能；伏苍子也来过几次，算是见过世面；有几位署长从没有来过发达地区，已经被眼前的景象所震惊得不能自已。

一位署长指着一台瞬移器连连称奇：“它们都是实性拉瑞吗？在空中穿梭自如，具备如此强的能量，是我们部族最强大的首司也望尘莫及的。”

“这远非拉瑞之力可以实现，而是借助陶虞的现代化装置，叫作瞬移器，即一种便利高效的交通工具。”希丹说着拿起一个操控板来演示，呼叫过来了一台瞬移器，只有双脚那么大，轻薄到几乎看不见。

拉瑞站在这瞬移器之上，实际是进入了一个空泡，可腾云驾雾一般飞往目的地，即使超声速行驶也不会感到空气的阻力。如果把挡位开到最大，速度可达到每小时8000千米，可在城市之间穿行。

“我还担心风会吹乱羽毛，哈哈！瞬移器、空泡，实在太不可思议了，陶虞的科玄居然如此先进。我此前去过弗朗，以为那里的拉瑞已经是最先进的了。它们有一个装置，叫作‘神经连接器’，可以连接数十名乃至上百名拉瑞的神经系统，从而使用拉瑞们整体的力量。没想到陶虞居然有这个叫什么……瞬移器，直接脱离了肉体的束缚。真不虚此行啊！”另一位署长感叹道。

“别，署长殿下，这才到哪，联合总署的大门咱们都还没进，可不能就‘不虚此行’了。咱们可是有任务的，对于他们打算怎么安排那颗关乎咱们未来生死存亡的陨石，非得问个明白不可！”希丹将几位还沉浸在“大观园的刘姥姥”拉回了现实。

“大家都是远道而来，着实饿了。希丹，你先带几位署长吃点东西吧。”伏苍子嘱咐道。

希丹带着几位拉瑞乘坐瞬移器来到用餐区，取来几个类似耳机一样的东西，让大家带上，然后问道：“署长们，想吃点什么？”

一位署长刚想着“好想吃梁龙肉，要是红烧了就更好了”，眼前立刻出现了一盘美味的红烧梁龙。几位署长惊得目瞪口呆，直问：“这又是什么高科玄的东西？”

希丹指着那类似耳机的东西道：“这是阅脑器，相当于我们的执性、依性、实性共同配合。首先通过量子纠缠探知脑中想法，其次进行非常复杂的计算推演，最后调用能量转换器生成所想之物。所以，各位想吃什么，想想就有。”

一个署长道：“那太好了，不是异想天开，而是心想事成！哈哈！”

希丹赶紧取下它的阅脑器，说道："您可悠着点，这些可都是收费的。刚才坐那趟瞬移器是按每位100克收费。要不是这餐厅在空中，我才不让大伙坐呢！这里的餐厅都是奢侈消费。你们看大街上的拉瑞都行色匆匆，根本顾不上吃饭，饿了就直接用能量转换器将所需营养成分注入体内。在陶虞，吃饭就是纯解馋的消遣。那一小盘红烧梁龙，3000克！"希丹边说边指这指那。

"我的天呐！那可得省着点！"伏苍子倒吸一口凉气。陶虞的消费实在高得离谱。小小一盘梁龙肉居然要价3000克，都可以在西邑买一只刚成年的梁龙了！几位拉瑞即便是部族署长，面对陶虞的消费也都捉襟见肘。

大伙吃饱喝足之后，又简单地在陶虞各街区逛了逛。"咱们还是快去联合总署吧，替各自部族请愿，早点弄清楚，心里踏实，也早点回家。"伏苍子看到了旅店一晚5000克，而整个陶虞都悬浮在空中，不住旅店都没法睡在森林里，心想日落之前一定得离开。

银生代35600年，陶虞，联合总署门口

刚到联合总署门口，便看到东邑的王和其他几个部族的署长行色匆匆地走了出来。伏苍子看到老朋友，想着应该是志同道合，于是上前打招呼。东邑王摆摆手说道："你们可是为了陨石流星雨而来？快走吧，别卷入这是非之中了。"

伏苍子："这是为何？联合总署也束手无策吗？"

东邑王："陶虞科玄如此发达，又不像你我这种原始部族，只能依靠自身的血肉之躯。它们只要制作一台沙粒攻击器，由10万台能量转换器为其供能，便可将陨石在外太空击成粉末，成功率超过99.87%。那剩下的不到0.13%，也是将陨石拦截成几万个不足为道的小石头。”

沙粒攻击器是拉瑞最为先进的武器。一粒沙含有超过10^{16}个二氧化硅分子，比银河系中所有的星星还要多得多。沙粒攻击器是将如此多数量的伽马光子赋予1000万亿电子伏特的能量，并且用粒子加速器加速到近乎光速，然后向目标发射过去。因其速度近乎光速，便可以实现极为精准的击打。看上去只有一粒沙子大小，但足以将一颗小型行星完全击碎，更何况一颗小小的陨石。

希丹问道：“可是沙粒攻击器不是被联合总署所禁止了吗？100多年前，有几个联盟制造出来了产品原型，还没有投入试验，就被销毁掉了。”

还不等东邑王回答，伏苍子不明就里地抢问道：“既然如此，击碎陨石可谓易如反掌，那应该高兴才对，阁下为何还如此焦急，还说什么‘是非之地’？”

东邑王答道：“正是如此。现在有了这颗陨石，所以沙粒攻击器的想法又被重新提上了日程。你知道的，陶虞，说到底它不是一个部族，而是几十个先进部族组成的联盟。其中有九大家族，势力非凡，现在谁都想抢这个事情。如果能获准造出了沙粒攻击器，它不仅能击碎陨石，成为拯救地球的大英雄，而且再无对手，从而一统陶虞。那时候地球上弗朗、奥陆等联盟也都不堪一击，它进而就能主宰整个地球了！”

东邑王发表了一阵慷慨激昂的演说，希丹也明白了这其中原委。每个联盟内部历来矛盾重重，每个联盟之间的生死博弈更是几万年来都从未停歇。直到100多年前，有一位能力超群的科玄家提出了沙粒攻击器的概念。几个家族先后做出了原型，这样才能彼此威胁，将斗争暂且放下。

如今的陨石，在西邑这等原始部族看来是莫大的危机，对陶虞中的各方势力来说却是绝佳的契机。

想到此处，希丹忧心忡忡地说道：“沙粒攻击器随时可能会从潘多拉魔盒中放出来。也就是说，世界大战一触即发，其威力甚至更猛于陨石。”

一众署长继续叽里咕噜商议了一阵，都觉此时世界大势异常复杂，已不再是陨石的问题。而至于陶虞乃至全球的拉瑞纷争，更远非原始部族所能参与的。在伏苍子的提议下，大家先各回各家，从长计议。

3. 火种计划

2061年3月9日，星期三，晚上9点02分，宋崖的别墅

“小青，来，快进来。这位就是卢教授吧，久仰久仰。”宋崖热情地出门迎接着几人。

“宋总，久仰久仰。”卢兑震有力地与他握了握手。

“不敢不敢，叫我小宋就好。”

“来，给您二位介绍一下，这位就是现在最顶尖的地质学家，卢兑震教授。咱们国家的干热岩大规模开发，就是他在主导。这位是我的发小，也是莎莎二十多年的好朋友，胡奇，著名的生物学教授，前年‘生命科学突破奖’获得者，现在可是很火呢！”宋崖说着拍了拍胡奇的肩膀。

“哎，哪里哪里，卢教授，幸会幸会！”胡奇也凑过来跟卢兑震握手。

“你们别站在门口寒暄了，火锅都准备好了，进来慢慢聊。”刘星莎过来张罗着。

宋崖，本科上了一个末流大学，自学编程，毕业后进入了知名物联网公司，后来自己创业，做自动驾驶汽车的物联网组件，几经沉浮，将公司做成了细分市场排名第一的企业。两年前，宋崖的公司股份大部分被上市集团收购，现在算半退休状态。

宋崖留着一撮标志性的小胡子，比刘星莎小一岁，一次陪胡奇参加校友聚会的时候认识了刘星莎。两人结婚之后，为了能团聚，宋崖把研发中心搬到了昆明，每周回北京两天。这座别墅，便是宋崖在北京的居所，同时也是对接重要客户的会所。

胡奇长得干净帅气，和宋崖性格截然相反。宋崖敢闯敢拼，急性子；胡奇则是内敛型，只顾埋头好好学习，两耳不闻窗外事，考上大学后，是刘星莎的大一理科基础班的同学。胡奇在大二选择了生命科学专业，科研路走得也是顺风顺水，因在染色体端粒酶领域取得重大科研成果，将人类的最大预期寿命提高了近一半，获得了“生命科学突破奖”，称得上是生物学领域的豪华版诺贝尔奖。

刘星莎走进太空指挥部之前，就给她和宋、胡在异度空间中的一个三人小群发消息：“今晚来家里吃火锅。”三人早有约定，因各自的工作、科研都有很多涉密内容，约在别墅吃火锅，相当于是暗号，要来商谈机密要事。宋崖正好昨天来北京开董事会；胡奇收到消息也心领神会，早早从北京生命科学院下班赶过来。

五人入座之后，宋崖问道：“今天的会……”魏子青立刻打断，扶了扶眼镜咳嗽了一声，示意大家这是监听器。宋崖连忙改口：“今天的会很顺利，我们公司又签了一个大客户。来！今天的火锅我请客，大家随便吃，哈哈！”胡奇也心领神会没有吭声。

刘星莎指了指角落里的三个奇形怪状的玩偶，魏子青和卢兑震都不明所以然，但也不便多问。几人如同平常聚餐一样，聊一些生活和八卦的琐事，对于恐龙二号只字未提。酒足饭饱之后，刘星莎对宋崖说道：

“老公，你放部剧吧，《山海经》又拍新版本了。”宋崖心领神会，打开投影，把3个玩偶摆在了沙发上，指了指刘星莎的眼镜。魏子青和卢兑震也都一下子反应了过来，把眼镜慢慢地戴在了玩偶头上。

几人移步到了茶室，宋崖已经沏好了一壶普洱茶。

“哈哈，姐，没想到你还有这一招呢，这个玩偶是什么呀？不会被发现吧？”魏子青仔细看这玩偶，老虎头，红色的毛发，长了两个可爱的小犄角，龙身，上肢是爪子，下肢是蹄子。

刘星莎介绍道：“这3个玩偶叫‘白泽’，是宋崖公司研发的最新产品，还没推向市场，脑袋里装着云CPU，连接到大型量子计算机上，已经通过了图灵测试。刚才吃火锅的时候，它们一直在旁边听咱们说话，记录了咱们的声纹特征，现在替咱们看电影，还能以咱们的声音语气交流观影体验呢！”

“真是后生可畏啊，没想到《古本山海经》中记载的神兽白泽竟然成了现实。现在这些高科技产品，真的眼花缭乱，我都不懂了。”卢兑震看着一个白泽正以自己的口吻说“《山海经》第一部我还没看，可能跟不上剧情了啊”，不禁感叹。

“姐夫，真厉害，真是‘道高一尺魔高一丈’呀！”魏子青说着竖起两个大拇指。

“好了，言归正传吧。”刘星莎为众人倒上茶，开门见山地说道。

旁边的魏子青接过话，把恐龙二号的来龙去脉，今天在指挥部的经历，最近两天发生的种种不可思议给宋、胡二人简述了一遍。

“老宋，你有什么想法？”刘星莎先问宋崖，想着先拉一票，这样能迅速建立3∶2的表决优势。

“我能有什么想法，对于天文学、地质学这些，我是门外汉，当然听你们的了，若有能用上我的地方，我随时恭候。”宋崖在商场上叱咤风云，但在家里对刘星莎言听计从。

刘星莎循循善诱：“现在的情况是，李文军去上报中枢院。若这事中枢院都做不了主，再往上报，然后会怎么处理？”

“地下城计划是这道题的唯一解。高层接下来，会按照300万人的额度限制，来确定地下城的居民资格。”卢兑震回答道。

“对。我们不妨先做一个人口分析：首先是各省市最高层以及重要机构掌门人，约10万，加上他们的家庭成员与核心圈层，按50万算。其次是军队，用来在地下城巩固特权，维持稳定，若参考人类历史最极端的情况大约10%的占比，那么在每座地下城需要10万人，总共就是30万。第三是科学家，为了延续人类文明，也为了将来能走出地下城，需要高水平的科学家50万。若按照科研与工程人员1∶2估算，则工程人员需要100万。此三者相加约230万，剩下的70万就是社会上敢打敢拼的狠人和强人各凭本事挤破脑袋要争抢的名额。”宋崖边说边用纸笔计算着。

“没错，中枢院一定会按照他们的意愿来主导名单，按照他们认为对地下城‘有用’的标准来选人，按照他们捆绑的既得利益集团来展开博弈。谁又能保证我们一定能入选？即便我们可以，我们的家人呢？朋友呢？他们大多数可能都没有资格。”刘星莎说着望向了胡奇。

刘星莎是刘宋胡三人小团体的领袖。胡奇上学的时候一直暗恋刘星莎，但他本人拒不承认。后来刘星莎因工作调动到各个城市，胡奇也总能紧随其后地调过去。

“所以，你今天叫我来，已经有想法了。地下城计划，也许不是唯一解，你想用生命科学技术来拯救芸芸众生，对吗？”胡奇对刘星莎的提问看来早有准备。他的语气已经表明，现在茶室内4个人已经统一战线，接下来就是制定具体的计划，以及瓦解卢兑震。

“是，我们来北京前就想到了这个可能性。现在克隆技术进展到哪一步了？”魏子青也看向胡奇。

“克隆人技术已在试验阶段，可以成功，但是稳定性不够。大约有40%的概率为健康人，30%的概率会患有各类老年病、癌症，还有30%的概率则会直接夭折。现在基因技术比较有限，没法修复这些问题。不过这些问题大多是工程上的，也就是只要有足够的时间，是可以逐一攻克的。人类在地下城中的500年如果可以大力发展生命科学，则克隆技术大概率会完全成熟。”胡奇进行了一番详细的解释，令众人都陷入了短暂的思索之中。

随后他又补充道：“此外，你们要知道，克隆人并不是你自己，你死了，克隆人也不是你。我说的不是哲学意义上的探讨，而是生物学意义上的，因为他不具备你的记忆和思维方式。或者说，他仅仅有你的DNA，没有你的灵魂。”

“为什么不直接移植大脑？”魏子青问道。

“大脑移植手术这几十年来一直是医学界无法攻克的难题。况且，这么多人的大脑，不仅有很大的存储难度，甚至是根本没办法获得的。难道要先把人都杀死，再取出大脑吗？恐怕大家宁愿被恐龙二号撞死。”胡奇回答道。

“那数字生命技术呢？人类的意识数字化后再输入克隆人。这样的克隆人，基本上等于本人复活。”魏子青追问道。

“人脑能表达的状态远非计算机神经网络所能企及。数字生命技术只是资本的狂想曲，连实验阶段都称不上，都是用来鼓吹民众、抬高生物板块股价的。”胡奇颇有不屑地回答道。

“40%的克隆人成为健康人……那剩下的60%，还有别的办法吗？或者在某种意义上‘复活’吗？”刘星莎缓缓放下茶杯。

“克隆是无性生殖，退而求其次的话，就是有性生殖。如果我们可以获取人类的生殖细胞，将其冷冻起来，之后人工培育胚胎，最后放入人造子宫。这项技术已经非常成熟了，跟自然生育的小孩出生之后完全一样。”胡奇也喝了口茶回答道。

经过又一番讨论之后，几人定下了最大程度“复活”芸芸众生、保存人类文明的一个计划，将其命名为“火种计划”：

第一步，克隆：搜集人类体细胞，提取细胞核，移植到去除了细胞核的卵细胞中，促使这一新细胞分裂繁殖发育成胚胎；

第二步，筛选：对成形胚胎进行基因检测，将不合格者剔除；

第三步，配对：对不合格者，搜集其生殖细胞，由系统根据最优配对原则形成受精卵，将其培育成胚胎；

第四步，冷冻：将所有胚胎用液氮罐进行冷冻，带入地下城，并用最高等级的加密存储在最为安全的地方；

第五步，复活：500年后，人类重返地表，将胚胎放入人造子宫，全人类在基因意义上获得新生。

“各位，说了这么多，‘火种计划’是另一个可行的方案，甚至比地下城方案更好。但是我有一点不明白，外太空，生物学，我都不懂，那为什么要告诉我，难道我可以帮什么忙吗？”卢兑震忍不住问道。

“你可以扰乱地下城计划。”宋崖说道。

“什么？”卢兑震吃了一惊。

“‘火种计划’的宏伟程度甚至和地下城计划是一个级别的，单凭我们自己，只是一个妄想，必须依靠举国之力的支持，才能搜集人类的体细胞和生殖细胞，并进行百亿规模的克隆。这需要改写世界上大部分国家的宪法，也需要耗费世界上极多的人力、物力资源。而决策者们没有动力支持这个方案，因为他们可以用地下城保证自己的存活，没必要牺牲地下城的规模，也就是牺牲自己生存的权力，来支持‘火种计划’。”刘星莎冷静地分析道。

“我进行了一个大致的计算，‘火种计划’所消耗的资源相当于建一座地下城的总量，也就是说，需要牺牲100万人入住地下城，来实现全人类的‘复活’。况且这100亿人在500年后如果真的复活，又该如何分配新地球有限的资源？”宋崖补充道。

“但是，我们作为芸芸众生的一员，一定要竭尽所能，来拯救芸芸众生，也是拯救我们自己！”刘星莎将话题在道德上升华了一个高度。

“没错，卢教授，所以需要您，来扰乱地下城计划。这样一来，李将军的上级，那些决策者们，便会怀疑其可行性，才愿意分配资源支持‘火种计划’作为备选方案。您是地质学最杰出的教授，我猜明天一早李将军就要请您回去开会，来主导地下城计划。到时候您只需要夸大其中的风险，然后邀请胡教授进组，来设计地下城的人造生态循环系统，则胡教授顺势可以提出‘火种计划’供决策者们参考。”魏子青也全盘明白过来了，给卢兑震投去期盼的眼神。

“何必这么麻烦呢？我们将恐龙二号和地下城计划的真实情况公之于众不行吗？利用舆论的压力，来倒逼高层妥协，共同开展‘火种计划’。”卢兑震建议道。

“这样做恐怕会适得其反。试想一下，大众一旦得知真实情况，必然会奋起反抗，人类便会陷入无休止的斗争。可能恐龙二号还没来，人类就要在自我斗争中灭亡了。所以，我们必须用一个巧妙的方法，四两拨千斤，让规则制定者自己恐惧，主动妥协，让民众在平静中被拯救。”刘星莎解释道。

卢兑震陷入了沉思。这是一个亘古的道德困境：一边是100万人的真实生命，一边是100亿人的基因意义上的生命。是啊，如果背叛人类的道德，牺牲极少一部分，却可以拯救全人类，那是不是就应该背叛？鼓起勇气，与法律斗争，与道德斗争，不……不是斗争。所谓的善，不是一成不变的，而是人与人之间适当关系的实现。当世界的运行规则都被恐龙二号全然击碎时，人世间的全部规则也都会被打碎，一切都需要重新审视。如果墨守成规，反而是恶；书写新的道德，才是善！无论战争和平，甚至在这样人类几乎要灭绝的灾难面前，人类也必然会斗争。在生存的欲望面前，谁都无法妥协，为自己而争便是小善，为天下人而争便是大善。

看卢兑震一直犹豫不决，刘星莎又把话头推了一把：“卢教授，电车难题，并非哲学悖论，其实是有标准答案的，这取决于谁在开车，谁在轨道上。”

卢兑震终于想通了，回过神来，看着他们期盼的眼神，用力点了点头，说道：“没问题，我知道该怎么做！”

“太好了，我这就开始准备克隆的研发工作！”胡奇也仿佛换了一个人，经过两个小时激烈的讨论，从忧心忡忡变得壮志凌云。

“小青！咱们都回客厅吧，电影马上要演完了，大家戴上眼镜，回房间早点休息吧。”刘星莎安排道。

“这个女主真的圣母心泛滥，我真的受不了了，弃剧！”从沙发上的一个白泽口中传来了魏子青的声音。

4. 天地不仁

2061年3月9日，星期三，晚上11点，中枢院

李文军火急火燎地跟武部长汇报了整件事情的来龙去脉，中枢院连夜召开紧急会议。智库成员经过了一番理论论证、建模计算、沙盘推演，最终也不得不认定地下城计划，令李文军第二天一早接卢兑震到中枢院制定具体方案。

“天地不仁，以万物为刍狗啊。”武部长目送李文军离开，叹了口气，独自一人来到了新型武器研发中心，与负责人李咏之单独会谈，令他在两年之内准备10万套幻影全组件，并严格保密。

幻影全组件，表面上看只是一些迷彩服、防弹背心、激光枪、手枪、匕首、战靴等常用装备，但各项装备都可以转为隐形状态，让人穿戴好之后一并隐身。其原理类似于两个双面镜对着放：物品外侧贴有一层超薄的显示器。显示器不仅可以成像，还有微型摄像头用来采集画面，通过头盔内的计算芯片进行画面整合分析，将另一侧收集的影像显示在这一侧，则整体看上去跟透明一样。

每一套制作完成之后，都需要由顶级工程师反复调试校对，生产难度极大，花费极高，目前只在极少数的特工任务中会使用。幻影全组件总共只有910套，并且全部记录在册，使用前都要层层审批。而此次武部长亲自来下达命令，开口就是要10万套，并且预算上不封顶。

李咏之脑海之中有如万马奔腾，现在一点战争的迹象都没有，却突然要在2年内如此大批量地使用。谁要用，在哪里用？甚至除了兵变，他想不到还有其他用途，但也不便多问。

2061年3月10日，星期四，凌晨1点06分，太空军指挥部

李文军返回太空军指挥部已经是凌晨1点。常鸿和几名值班人员还在办公室，一排显示屏上是3个人佩戴火眼的实时画面。火眼现在是夜间模式，通过红外线成像。

“怎么样，今天晚上有没有异常？”李文军问道。

常鸿一边说着，一边快速回放了一些画面：“一切正常，他们还有刘星莎的丈夫宋崖和一位好友胡奇。这两个人的档案都没问题。聊了聊家常，一起看了场电影，就各自洗漱回房间睡觉了。”

李文军正要转身离开，常鸿又说道：“但是……我总觉得他们的聊天有点不自然……”

李文军问道：“哦？怎样不自然？”

常鸿道：“他们的话明显少了许多，尤其是那个魏子青，今天下午在这里，嘴就没停过，晚上不仅没再开她那招牌的魏氏玩笑，甚至还变得有礼貌了。”

李文军不以为意，说道：“你真是个机器人！谁吃火锅看电影还顾得上一直说话啊！”但拗不过常鸿，还是选了一些片段从不同的角度慢放。他反复查看了几遍，打着哈欠说道："这都是很正常的啊，看来第五范式的人工智能机器人还是得继续迭代，一点都不懂人类！"

常鸿无奈地摇摇头："李将军，是你不懂女人。"

2061年3月10日，星期四，上午10点，中枢院会议厅

第二天一早，武部长亲自主持"末日会议"。

"明白！我们已经调度军方全部资源，投入太空核弹的批量生产，争取可以两年内多制造数倍于今的核拦截武器。"李文军敬了一个有力的军礼。

武部长问道："接下来，对地下城的选址，卢教授有什么建议吗？"

"如果是倾尽咱们国家的全部资源，根据之前的计算，境内应该可以建造3座地下城。有3处高原山区最为合适：地下城一号建在喜马拉雅山，地下城二号建在阴山，地下城三号建在昆仑山。我随时可以去现场勘测，确定具体位置。"卢兑震说道。

"这么远……3座地下城能彼此连通或者互相通信吗？"李文军问道。

卢兑震回答道："如果都建在同一个山区，万一发生超预期的地壳运动，人类有全军覆没的风险。这是防止单点故障、保障人类生存概率最大的方法。3座地下城就如同孤岛，彼此之间无法通信，更无法进行交通运输。"

"那好，地下城计划就由你做总负责人。我会全程与你配合，调用全国的资源。"武部长说道。

"只是……"卢兑震有点顾虑。

武部长："你有什么顾虑，但说无妨。"

卢兑震："地下城计划规模浩大，需要大量人力、物力，那在开展的途中，会不会涉及保密问题？我是说，其他人会知道地下城计划吗？"

武部长："保密问题由中枢院统一负责。我们会对外宣称你的干热岩开发技术已经成熟，需要开凿山区来进行大规模生产。所有的施工队伍只负责阶段性的一小部分，他们不会知道整体计划实际上是地下城。"

"那么……地下城居民，300万人，该如何确定呢？"卢兑震试探性地问道。

武部长："科技重要，当然文化与艺术对人类同样重要，不能让人类的精神在地下城断了根，自然也要选取各行各业的杰出人才。至于具体名单如何确定，这需要最高领导层做出标准来筛选。"

"等等，部长，300万人……虽然这是迫不得已，但仅最高领导层就可以单方面决定吗？难道不需要更公平的方法吗？比如抽签？选举？"卢兑震还不死心，一个劲追问。

"进入地下城的人肩负重任，这关乎未来500年人类的生死存亡，因此选人必须人尽其用。如果选举、抽签……不管什么所谓公平、民主的方法，一定会有不称职的人入选。更严重的是，如果每个人都拼了命地争夺名额，就一定会爆发核战争，那么人类将在恐龙二号到达地球之前就自我毁灭了。"武部长静静地说道。

卢兑震："那……其他人怎么办呢？这可是100亿人啊！"

武部长："芸芸众生均不知情，他们甚至不知道恐龙二号将要撞击地球，依然日复一日，年复一年，过着本来幸福快乐或痛苦迷茫的日子，直到突然间，全部毁灭，烟消云散，就像从来没有存在过。"

卢兑震："那……有没有考虑过克隆呢？"

武部长沉吟片刻，叹了口气：“小卢啊，如果分掉那么多资源去克隆人，虽然人是克隆好了，可万一两座地下城不稳妥，发生意外，悉数尽毁，那么这些克隆人不就成了水中月、镜中花了吗？我们一定要尽量确保人类生存的概率，难道不是吗？”

卢兑震眉头紧锁，心里很不是滋味。武部长的说法牵强附会，表面有道理，实则正如宋崖所言那般。

这时李文军过来拍了拍他的肩膀说道：“乐观点！200万年前，咱们人类走出非洲的时候，还没有300万呢！”

卢兑震仍不死心：“那他们现在，活着的意义是什么？”

“天地者，万物之逆旅。万事万物，存在本身即为意义。这一切，也都是命数。好了，卢教授，这些事也不是你我可以左右的，你还是全心负责地下城计划吧，毕竟这才是未来人类的命运所在啊！”武部长拍了拍他的肩膀。

卢兑震终于死心了。没错，芸芸众生怎样，在大灾大难面前，已经垄断了生存权的人是不会在意的，这是哲学也掩盖不住的事实。武部长说得大义凛然。地下城是未来人类的命运所在？不，只是少部分人的命运所在罢了！

想到此处，卢兑震一咬牙，说道：“好的，部长，我一定不负使命！不过我还需要一个搭档，来搭建地下城的人造生态循环系统，在黑暗的地壳之中模拟地表的风雨阳光，引入物种多样性，毕竟这样的环境才可持续发展。”

武部长：“这部分是很重要。这样的人才，你有人选吗？”

“有，胡奇教授。”卢兑震有些紧张，迟疑了一下之后又补充道：

“我也是昨天才认识他。”

李文军：“就是那位获得生命科学突破奖的胡奇？这两年真可谓名震江湖啊！”

武部长：“既然你们都力荐他，那就去请胡奇教授加入地下城工作组。”

李文军：“是！我去邀请。”

众人接着开会，制定地下城的施工细节。中午休息过后，李文军已经带着胡奇回到了会议室。智库团队里的几个人给胡奇把恐龙二号、地下城计划等一系列前因后果都讲了一遍。胡奇虽早已心知肚明，仍然像第一次听闻，惊讶不已。

卢胡二人也彼此心照不宣，只是没料到事情的进展会比预想中要顺利。

2061年3月19日，星期六，下午1点52分，昆仑山脚下

转眼过去了一个多礼拜，胡奇留在中枢院，忙着地下城人造生态循环系统的设计工作。卢兑震已经完成喜马拉雅山和阴山的勘测，选定了地下城建址，并将现场勘测情况传回工作组。

但他始终没有忘记自己的目的，定了定神，连通了工作组专线：“喂，我是卢兑震，实地勘测后我发现了一个新的情况，需要立刻和大家商议。”

卢兑震都可以感觉到电话那头的紧张气氛，继续说道：“我在这次勘测中搜集了详细的资料，发现全球大范围的地震，可能引起地壳异常运动，这将对我们选定地下城的位置造成平面扭曲型破坏，甚至会破坏我们的石墨烯防护层。换句话说，地下城会被压得粉碎。以昆仑山为例，我将详细数据都发给了各位。喜马拉雅山和阴山的情况会好一点，但是都存在这种可能性。”

2061年3月19日，星期六，下午2点45分，中枢院会议厅

短暂的沉寂过后，地质领域的智库成员之一说道：“恐龙二号将砸出一个直径几百千米的陨石坑，造成纵深几千米的裂缝。裂缝如果再经过后续反复撞击，将形成无休止的地震，就可能在地下城所在位置引起地壳的快速运动。由此产生的破坏力远比单纯的地震高出一个量级。”

武部长问道：“能否将地壳运动各类参数进行精准测量，通过数学建模的方式，推演这种可能性的大小？”

另一名智库成员回答道：“地壳运动依然停留在假说层面，即便是大陆漂移说、海底扩张说等，都没办法进行验证。现在的多因地壳运动假说更加复杂。若分别以银道坐标、黄道坐标、地轴、地理坐标等做参照物，则地壳运动的成因也各不相同，包括全球性海陆变迁、太阳系自身的演化、太阳和月球引力的作用、不同岩石的物理特性、人为开发自然环境等。因地质学时间尺度动辄百万年，人类现在难以对假说进行验证。而且恐龙二号对地球的撞击存在很大的随机性，甚至大小不同的陨石撞击海洋、山地、平原的不同位置，其影响都不同，因此完全没法进行数学建模预测。”

几位智库成员给出了言之凿凿的证据。哪怕发生的概率再低，只要地壳运动关系到整个人类的生死存亡，还是要尽力避免。可是，能有什么办法呢？

殊不知，智库团队成员在这几天跟卢兑震的交流中，早已被卢兑震的专业能力所折服。他们表达的观点，其实都是卢兑震潜移默化的影响。洗脑也好，离间也罢，卢兑震找到了“地壳运动”这个不确定性极高，而且没办法进行科学验证的论点，在一来一回中进行灾难细节的描述，不断加深人们的恐惧感。他完全主导了现场的气氛和节奏。

正在武部长来回踱步的时候，胡奇站出来说道：“其实地下城并不是唯一的出路，不妨考虑利用生命科学技术。”紧接着便一五一十地讲述了“火种计划”的内容。

“‘火种计划’的实施已经超出了我们这间会议室的权限。各位，先继续落实地下城计划的细节。”武部长说完离开了会议室，令其助手将卢兑震的“新发现”以及胡奇的方案传给了他的上级。

2061年3月20日，星期日，上午11点，中枢院

“喜马拉雅地下城和阴山地下城仍按原计划进行，取消昆仑山地下城的建设计划，将剩余资源全部投入‘火种计划’。”办公室的传真机收到了回复。武部长盯着“火种计划”四个字，长舒了一口气。

卢兑震和胡奇本来还做好了两个备选计划，没想到如此轻松就能瞒天过海。至此，刘星莎提出的“火种计划”，先是凝结在5人小团体，后在胡奇的技术支持下、卢兑震的左右游说下，终于取得了中枢院的全力支持。

后来有一次魏子青忍不住问道：“姐，‘火种计划’里的基因全是来自我们不认识的人。你们为了抽象的人类，争取一个虚无缥缈的基因层面的再生，大费周章，还牺牲了一座地下城。我可以无条件支持你，但我想问，为什么一定要这么做？”

刘星莎盯着湖面里的倒影幽幽说道："那不是抽象的人类，而是看得见、摸得着的孩子们。如果你救过他们一次，一定还会再救一次，无论是在哪个层面。"

2061年3月30日，星期三，上午10点，云南某福利院内

刘星莎获得批准，在两名太空军战士的监护下回昆明探亲。因她的父亲还在进行保密工作，刘星莎只与母亲吃了顿饭，便匆匆赶往郊区的福利院去看望她的"学生"们。

刘星莎上大学的时候，她的家乡发生了一场8级特大地震，是云南历史上最大的一次地震。她作为志愿者深入灾区，赶到一线参与救援，目睹了无数生灵悲惨地离开了这个世界，也亲手救下了一个小男孩。当时他的母亲用身躯挡住了倒塌的房屋，而小男孩靠着母乳坚持到了救援队的到达。

小男孩还没有名字，只知道姓李。为了纪念母亲的坚强与勇气，刘星莎为他起名为李毅坤。他很小的时候沉默寡言，见到人都局促不安，医生一度怀疑他的大脑在地震中受到了伤害。没想到5岁的时候，他突然表现出惊人的数学天赋，虽然他十分吝啬使用人类的语言，但写起计算机语言来得心应手，仿佛母语一般。

此后，刘星莎时常来看望地震中失去家园的孩子们，渐渐地，每周末给孩子们讲天文学与地球史已经成了固定节目。这10年来，听过她的故事的孤儿已经有几百名了。也正是这一群天使般的小孩，使刘星莎萌生了"火种计划"的念头。这些都是普通得不能再普通的孩子，这些孩子中，最大的已经步入社会从事着艰辛的工作，最小的孩子才刚刚几岁。他们都是这个世界上最可爱、最无辜的人，但是她知道，地下城计划是绝对不会将他们选入的。

“刘老师！”

“刘阿姨！”

一群小朋友欢欣鼓舞地跑来迎接刘星莎。

“姐姐，我还要听故事！上次的故事还没讲完，后来恐龙怎么了？”

“就你嘴甜，知道叫姐姐！好，姐姐来给你们把故事讲完。”刘星莎继续讲述陨石撞地球后，地球上发生的一系列灾难：火山灰遮天蔽日，大型生物几近灭绝，分布在各地的恐龙也相继死去。

小朋友们都听得吓呆了，还有两个年纪很小的孩子哭了出来：“我不要恐龙死，我要火神霸王龙！”

“我要风神翼龙！”

“我要土神三角龙！”

其他小朋友们也相继喊了起来。

“放心吧，他们没有死，霸王龙和三角龙躲进了地下城，翼龙飞到了外太空。”

“那霸王龙呢？”

“嗯……霸王龙藏到了月球。”

所有的孩子都开心地在草坪上又蹦又跳。刘星莎走到孩子们的中间，讲出了故事的结尾：“过了500年，地球生态恢复到了往日的生机。所有的恐龙，都回来了。”

γ. 森林中

银生代35600年，西邑，驯龙场

森林中，广傅带着三个无忧无虑的孩子围着几只三角龙跑来跑去，欢声笑语不断。风于罡现在只能预测到未来10年的事情，对陨石撞地球的灾难还浑然不知。森林里的孩子们，更是对外面的海洋、对陶虞的文明、对世界的冲突都一无所知。

伏苍子一家和希丹等几个总署里的长官心不在焉地坐在旁边的草地上。雷烛率先打破沉默："诸位，现在有两个问题，一是陶虞真的会爆发世界大战吗？二是就算会爆发世界大战，有没有可能捎带手把陨石也击碎？"

伏苍子："你的第二个问题是不存在的，因为爆发世界大战所产生的破坏力甚至比陨石还要大得多。到了那个时候，无论陨石撞不撞地球，都会给地球带来一次物种大灭绝级别的灾难。那时的地球可能都不适合拉瑞生存了。"

希丹接过话头，把在陶虞所见所闻的发达科玄又讲述了一遍，重点讲述了能量转换器和沙粒攻击器。

雷烛听完啧啧称奇，继续问道：“我有点搞不明白，如果世界大战后果这么严重，陶虞的预言家们难道就预测不出来吗？连我们都能预料到的事情，它们借助各种现代化装置的辅助，进行一个沙盘推演就能知道结局了。这不难吧，又何必真的动手开战呢？”

“预言坍缩。”淳于天解释道。

“预言？还能坍缩？什么意思？”雷烛一脸不解。

“所谓预言，需要先观察搜集信息，再通过推理计算得出结论。但预言只能针对客观世界而言，无法预测多方主观博弈的结果。因为你的主观，是我的客观；反过来讲，我的主观，也是你的客观。我们互为主客观，在博弈之中状态就会不断增多，从而导致反向递归溢出。”淳于天解释道。

“主观……会影响客观结果？可以举个例子吗？”雷烛还是没明白。

淳于天说道：“那好，打个简单的比方，剪刀石头布。我预言到你出布，于是我出剪刀；你也会预言到我出剪刀，从而出石头；我立刻知道了你要改出石头，所以出布，然后又轮到你……看到了吧？这是一个无穷无尽的循环，无论预言家如何计算也不能确保自己是计算了更多轮次的那一方。直到最后一刻，当双方真的出拳之后，预言中的结果才能坍缩，形成一个客观胜负。猜拳都如此，更何况军事战争。其中变数无穷之多，只有真的开战，预言才会发生坍缩，胜负才有结果。”

“不对啊，史书上记载，银生代之前很多战争，都是依靠预言家的精准预判，取得了胜利。”雷烛还是不解。

“那是因为双方实力悬殊，自然可以料敌于先，就好比我和你玩猜拳，当然可以保证场场都赢，不信你试试便知。而如果我和其他水平相近的预言家玩猜拳，则胜负就是概率问题。”淳于天答道。

雷烛不服，和淳于天连续玩了10局剪刀石头布都输了。然后雷烛又把风于罡喊过来，反向验证结论，连玩了10局，而风于罡赢了3局。

淳于天耸耸肩：“看吧，你们实性拉瑞，没有预言能力，肯定赢不了我。但是风于罡，因为已经具备很高超的预言水平了，所以有三成胜算。”

雷烛依旧不服：“那又如何，如果让你跟伏苍子玩呢？你也肯定会输。就算你能准确预言，但只要伏苍子使用通灵之术，对你进行量子纠缠，改变你的出拳结果，让你自己以为要出石头赢它的剪刀，结果出了布。”

淳于天笑道：“没错，是这样，这也正说明了预言坍缩的原理。如果伏苍子和挥夷彭猜拳，挥夷彭同样具备几分胜算。目前陶虞内各方势力就是这样：预言水平相当，通灵水平相当，就相当于什么都没有。胜负依然在毫厘之间，是一个未知的概率问题，只要不真的开战，便无从知道胜负。”

“那既然如此，大家都知道预言悖论，不打不就是了嘛！”雷烛说道。

“洞穴困境。”伏苍子淡淡地说道。

“洞穴困境？又是什么意思？”这次不光雷烛蒙了，连淳于天也不知所云。

“一种只能进行负和博弈、互相伤害的情况。例如，两个拉瑞被困在一个洞穴之中，能否被救是全然未知的。为了获得更大的获救机会，一方主动牺牲，让另一方吃自己为生。如若不然，强者就想要杀死弱者，而弱者没有选择的余地，只能和强者殊死搏斗。实力相近的时候，两个拉瑞往往会等待救援，但总会到达等待的极限，最终难免会走向互相攻击的境地。当双方等待到达极限之时，即便救援已经在路上了，它们也早已同归于尽。”伏苍子解释道。

众拉瑞都懂了——生物自身的生存是第一本能，在生存力驱动之下会互相博弈。而当外界资源是无穷无尽之时，这种博弈是正和博弈，让彼此都可以进化；而当资源总量有限，已经不能满足生存所需时，便陷入了洞穴困境。要么主动牺牲，就是退化；要么互相攻击，就是你死我活。

现在发达部族的拉瑞文明，需要消耗额外的资源来支撑，已经超过了太阳系的供给能力。要么有拉瑞愿意牺牲，主动从文明社会退化到原始部落，从发达地区搬到四海之外，重新过着每天与恐龙为伍的生活，在森林里赤身裸体地跑来跑去。要么就开战，将对方消灭，自己又可以独享资源，继续发展。

但发展总是会遇到新的瓶颈。其所消耗的能源又将超过供给，便有新的洞穴困境等待着拉瑞的到来。只能再战斗，再消灭一部分拉瑞，腾出一部分空白资源。拉瑞们在三种状态中不断反复：毁灭——重生——寻找到新的能量来源。拉瑞现在还不具备汲取整个银河系能量的能力。这偌大个太阳系，却仿佛铜墙铁壁的洞穴一样，让拉瑞只能面对那三种状态。或者说，循环总能达到其能力边界。就算现在可以迅速发展到宇宙第三文明，将整个银河系的能量为己所用，但随着文明的再度发展，当消耗再度超出供给之时，拉瑞便又陷入了洞穴困境。循环总有结束的时候，即三种状态会聚合为一种结局：毁灭。

现在整个拉瑞世界已经陷入了典型的洞穴困境。

“剪刀石头布，还要不要玩啊？等了你们半天，不玩我走了，三角龙还在等着我呢！”风于罡不耐烦地说道。

伏苍子摸着风于罡的头说道：“去玩吧，孩子。”它心里想着：所有的拉瑞都像现在这样过原始的生活不好吗？每天和恐龙为伍，在森林里赤身裸体地跑来跑去，有什么不妥吗？

现代化文明固然好，但其所蕴含的能量如果超过拉瑞的掌控能力，便会走入万劫不复之地。与其说沙粒攻击器是潘多拉魔盒，不如说文明的发展本身就是一个更大的潘多拉魔盒。

拉瑞在这颗蓝色星球上生活了上亿年，近代拉瑞生活了三十多万年，世代繁衍，生生不息。银生代之后，现代拉瑞开创的文明急速膨胀，承载文明存在的能量需求远远超过了拉瑞的肉身之躯。偌大的一颗蓝色星球，可以养活百千亿计的血肉之躯，却容不下膨胀的文明。那这样的文明，岂非适得其反？伏苍子陷入沉思中找不到方向。

希丹将伏苍子的思绪拉回到了现实中：“我的王，现在不是伤感的时候。陨石流星雨三十年后到来；世界大战早晚要爆发，可能是二十年，也可能是十年。我们该怎样利用这有限的时间，为我们的部族谋求生路？”

“这小小的驯龙场庇护不了我们，但这偌大的蓝色星球也并非无处可逃。地壳，是我们唯一的出路。”淳于天又开启了预言模式。

银生代35600年，西邑，王宫前厅

伏苍子通过量子纠缠之术读取了淳于天脑海中的推演画面，召集全体总署长官一起到王宫前厅开会。大家群策群力。所有的依性拉瑞都在淳于天推演的基础上继续补充细节，并罗列出事态发展的各种可能性。

经过几个小时热火朝天的议论，伏苍子总结道："客观事实如此，确实没有更好的办法了。生命历史上有过几次物种大灭绝。幸存下来的生物多数是海洋生物，少数是靠躲避在有掩体的泥坑里、沼泽里的陆生生物。如果我们只依靠自然环境，至少会有99%的拉瑞死于灾难或者战乱。我建议，联合其他部族的拉瑞，共同建造地下城，根本性躲避战乱和灾难。"

"难点在于地下城的建造。如果只考虑陨石，建在地下10千米处即可。联合所有实性拉瑞，在30年内尚可完成。可如果要考虑战争，至少要建在地下30千米处，时间也许只有10年，这是我们血肉之躯绝对无法完成的任务。"雷烛一边说着一边盘算部族内实性拉瑞的数量。

希丹说道："没错，所以我们要想办法找陶虞帮忙。如果能借来能量转化器，在地下30千米处建座地下城，这对陶虞来说可谓举手之劳。"

雷烛问道："即便举手之劳，它们也不会平白无故帮咱们。况且陶虞联盟内部结构错综复杂，那我们具体又该找谁帮忙？"

伏苍子解释道："它们自然不会无缘无故帮忙，但我们可以与之交换。还记得100年前吗？先王在世的时候，弗朗有位署长来到咱们西邑，希望用10台神经连接器换取东海之内的一半土地，并让我们帮忙驯养霸王龙表演节目，做一个恐龙乐园。"

希丹说："当时我还没出生，听长辈们讲到过此事。霸王龙是我们的神兽，森林里的霸主，硬生生被它当一个踩单车抛火棍的小丑，这有辱神灵。土地也是咱们西邑部族的世代故土，因此恐龙乐园这事，未经正式立案商讨便遭到全体拉瑞反对。"

淳于天也补充道："而且我还听说，弗朗那名总署官员，还去找了其他几十个部族商讨此事，但遭到这些部族的强烈反对。弗朗有几大家族，准备联合起来发动武力征服。部队刚登陆东邑，没想到引来了陶虞联盟义正词严的反对。双方剑拔弩张，对峙了足足几个月才和谈退军。这次冲突引发了各联盟之间的军备竞赛。沙粒攻击器的原型也是那个时候诞生的。待各方进入沙粒威胁阶段，那场冷战才告一段落。"

伏苍子："对，正是如此。而陶虞当初之所以反对弗朗的恐龙乐园计划，是因为它们一直有一个构想，想把尚未进入现代文明的原始部族所在地都纳入陶虞的管辖，形成一个环球生态保护区。现代拉瑞可以从陶虞的天空之城中直接飞到咱们西邑的驯龙场，体验和三角龙做游戏的生活。100多年前弗朗与陶虞实力相当，争执不下，因此各自的计划也都在冷战中搁置了。"

希丹："那就好了，我们现在可以游说各原始部族，让大家联合起来，把土地和恐龙都送给陶虞，但条件是用100台能量转换器来交换。这样一来，咱们就可以建造地下城。它们文明部族在地表争它们的，怎么发动战争都无所谓；咱们原始部族就居住在地下，彼此相安无事。"

"可是它们都要发生战争了，还顾得上建造环球生态保护区吗？"雷烛问道。

"陶虞联盟分工明确，打仗的归打仗，旅游的归旅游，各行互不干涉，所以我们趁早行动，兴许还来得及。"希丹答道。

正巧三个孩子从驯龙场回来，路过前厅。听到了长官们的谈话，融哇哇地大哭起来："不要把土地送给陶虞啊！我不要离开这里，我就要住在森林里，每天和我的三角龙玩游戏！不，我不再贪玩了，一定好好上驯龙课，保证完成功课。不要把我们赶走，呜呜呜……”听到融止不住的哭声，挥夷彭和风于罡也都难过地大哭起来。

“好孩子，乖孩子，咱们不哭啊！老师保证，会把三角龙和霸王龙一起带去地下城。那里不再有陶虞和弗朗，不再有战乱，只有驯龙场，也会有森林、海洋，跟这里一模一样！”广傅连忙安慰道。

几个孩子听罢，这才停止了哭声，高兴地笑了，手舞足蹈地说：“老师不许撒谎！”

伏苍子见状走过来搂着它们三个说道：“广傅老师怎么会骗你们呢！但你们也要知道，你们现在是大孩子了，作为统治继承者，要有担当，不要动不动就哭，好不好？我们早晚要退位的。未来的王，就是你；预言家，就是你；首司，就是你。未来的世界要你们来领导，懂不懂？”

伏苍子摸着三个孩子的头，越说越严肃，它知道，此行绝非一趟游山玩水的旅程，而是迫不得已的逃难。这意味着要永远丧失了这片世世代代赖以生存的土地，永远告别大自然的阳光雨露。可作为原始部族，在大灾大难面前，这已经是最好的归宿了。自己早晚会退位的，西邑之后要靠眼前的几个孩子了。它们还如此稚嫩，能否经历这炼狱般的考验？

三个孩子见伏苍子神色肃穆，不自觉一股热血涌上心头，仿佛一下子长大了。挥夷彭悄悄用通灵之术读到了伏苍子的心思，从眼角流下一滴倔强的泪水。这是新老两代王者之间无声的交流，也是地表时代的终结，地下时代的开始。

挥夷彭暗自发誓，一定要坚强，一定要勇敢，肩负起西邑拉瑞一族未来的希望。

“事不宜迟，我这就出发，去游说各部族的统治者，大家联合起来，用我们共同的短期牺牲，换取一个未来。”希丹说罢站起身准备离开。

“各部族我亲自去游说。你辛苦一下，再跑一趟陶虞，那边你熟一点，找到现在支持环球生态保护区的那位长官，争取能跟它们定好合作。”伏苍子郑重地嘱托道。

“我们兵分两路，抓紧时间。”希丹说着，便率先大步流星地离开了王宫。

5. 影子身份

2062年11月18日，星期六，上午11点，上海中心大厦顶层

云雾中，落地窗旁边，一个男人抿了一口瑰夏冷萃，俯瞰着整个黄浦江。江两边的金融街尽在眼底，这里汇聚了世界上十分之一的财富，每时每刻都在高频率进行着百亿级别的交易。有人一夜暴富，也有人一夜破产，人们孜孜不倦地玩着这财富转移的游戏。

“哥，你兴奋什么呢？昨晚你没看新闻吗？现在咱们都已经出不去这栋楼了。你是不是还不知道，地球都要毁灭了！”一个戴着眼镜的书生沉下气用力说道。

“我知道啊，我正在为此而兴奋！”他对面一个文质彬彬的男子诡谲地笑着。

“你疯了吗？我们只能活两年了！听说地下城只有一百万名额！”弟弟说，弟弟叫许浪。

“地球现在有多少人？一百多亿！地下城呢？一百万！如果这个数目是真实的，你知道地下城名额意味着什么吗？”哥哥说，哥哥叫许波。

许波和许浪是一对异卵双胞胎兄弟。许波从小读书发奋图强，考上了名校金融专业，毕业后进入顶级投行从事量化交易工作。

在他毕业那年，全球债务危机，引起股市联动。国际游资与各大资本集团展开了激烈的多空博弈，全球资产分布在短短一年内发生了大洗牌。许波正是那个时候瞅准时机，连续几次做多做空都抓住了机会。有了原始积累后，许波回上海市创办了“波浪基金”。

当时，许浪还在一家濒临倒闭的小公司打杂。许波知恩图报，若不是当年父母的牺牲、弟弟的谦让，也不会有他的逆袭。正值波浪基金GP重组，许波拉弟弟许浪空降管理层，当起了公司的二把手。

“当然是意味着我们只有万分之一的机会活命啊！”弟弟说。

“哈哈哈！错！大错特错！”哥哥说。

“你笑什么，那你说还能意味着什么？”弟弟说。

“不是意味着一万分之一，而是意味着一万倍！人类所有的财富都化为乌有，然后再产生新的财富，再重新分配！五百年后，人类重返地表的时候，一百万人将占领整个世界，则每个人占领的资源，就是一万倍！这是什么级别的机遇？一千年前，欧洲人发现新大陆，殖民三个大洲，人均占领资源不过是翻了两三倍，贵族占领资源也不过翻了几百倍。靠着这些原始积累，旧大陆就实现了工业革命，就主宰了世界的大部分资源，就奴役了世界上大部分的人口，繁荣了将近一千年！而五百年后，是一万倍！这是人类历史上不曾有过的大机遇！”哥哥画了一幅宏伟蓝图。

“可是我们都要死了，真的有一万倍，又有什么意义呢？”弟弟问。

“我的弟弟，眼光放长远一点，不要局限于今生今世，跨过时间，看世世代代！有的人活着，他能活好今生已是尽了最大的努力。他的眼界便只局限于今生的鸡毛蒜皮，一叶障目地以为死亡就是尽头。想想吧，想想真正的强者们吧。罗斯柴尔德家族、洛克菲勒家族，主宰了世界几百年！我们现在已经财富自由了，只追求今生便与常人只沉溺于此刻的鸡毛蒜皮一样，去追求一个更长远的实体吧——基因与精神的长存！放弃超越世代的努力，与干脆自杀，又有何异？”哥哥放出豪言壮志。

“不对啊，哥……你知道‘火种计划’吗？现在地球上的人虽然都死了，但是人类重返地表的时候，会帮助全人类实现基因意义上复活！就算我们有幸入住地下城，还是一百亿分之一啊！”弟弟问。

“‘火种计划’只是一个美丽的梦想，你以为真的可以实现吗？你认为他们什么时候会被复活？一定是等地下城的人重新制定完规则，重新瓜分完世界。你认为他们全都会被复活吗？当然不会！他们会被地下城的标准排序，他们会被筛选，就像被挑奴隶或者宠物那样。只有对地下城的人来说有用的人，才会被复活。”哥哥狂笑道。

“啊……如果我们真的能成为那万分之一的人，我们就是新世界的贵族。我将要创造一个成就远远在罗斯柴尔德家族、洛克菲勒家族之上的许氏家族！旧世界的人都将为我们打工。”弟弟终于明白了。

“怎么样，这合约你难道不愿意开吗？免费的一万倍杠杆！输了，赔1；赢了，赚1万！我们这辈子本来就只能做交易，但现在不一样了，现在这可是我们逆袭的绝佳机会，成为未来世界的主宰！千载难逢啊，万年不遇啊！”哥哥越说越激动。

“开，我开，拼了命也要开！哈哈哈！”沉闷的弟弟也兴奋了起来，然后喝了一口咖啡，皱了皱眉，苦思冥想道：“那问题是，咱们如何能获得进入地下城的名单呢？”

“我这么说，当然是有了计划。名额只有万分之一。你觉得，国家会带谁？”哥哥问。

“带……目的论，谁对地下城有用，带谁；博弈论，谁斗争赢了，带谁……”弟弟支支吾吾。

“跟国家博弈，你能赢吗？国家肯定是目的论啊！国家的目的，就是我们的博弈。”哥哥说。

“哦……懂了！国家会制定一系列标准，来评判谁对地下城有用就带谁。那么，咱们的目的就是去符合标准，对吧！”弟弟说。

“正是。”哥哥说。

“地下城额度大部分被少部分人垄断，因此民间能入围的力量一定是以科学家、工程师这类实用型的为主，以文化、艺术等人才为辅，并且配套军队、医生等特殊职业。但是，即便知道了这个标准又有什么用呢？咱们肯定完全不符合呀！”弟弟突然开窍了，但又怅然若失。

“在这份名单里，我们是科学家。”哥哥又诡谲地一笑。

“可是我们不懂科学啊，两天，如何成为科学家？”弟弟说。

“不是成为科学家，而是看起来像科学家，并且有一份科学家履历。”哥哥说。

“你是说？攻破国家公民信息数据库？！这比登天还难，你不知道这个数据库是用区块链实现的吗？”弟弟说。

“你终于想到正点上了，有进步。我不是现在去攻破它，事实上，我根本无须攻破，而是……”哥哥笑着说。

“影子身份？！”弟弟难以置信。

“哈哈！正是，我不光为自己准备了一份，还为你准备了一份。当时为了能在政界有发言权，我花光了基金之前所有的盈利，与中博院的两个人达成了影子身份的协议，后来每年基金的一半盈利我都用来帮他们在学术成果上铺路。他们早就成为业内最顶尖的科学家。没想到这样不仅能推动利于我们的金融政策改革，而且现在居然能救我们一命！”哥哥说。

2058年初的时候，一个匿名用户在暗网上发布了一条“影子身份”概念的帖子：

朋友们，我有一个设想。我们知道，数据一旦录入区块链将永远无法篡改，但是在录入的时候，是完全依靠数据本身的真实性的，也即录入时候是假信息，则以后也无法更改，这就是区块链预言机难题。假设人类决定将互联网上的公民数据库移入区块链，此时有甲、乙两个人想要互相交换数字档案上的人生，可以在数据录入区块链的时候，将两人的档案互换，即甲的生物信息关联到乙的数字档案，反之亦然。在现实生活中，每个人还是按照各自的轨迹生活。这样的话，他们就拥有且成为彼此的影子。影子身份计划，是不是很酷，有人有兴趣吗？

这条消息发布不到1个小时即被撤回了，只有零星几条留言：

你太天真了，公民的身份信息都是掌握在各个政府部门的中央服务器上，整合到区块链……呵呵，祝你好运。——匿名用户

如果真的这么做，就会在现实生活中造成很大的麻烦。比如，

去银行柜台、医院挂号，或去坐飞机……这些需要本人带身份证的事情，都没办法做到了。若真能实现，则影子身份的代价也太大了，反正我肯定不愿意。——9秒记忆的鱼

这种身份只有顶级政商关系才需要用到，对于我们普通人来说，免费送都不要。——匿名用户

许波当时正好刷到了这个帖子，他感到很好奇。这个假设实在天方夜谭，但是如果真的可以做到，那就意味着可以做一面无懈可击的政商旋转门！影子身份互相捆绑：一人在政府机构具备影响力，推动监管政策改革；另一人在背后由此牟利，然后二人平分。

许波尝试破解发帖人的IP定位。此人虽然匿名发表，但似乎特意留了后门，并没有隐藏自己的网络定位信息，于是许波轻松查询到了他的电子邮件地址。他发了一封邮件表示了兴趣，结果邮件石沉大海。许波明知道这是一座海市蜃楼，还是经常会白日做梦，甚至物色好了两个院士作为影子身份的人选。

就在这条消息发布一年多之后，国家进行了大刀阔斧的数据改革，将公民数据迁入区块链。许波当时通过内部关系打听到了这条消息，震惊到如同石化。那个匿名用户绝非等闲之辈，居然提前一年多就能知道这么重大的消息，并且有所准备。许波回想起帖子的语气，感觉那人的权限非常大，似乎可以在迁移的时候对数据做手脚。

许波在做了激烈的思想斗争之后，决定再次联系那位匿名用户。他很快得到了回复：对方要价5000万，并且用比特币支付到匿名地址。许波深知此间风险巨大，连对方是谁都不知道，有可能打完钱发现上当受

骗。即便对方不是骗子，但他不是最高负责人，操作时候万一败露，起码是无期徒刑。

但许波最后还是决定赌一把，把比特币打入了对方提供的地址。这5000万基本花光了他基金近几年所有的盈利。

3天后，收到一封邮件："影子身份已录入区块链，勿回。"许波再查这次的IP定位，但用尽各类追踪工具都查不到了。手机正收到消息提醒，弹出一则新闻："国家为确保公民信息的安全性，并提升各政务平台的效率，已完成互联网向区块链迁移的大工程。"许波赶紧登录到政府发布的公民区块链浏览器，一查惊出一身冷汗，影子身份居然如约登记成功！

影子身份起初办理只需要3000万，后来水涨船高，一路涨到两亿多。匿名用户宣称只做900套，居然将最后几套卖出了数十亿的天价。

"哥，我真的错怪你了，我还以为你之前是决策失误亏光了钱。咱们合伙之后，每年的利润都少一半。我还以为是被你贪了，但想到毕竟是亲兄弟，而且分给我的也已经够多的了，就一直隐忍没找你对账。没想到你真的是长兄如父，居然默默为咱们许家做了这么大贡献！这几年我真的是白白冤枉了你呀。"弟弟感动地说。

"别这样，一家人不要说两家话。从小咱们没有爹妈，一起长大，个中艰辛只有自己知道。为了许家，我做的这些都是应该的。只是这是掉脑袋的事，不到万不得已，我没法跟你说。我之前甚至想在遗嘱里才跟你说！没想到，在地球毁灭的时候用到了，哈哈！"哥哥说。

"那……那两个影子院士怎么办？他们能让吗？毕竟生死攸关的事，他们会不会上诉？"弟弟说。

“不会的。据我打听，中枢院名单，就是这几天的事情了。等他们想到这一点，名单早都定好了。我一直派人监视着他们，如果他们真有举动，那他们就开不了口了。”哥哥冷冷地说，然后做了一个掌刀的手势。

2062年11月18日，星期六，上午11点，中枢院会议厅

武部长将笔记本电脑分发给了各位与会者，说道：“现在大家可以商讨选人标准，然后在人口数据库中运行排序算法，将所有人打分排序。”

“嗯，这个方法很好，智能化，效率高，最关键的是，可以避免选人唯亲、选人唯利！”郭老边说边划着笔记本电脑。

“小武啊，你这个人口数据库可靠吗？”何老皱了一下眉头问道，“如果说，有黑客发现了我们这个数据库的根服务器，恶意篡改了里面的档案内容，那我们岂不是给犯罪分子做嫁衣？”

“不会的，您放心，这个数据库是用区块链技术实现的。早在2059年的时候，中央信息指挥部就完成了从互联网到区块链的迁移。从那以后，银行、法院等使用的居民数据都来源于此，从没有出过问题。”武部长身旁的王兆耐心地解释道。

据王兆演示，这个区块链系统总共有101个验证节点，其中53个是各个省政府的，48个是中央直属的。数据库的每一次操作都需要由全网一半以上节点验证通过并同步全网备份。如果黑客想篡改，必须攻破至少52台服务器。即便如此，也有历史版本的备份存档在去中心化存储网络中，有上万个节点，分布在全国各处。黑客还要找到所有的节点，才能完成彻底的修改。而这些，绝对是无法完成的。

这位王兆不是别人，正是此前在暗网上提出影子身份计划的匿名用户。他总计帮助900名政商形成无懈可击的旋转门，互相成为对方的影子，并从中谋取了700多亿的暴利。

接下来的两个月

中枢院内唇枪舌剑，无不关联着天南地北激烈的博弈。有武力征服，有运筹帷幄，有利益交换，有舍生取义，有牺牲妥协……这里面，有政府高层，有功勋卓著者，有著名的科学家学者，有人类文化艺术大师，也有民众厚望的道德楷模。诸如许氏兄弟一类逆袭者也不在少数，或偷天换日，或巧立名目，争抢到了原本不属于自己的名额。

人性的伟大与丑恶都展现得淋漓尽致。多少英雄人物如滚滚长江，多少故事令人唏嘘。这期间的故事难以一一讲述。天空中，恐龙二号看上去慢慢地飘浮着，安静得像一个博物馆陈列的古董，实则飞速冲来，电光石火一般。大气层仿佛都在颤抖，与这人间骇浪一起翻涌。

大局已定，两座地下城，两份100万人的名单已定。名单上的人犹如开国元勋，经历了层层血战，最后终于胜出了，由常鸿负责率护卫队将这200万人陆续送往安全屋，等待进入地下城。

没有在名单上的绝大部分落选者，已经坦然认命，去享受最后的时光。恐龙二号越来越近，人们也越来越团结。互联网上往日互喷的网友们现在同仇敌忾。虽然这个敌人是冰冷的石头，远在天边。虽然人们绝无生还的可能，但大家都坚信，人类一定会在500年后王者归来。

街上的餐厅中依然人来人往，商场里依然人潮汹涌，立交桥上依然车水马龙。所有的机关工作人员都自愿坚守在工作岗位上，“为人民服务到生命的尽头”的口号响彻云霄。

所有的公司都宣布解散。政府派发了充足的生存物资。人们有嬉笑怒骂的，有说这悲催的世界本来也不想多待了的，有说要去完成遗愿清单的，有畅想500年后自己的克隆人过着什么样的生活的，也有痛哭流涕的，有要改过自新好好过接下来的日子的，有一笑泯恩仇的，有说终于可以九泉之下与君相见的……人们明明都要消亡了，却史无前例的洒脱，仿佛所有人都从世俗的工具人摇身一变成了庄子般豁达的哲学家。

在刘星莎的带领下，作为“火种计划”的一部分，每个人都开始制作自己的电子“存在证明”，写一部个人回忆录和家族传记，附上照片与视频，将一生所思所想、所恋所念、憧憬与遗憾、成就与困苦全部记录在里面。当重返地表之后，自己的克隆人或后代，可以查看这些记录，知道自己的前世是一个怎样的人，也算是灵魂意义上的复活吧！

世界其他各地都陆续陷入了极端的混乱之中。人类在这三个月所遭受的苦难远远超过历史上任何一个时期，其中数亿人没有来得及参与到“火种计划”便提前离开了这个世界。

6. 阴山之下

2063年1月19日，星期五，下午4点，阴山地下城入口处

“地下城建造完毕，请检验！”李文军字字落地有声。

眼前是位于阴山脚下的地下城2号的一个直径为50米的入口，往下看去深不见底，犹如一口巨大的井。入口上方伸出一个百余米高的钢架，仿佛是这口巨井冲出了地面。钢架两面是弧形镂空的，背后一面是实心的，前方一面装着观光电梯。

魏子青对眼前的建筑惊叹不已：“这也太厉害了吧！这个电梯是开向空中的？我们要去哪里？”

李文军一板一眼地介绍道：“这些是空中停车台。咱们一会儿要坐一辆高达100米的纵向磁悬浮列车开往地下城。人和货物都可由这台空中电梯到达指定车厢所对应的停车台，然后再进入列车。咱们几个人就坐第一节车厢，等列车冲出地面后，咱们从这里直接走进去就行。”

说时迟那时快。呼的一声，一架与通道几乎契合的列车从入口冲了出来，轻盈地驶入钢架之中，直挺挺地立在了眼前，令众人都不由自主地一颤。走进去之后，李文军按下了启动键。列车内部亮起了暖光灯，以120m/s的速度急速下沉。周围起初一片漆黑，几分钟之后，开始透出来一点光。

“这种感觉好像驾驶着宇宙飞船开向黑洞啊。”魏子青感叹道。

李文军更骄傲了：“这台纵向磁悬浮列车，可把我们军方的黑科技都用上了。磁悬浮不仅提供行进动力，还要考虑到重力加速度的影响。下去快一些，上来时候为了节约能源，会慢不少。车厢内空气密度实时调节，需要保证是恒压的，才能让人一点感觉都没有。你看，马上咱们就到了。”

果然，没过几分钟，光越来越亮。列车突然坠入一个巨大的腔体，缓缓下落。这里面有草地，草地上小动物在嬉戏打闹；有森林，森林里鸟语花香；有湖泊，湖泊中鱼儿自由自在地游；有微风袭来；有阳光照耀。整个地下城生机勃勃，宛如陶渊明笔下的世外桃源，能让人忘记忧虑，不知地外有天，天外有恐龙二号。

“哇，太赞了！比外面的世界还美好！”魏子青感叹道，武部长也不由得点头微笑，以示肯定。

那片草地后面有一片森林。如果用这个望远镜看过去，会看到里面还有沼泽湿地。胡奇设计了一套完备的人造生态循环系统，有29846种植物，317种动物。地下城中树都要矮许多，花要小很多，猪要瘦很多，这是经过基因培育迭代而成，为了在有限的空间里放置更多的数量和种类。整个地下城还有500多万种微生物，细菌、病毒、真菌应有尽有。胡奇几乎完美地模拟了地球生态，对于没法带入地下城的物种，也存储了他们的DNA，同样作为“火种计划”的一部分。如果500年后都能顺利逃出生天，地球可以迅速恢复往日的生机。

整个地下城阳光充沛，微风拂面，都是由地壳中提取的热能转化而来。以水为介质，转化为电能，然后用电发光。光谱也都是完整地模拟了太阳光，避免人类生存在幽暗的空间中精神错乱。

不仅有光，还有充足的电能、机械能、化学能、核能，以供应地下城的日常运转。这些能量的来源其实是卢兑震所建造的一个巨大的电池矩阵，隐藏在岩体中，可维持地下城500年的运转。此外，他还在研发新的技术体系，可以提取地壳中的热能并进行转化。地下城边缘的墙体上面有一排排管道连通到外面厚厚的地壳岩石。这些岩石的背后有很多熔岩，它们本来是引发火山和地震的罪魁祸首，现在反倒成了地下城的清洁能源。

除了植物光合作用产生的氧气，草地上的喷头不光是喷水的，还可以额外供应氧气。旁边的屏幕在实时显示地下城的氧气浓度。地壳中最主要的元素就是氧。在一定的压力和温度下，水使碳酸盐分解，就得到了氧气和二氧化碳，再把二氧化碳进行矿物储存，即通过管道排回地壳，将其与岩石发生化学反应形成新的矿化物，同时把氧气存储留下，每天在全城喷洒三次。

胡奇和卢兑震一路侃侃介绍着，众人边走边感叹赞赏不已。

“这个地下城生态圈，太了不起了！麻雀虽小，五脏俱全啊！胡奇教授，你果然名不虚传啊！”武部长也夸奖道。

“哪里，哪里，多亏了卢教授的选址勘测，能让地下城的建造牢不可破！还有宋总也功不可没，对于物种培育和生态平衡测试，他用计算机推演了上万次……”

“行了，行了，你们几个就都别谦虚了，对于人类文明的火种，你们都功不可没啊！”武部长打断了大家的互相谦让，做了总结发言：“验收完毕，咱们上去吧，去完成最后的移民安排工作，一起搬到新家。”

一行人喜悦中夹杂着悲伤，搭乘磁悬浮列车返回地面。在接下来的一个月，两座地下城所需的初始能源与物资都通过磁悬浮列车陆续运送下去；200万地下城居民被秘密接来，也依次搭上了列车，陆续入住到了阴山和喜马拉雅地下城。

2063年2月19日，星期一，下午3点，阴山地下城入口处

众人作为阴山地下城的压轴队伍再度走进磁悬浮列车，并带了一个巨大的冷冻机箱，里面保存着所有人类的基因与生殖细胞。他们都即将消亡，他们都还会回来。

众人都坐稳系好了安全带。李文军突然一个转身闪出了车门。

“李文军，你去哪？”刘星莎急切地追过去，但是车门已经关上了。

李文军在门外拿起对讲机对刘星莎说道：“我要走了，回基地。我还有好多事，要和战友们一起操作核网拦截系统。”

刘星莎：“核网拦截系统有全自动模式啊！”

李文军：“经过我们的反复实战演习，半手动实时操作的效率会高些。多击落一颗陨石，让地球生态早一天恢复，也是我的职责所在。”

刘星莎：“对地下城计划，你做了那么多的贡献，怎么能说走就走？”

李文军：“我的任务已经完成了，但地下城不会有战争。我一辈子只会打仗，下去了也是浪费空气，白瞎了一个名额。”

卢兑震也急了，抢过对讲机喊道：“这个时候你就别开玩笑了，你难道一点都不考虑自己吗？”

李文军依然泰然从容地说道："我正是因为考虑到了自己，更不愿下去了。我没办法眼睁睁地看着地表毁灭、我的集团军烟消云散，全是过命的交情，还有我的家人们，我做不到。请原谅我的自私，我没办法和你们继续在地下城并肩战斗了。我现在要回去和老婆孩子一起吃碗面，享受最后的人间美好。"

"李文军，你！"刘星莎拍着列车的玻璃门喊道。

"天下为公，精神长存。他之前与我商议过，由他去吧。"武部长拉回了两人，冲李文军挥了挥手。

李文军郑重地敬了一个军礼，看着列车瞬间就消失得无影无踪，只留下一个深深的黑洞。他最后看了一眼这个深不见底的黑洞，仿佛看到了下面的地下城，看到了人类的未来。

许久之后，他才放下军礼，转身离开了。

2063年2月20日，星期二，下午5点57分，太空军指挥部

恐龙二号流星雨距离地球还有20万千米，预计16分钟之后进入大气层，李文军引爆了第一层太空核防卫网，击落30多颗陨石。

恐龙二号流星雨距离地球还有15万千米，预计12分钟之后进入大气层，李文军引爆了第二层太空核防卫网，击落50多颗陨石。

恐龙二号流星雨距离地球还有10万千米，预计8分钟之后进入大气层，李文军引爆了最后一层太空核防卫网，击落90多颗陨石，人类10000多枚核弹全部使用完毕。

在核爆炸中的带电粒子与地球磁场的相互作用下，地球外层散发出一层层绵延数万千米的极光。伴随着高强度的伽马射线和X射线辐射，在本该昏暗的傍晚，整个天空达到了前所未有的亮度。

恐龙二号流星雨进入大气层，李文军将所有飞弹SA901发射出去，共计30万枚，击落210多颗陨石，击碎4个巨型陨石。导弹暴雨一般洒向大气层，与迎面降落的陨石雨发生了猛烈对撞，产生了滚滚白烟与巨大的轰鸣声。

地球上的所有光、电、磁力设备全部瘫痪。李文军留下了地球上人类的最后一句话，在最后时刻发送到了地下城："大约击落了$\frac{1}{10}$的陨石，圆满完成任务！"在他按下回车键的那一刻，整个指挥部、整个陆地，都被巨大的火焰吞没。

大街小巷之中，有情侣在吃饭，有小孩在玩游戏，有老人在下象棋，人们一时间全停止了手头的事情，看着来自太空的极光迅速化为一场流星雨。

紧接着，所有人，所有物，一瞬间，烟消云散，早已知道末日来临，却依然来不及告别。

大气层在恐龙二号与导弹的激战中，急速流动，形成了极大的飓风，与地球表面发生剧烈的摩擦。产生的高温瞬间将地表的一切融化，包括森林草地，也包括人类文明的痕迹，长城、东方明珠等等。在陨石下落之后，地球表面到处都是直径几千米到几十千米大的深坑，宛如月球表面。

海水翻起几百米高，冰川全部融化，逐渐淹没了30%的陆地。尘埃遮云蔽日，阳光被挡在大气层外，地球温度又急剧下降了20℃。

连绵不绝的陨石雨下了足足三天三夜。这次灾难史称地球第六次生物大灭绝，灭绝物种99.72%。动植物几乎100%灭绝，仅有水熊虫、耐辐射球菌等个别微生物幸存了下来。

喜马拉雅地下城&阴山地下城

轰隆隆巨响声透过地壳传了进来，引发了一场10级地壳震动。虽然地下城周边都用石墨烯做了一层掩体，可以抵抗12级地壳震动。但人们依然感觉到了整个地下城都在剧烈颤抖。

人们已经知道恐龙二号来了，知道了地表毁灭的事实，想象出了那骇人的场景。

“全体默哀1次，为地球上牺牲的同胞们！”警钟长鸣。

恐龙二号撞击地球之后，地球的自转速度也变慢了，现在自转一周需要29个小时54分钟37秒。本质上讲，时间是宇宙运行的方向，而时间单位是人为定义的。万物所进行的运动各不相同，“年”“月”“日”等时间单位是基于地球公转与自转这一运动为标准参照系编制，进而又根据生活习惯与现代科学来定义“秒”“分钟”和“小时”这样的细分单位。

地下城是一个生存环境恒定的空间，综合自然规律与社会需求，地下城学者们以“细胞分裂”这一运动为标准参照系重新编制时间，改公历为地历。人类体细胞会进行分裂，细胞核是细胞的重要组成部分。在细胞核内，DNA以染色体的形式存在。染色体的末端有一段重复且不表达的DNA片段，叫作端粒，长度约在8000bp～10000bp。细胞每次分裂，染色体信息就会被复制一次，而每复制一次，端粒就会丢失约50bp～200bp，缩短到一定程度后就无法再分裂，导致细胞的衰老和死亡。组成人的细胞都死了，人也就死了。

所以，以“细胞分裂”这一运动为时间标准，可以有效衡量人的生命质量和生命长度。时间单位具体如下：

眠：人类在深度睡眠舱中饱睡一觉的时间，约为2小时

轮：睡着～醒来一个生活周期的时间，约为21小时

基：换算为8天18小时14分24秒

裂：细胞每次分裂到死亡的时间，换算为2.4年

回：重返地表的时间，500年

除此之外，其余计量单位也根据地下城的实际情况进行了更改，在此不再一一赘述。为了表述方便，本书会继续使用地表时期常规的时间单位。

整个地下城是一个半球体，犹如一个扣在地上的锅盖。地面是一个圆形，四周岩壁是弧形。居民住在圆形的内接正方形区域，居住区外围搭建着水利、电力等大型基础设施。

居民区每栋楼都有100层。每层楼一半空间是一排排、一列列的起居室，而每个起居室其实都是一个深度睡眠舱，类似于列车里的软卧；另一半空间则是公共工作、生活空间，以及各个专业的科学实验室、工作室。

每栋楼都由空中走廊连通，方便居民就近走动。每8座楼构成一个小的立方体，立方体的中心是文化广场。立方体的顶部可以乘坐空中有轨飞车。整个地下城有23条轨道线，连接所有的立方体，可以实现全城点对点的接送。地下城还有5000台无轨飞车，可以自由穿行，仅供特需使用。

人类在地表经历了激烈的生存权利争夺战，地下城居民都庆幸死里逃生，十分珍惜宝贵的生存机会，也自觉扛起人类传承的重任。地下城

宛如一个世外桃源，百万居民的新生活井然有序。

常鸿的系统也进行了升级，在更多的领域开放了第五范式的权限，可以帮助人类处理更多的问题。

整个地下城有200万台外形各异的机器人为人类服务。机器人内核装有一个第四范式人工智能的主控程序，可以做种植庄稼、准备饭菜、打扫卫生、维护治安、消防救援、垃圾循环等工作。由于机器人通信合约部署在地下城区块链系统之上，机器人之间可以实现点对点的高效沟通。

地下城是百分百绿色可持续的环境。想来也是讽刺，人类在地表时代虽然环境污染日益严重，但经历了几近毁灭之后，在没有选择的情况下，反而实现了百分百绿色环保。这里也没有金钱的概念，食品、水、日用品的分配都是由机器人统一发放。

δ．银生代

“银生代即将结束，我们的西邑将不复存在。所有部族的领地也都将不复存在，陶虞联盟也将不复存在。拉瑞生死存亡的时刻即将到来。地壳之内，是我们唯一的出路。”伏苍子将各部族统治者邀请到了西邑，在王宫前厅发表了一番铿锵有力的演讲。

在伏苍子的纵横捭阖之下，全球300多个原始部族很快达成了共识。或者说，它们都分别有了同样的想法，此时由伏苍子站出来牵头，便很容易形成统一战线。众部族组成了西邑联盟，决定将各自的领土全部出让给陶虞。

另一边，希丹到达陶虞之后，找到了联合总署的一名长官，即此前负责环球生态保护区的继任者。希丹将土地交易的条件与其说明，并强调现在的交易成本比此前优惠了许多。

“现在地球局势异常紧张，陶虞联盟四分五裂，与其他几大联盟的对峙更是白热化。大战一触即发。这时候还搞旅游，竹篮打水一场空呀。”长官说道。

希丹：“也正是在这个时候，我们才愿意将土地以如此低的条件出让。富贵险中求，这可是绝佳的抄底机会——只需要100台能量转换器，价格可是连之前的$\frac{1}{10}$都不到。”

见长官还在犹豫，希丹又补充道：“在当今世界，各大联盟之间历来摩擦冲突不断，这一次也未必引发大战。退一万步说，即便引发大战，大战前夕您把这个项目做成，大赚一笔，大战之中也能买个平安。”

长官也有着高超的预言能力，对希丹的目的早已心知肚明，直言道：“希丹，你不必说现在的交易条件对我们多么优厚。你们部族肯定是也预料到了末日危机，知道土地早晚都化为乌有，想要借陶虞之力逃入地下躲过灾难。”

希丹见计划被识破，心凉了半截，但依然争辩道：“从此以后西邑与陶虞天地两隔，不是更好？”

长官笑道：“你想过没有，你们在西邑的土地上，处于陶虞的监督之下，便始终保持原始状态。如果你们逃到地下，在地下实现了进化爆发或者文明爆发，将来反客为主，统治地表，陶虞何去何从？所以陶虞何必冒如此大的风险来帮你呢？”

希丹听罢默不作声，难道真是天要灭我西邑？正当理屈词穷的时候，却没料到长官话锋一转：“这毕竟是小概率事件，我也并非不能帮你。其实你们想要的只是可以避难的地下城，并非能量转换器。你知道，在这种特殊时期，能量转换器可是违禁品，完全被军方所垄断。如果你目的不纯，我便也帮不了你。”

希丹听出长官话中留有玄机，连连点头：“对，我们可以不要能量转换器，只要你们来帮助建造地下城。”

长官见希丹通情达理，说道：“我对西邑素有好感，便送你这份大礼。等我向上级申请调用能量转换器，帮助你们建造地下城，希望你们能在末日危机中保全种族的延续。”

希丹大喜过望，感激称谢，赞颂长官深明大义，随后递过来一张地图，标注了西邑联盟所需建造的各个地下城的坐标位置。

这位长官向上级汇报此事，本来做好了准备被劈头盖脸骂一顿“生死存亡时刻还玩物丧志”云云，还想好了争辩措辞，没想到上级居然十分爽快地批准了，并送来300台能量转换器作为交换。

原来，环球生态保护区只是表面借口，而陶虞和此前弗朗真正所看重的，不是原始森林，更不是恐龙，甚至不是原始部族的土地，而是土地之下的金属元素。在末日危机的关键时刻，得到了这些土地，就获取了巨量的能源。这些能源正是沙粒攻击器所需要的，所以陶虞自然大喜过望，达成了这项交易。

可背后这些原因，这位长官和西邑部族、所有的原始部族均不知情，都以为是为了建环球生态保护区。

殊不知，这恰恰是一种无法逃避的充满讽刺意味的因果循环。陶虞与弗朗正因为陷入了洞穴困境，将战事不断升级，引发末日危机，导致西邑部族进行预测推演，从而决定放弃土地逃入地下。而正因为如此，陶虞获取了它们的土地，从而掌握了沙粒攻击器所需的能源，这便加速了末日危机的到来。

其实，这位长官之所以愿意帮助希丹，也绝非善良，更不是感情用事，而是有自己的算盘。它想要借机贪掉这一批能量转换器，所以与西邑联盟的这笔交易，便是一个绝好的借口。现在正值冷战时期，能量转换器很容易被当作武器，因此已经在民间禁止了。总署机构要想获取也需要极高的代价，而这名长官付出的代价都是原始部族的土地，却空手套白狼获取了这一批能量转换器。

两年之后

地下城已经全部造好，西邑联盟如约交出土地。联合总署的那位长官来验收土地，并举行了一场盛大的开幕仪式。各地都进行着欢天喜地的恐龙表演。

多数原始部落的拉瑞都坚信世界末日不远了，转移至自己认领的地下城之中。也有一部分拉瑞不愿意离开世代生活的森林，在这种局势之下，只得接受现代文明的安排，担任生态讲解员。

西邑认领到的是阴山地下城，由雷烛精心挑选的，一个地壳非常结实的地方，可以躲避当今世上大部分的灾难。

“执亲……我们真的，就要这样离开故土了吗？”广傅凝视着伏苍子问道。

伏苍子安慰它：“是的，我的孩子，现在留在地表已经没有任何意义。这场陨石灾难过后，如果拉瑞的世界还在，我们一定会重新回来。”

广傅神色黯然：“可是那个时候回来，还有什么意义呢？我们的土地，已经成了它们的游乐园。”

“这是我们所必须承担的避险成本。你还在怨恨这场交易吗？不要有所怨恨，我的孩子。无论我们两年之前如何选择，结局都是一样。如果世界大战不会爆发，它们也会通过协议来侵占我们的土地。我们没有掌握保卫自己的武器，而原始的身体在能量转换器面前不堪一击。”伏苍子说出了更为本质的真相。

“这是注定的，别想这么多了。我们在地下城，反而可以获得永久的安宁，因为它们不会追到这里的。”淳于天也过来安慰道。

“好了，孩子们，我们准备出发吧，部族的所有成员已经准备就绪了。”雷烛也走过来，看着广傅和挥夷彭一家说道。

“诶，等一等，希丹怎么不见了？”经伏苍子一提醒，大伙这才发现希丹并不在场。

“走吧，再晚我们就要下班了。没有瞬移器，你们不知要走多久才能到阴山。”联合总署派来交接的长官不耐烦地说。

“再等一等，长官，它也许临时有什么事，很快就会回来。”

但是这位长官催促得太急：“快走快走，总署都还等着用瞬移器。你们只能有这么点时间，再不走我就只能先走了，视为你们放弃利用瞬移器进入地下城。”

伏苍子没办法，只得带领部族众拉瑞先行一步，依次坐上瞬移器，直奔阴山地下城而去。

40分钟之后，阴山地下城入口处

在地下城通道大门即将关闭的时刻，希丹终于赶到了。伏苍子拉着它边走边说：“这么赶时间，你去哪了？”

希丹掏出了一个拳头大小的黑色小球说道：“联合总署很多长官都到了各个原始部族，参加环球生态保护区的开张仪式。我趁机溜进了资料室中，找到了这个，这是我们未来的希望。”

伏苍子接过小球，反复查看，也看不出玄机，问道：“这样一个小黑球，有什么希望？”

希丹："这是拉瑞科玄的记载，包括基础理论、制作能量转换器等各项设备的方法。有了它，我们才可以慢慢发展出自己的文明。"

伏苍子很不情愿："我们要这文明有何用？"

希丹回答道："它们受制于文明，但我们可以支配文明。"

长官打断了它俩的聊天，紧急地催促着，安排西邑部族换乘瞬移器接连进入地下城。

在所有拉瑞都进入了地下城之后，长官调来一台能量转换器，用金属铬制作了一个巨大的柱子，插入通道，然后在外层包裹住普通岩层，将通道彻底堵死。

"你这是干什么？"当初跟希丹谈判的长官显然不知道有这个环节，吃了一惊。

负责交接的长官淡淡说道："封印，当然是封住它们。这群原始拉瑞，一直以来都不肯交出土地，如今主动用土地换地下城，肯定别有用心。万一地下有什么宝藏，或者什么资源，它们凭借这些资源发展出更高超的科玄，然后返回地表，反手将我们消灭掉。这个风险，不得不防。我们要让它们永世不得返回。"

负责谈判的长官心想，大可不必，却也没有阻拦，只是遗憾地摇摇头，毕竟事已至此，自己要的能量转换器也已经到手。

两年之后

在远古地球的形成过程中，地壳中的金属元素占比高于氧和硅，是主要组成部分。拉瑞在发展文明时，靠宇宙中太阳能等自然能量是远远不够的，还需要利用金属元素的核结合能。持之以恒地无痕采集这些金属元素，造成了地球元素分布的偏差。数万年的文明发展已经将地壳能源消耗殆尽，为数不多的原始部族土地之下的金属元素现在也尽归陶虞所有。

陶虞在得到了全部的原始部族的土地之后，使用能量转换器从土地之中提取出了海量的铁、镍、钍、钚等核结合能超高的金属元素，将其释放的能量加载至粒子束之中，为沙粒攻击器的研发补足了关键的一环。

弗朗、奥陆等九个联盟见状也不甘束手就擒，组成了一个超级联盟，准备全力一搏，将其领土之内所有的器物全部融化，甚至砸碎了做饭的铁锅，把其中金属元素都提取出来凝聚在一起，同样可以用在沙粒攻击器的能量加载这一环节。虽然力度略有欠缺，但是数量庞大，也与陶虞势均力敌，形成了最终对峙的局面。

双方能量都悉数耗尽的时候，沙粒攻击器仍然没有被制造出来，但是粒子攻击器成了双方的主要武器。其原理和沙粒攻击器一样，只是不能将10^{16}个伽马光子形成一个沙粒集中发射，而是一个一个单独发射。双方制造出的几十台粒子攻击器，随着战争不断升级，都陆续被投入了战场。它们在空中互相追击，相撞之后的爆炸所产生的能量引发了剧烈的海啸、飓风和地震。

最终有三个粒子直接击中了地球的表面。其中有两粒落入了海洋，引发了数百米的海啸，使整个海洋的海水倒灌大陆，迅速吞没了绝大部分陆地，然后又逐渐退去。最可怕的是一个粒子击中了陆地，造成了一个大陆板块的整体偏移。板块漂移持续了数十年，偏移了几千米，这是大陆板块自然漂移速度的数万倍。

整个世界所有的高科玄器物都悉数尽毁，整个地球表面几乎都被烧焦。黑云遮天蔽日，海水沸腾滚烫，狂风终日不止。大型生物多数当场死亡，少数在沼泽、洞穴深处幸免于难的动物也陆续饿死，生态系统被全方面摧毁。

被散落的粒子击中的巨型梁龙，一瞬间被气化。几十吨的庞然大物所产生的高温气体“砰”的一声弥漫了整个草原，接连“砰砰砰”的声音密集而起，所有的巨龙都成了浓浓的热气。

侥幸躲过粒子的霸王龙也浑身是火。高温很快穿透了它装甲一般的皮肤，几乎一瞬间就烧到了白骨，又很快烧成了灰烬。整个地球，生灵涂炭，称霸了地球1.6亿年的恐龙悉数灭绝。

地上的所有拉瑞也都未能幸免于难。陶虞的天空之城失去了能量维持，跌入火海；联合总署被火海吞噬；那家豪华餐厅也被火海吞噬。拉瑞们疯狂地按着能量转换器，但所释放的灭火喷雾根本不能抵挡这滔天大火。

总署署长发起紧急预案，启动一台巨型能量转换器，想要重新撑起天空之城，但大地突然崩开一条几千千米长的大裂谷，有一千多米深，让整个城市瞬间跌落到谷底。地壳又在剧烈的运动中来回涌动，将城市挤压得粉碎，接着一股火海倒灌进来，将曾经手可摘星的天空之城化为了一股浓浓的烟气。

陶虞联盟发射的一颗粒子攻击器在空中遭到弗朗联盟发射的粒子攻击器的拦截，改变了飞行方向，径直向阴山撞来。即便其动量在被拦截之后大大减少，也足以令粒子攻击器贯穿地壳。倒卖能量转换器的那名长官见状摇了摇头：“希丹啊希丹，你可知虽然地球生物都要悉数灭绝，你们西邑逃去的地下城，却也终究逃不过被粒子攻击器毁灭的宿命。”

即便是侥幸逃脱了战火的地下城也在粒子撞击大陆板块的作用下，被急剧的大陆漂移挤压坍塌了，所有原始部族的地下城全部被毁灭。显然所有的拉瑞都低估了世界大战的破坏力。

银生代宣告终结了，西邑也已经不存在了，陶虞联盟也已经不存在了。

最为讽刺的是，在这次粒子大战过后十几年，陨石才姗姗来迟，撞击在了尤卡坦半岛，只是在早已涂炭的生灵之上再砸了一个小小的坑。虽史称此为“第五次物种大灭绝”，但形成的破坏和粒子大战相比微不足道。

10万年后

地球上的大火都已熄灭，遮天的浓烟已经散去，滚烫的海水已经冷却，猛烈的地震已经停止。天崩地裂之后，蓝色星球又恢复到了最初的状态，藏在沼泽里和洞穴深处的鳄鱼爬出来寻找食物，光秃秃的大地上开始有小草发芽。植物越长越高，小树苗逐渐形成了树林。恐龙的末裔逐渐活成了鸟类的模样。

大约1000万年后，原始灵长类动物开始出现。大约又过了1000万年，早期灵长类动物中华曙猿出现。又过了500万年，气候转冷，一种猿猴从树上到地上生活，演化为森林古猿。大约又过了2800万年，非洲大裂谷以西的猿类演化成了大猩猩，大裂谷以东的猿类用了数百万年演化成了南方古猿。

距今340万年前

清晨的第一缕阳光穿入茂密的森林，照醒了露西。露西20岁出头，不高，只有1.1米左右，却很壮实，约27千克。其实露西不是她的名字，因为她本没有名字。

露西揉了揉眼睛，站了起来，抖了抖浑身的毛发，摸了摸咕咕叫的大肚子。正好美味的昆虫也刚刚睡醒，露西一把抓住几只蚱蜢，大口咀嚼，擦干净嘴角的汁，叫醒同伴。昨晚，她和同伴们约定，今天一起去森林深处探险，寻找新的食物来源。

几个小伙伴雄心壮志准备出发，为了躲避地上的猛兽，她们决定荡枝而行。几个小伙伴一边高喊着“Hakuna Matata”，一边潇洒地穿行在林间。正在露西忘情地飞行之时，忽然一只巨蟒从树后窜出两米多，一下缠住了露西。她惊慌之中“啊”的一声，与巨蟒一同坠入地上。

露西摔伤了腿，无力奔跑，又被巨蟒翻身缠住了她的腰部。几个小伙伴见状惊得目瞪口呆，却自知无力营救，四下散去。刚离开没多久，就忘记了露西死亡的哀伤，继续吟唱着“Hakuna Matata”，几个小伙伴便消失在森林深处。

12000年前

智人消灭了其他人种，成为唯一的人种。地球上第二次智慧生命的萌芽就此开启。人类的足迹遍布到了地球上的每一个角落，走过了拉瑞走过的每一寸土地。

人类征服了农业，驯化了动物，掌握了语言，点燃了科技，启动了数字技术，就此开启了全新一轮的文明，仿佛拉瑞从来没有存在过。他们给曾经主宰了地球上亿年的有着矫健四肢与庞大身躯的生物命名为：恐龙，意思是可怕的蜥蜴。

第二段 对影交错

致虚极　守静笃
万物并作　吾以观复

7. 地历元年

地元0.5裂2基7轮，阴山地下城

这一轮，常鸿正在巡防，忽然城墙边的空气检测器发出了“嘟、嘟、嘟”的提示音，并不断闪耀着红灯，他立刻将信息连通到自己的CPU，读取了警报信息：警告！S701号管道发生碳泄漏！请立即处理！

S701管道位于地下城文化馆的后面，穿过一条植物保护带。灰色岩壁就是地下城的尽头，岩壁上爬满了厚厚的爬山虎。一条直径10米有余的管道从岩壁下方伸了进去，如同地下城的脐带，从外面获取养分。

常鸿翻身跨上一台无轨飞车，径直赶到了S701管道口。卢兑震带领的工程团队也紧随其后前来勘查。这样的管道全城总共有300个，谨慎起见，常鸿又令众人依次去各处检查有无异常。

常鸿问道：“管道发生二氧化碳泄漏，卢教授，会不会打破地下城的空气平衡？”

卢兑震：“我在来的路上已经对空气成分进行了检测，幸亏发现得及时，泄漏的二氧化碳总量并不多，打开供氧仪就可以中和掉。”

常鸿：“管道都在岩壁之内，还有石墨烯防护层，一直安然无恙，怎么会突然发生泄漏？”

“现在看来，应该是由于恐龙二号造成的破坏力大于预期，地震挤压破坏了管道。起初只是内部结构性破坏，没有发生事故，检测也没有问题，但现在过去一年多，积攒的压力终于释放了出来。”看常鸿还是很紧张，卢兑震又补充道：“放心，这都是工程上的小问题。”

常鸿这才放心离去。

阴山地下城，S701 管道内

卢兑震带领工程队打开一扇两米多宽的隐藏门，进入漆黑的管道。卢兑震打开手电筒，用扳手拧开管道顶部的机械暗盒，拍了一个开关。管道内随即亮起了白色的灯光，远处还时不时闪着红点。

“那些红点就是泄漏点。”卢兑震说着，打开了手提电脑，开始运行管道内的环境建模程序。几名工程师顺着红点而去，很快便修复好了泄漏点，并校对了预处理流程。

保险起见，卢兑震准备对岩壁外延再做一次精准测绘。他令人开启探地雷达，向四周发射高频电磁波，逐渐绘制出了周边的地质结构图像。

两千米以内的图像，完全正常。继续放大探测范围，五千米以内，依然完全正常。卢兑震心想：“应该是多虑了。”他又进行了最后一次探测，放大探测范围到十千米。

忽然，绘制的图形上出现了很多亮点，还有许多密集的条纹图案。

刚松懈下来的卢兑震一下又绷紧了神经。图像上的亮点是电磁波的反射信号，表明此处的电磁阻抗不匹配，而密集的条纹是电磁波的衍射信号，表示其发生了大幅度的弯曲和分散，可能在传播过程中遇到了障碍物。

“怎么会这样？那下面有什么？”卢兑震喃喃自语，然后调整了仪器精度，通过对这些信号的分析，发现斜下方六千米处存在上千个空泡。

在地壳浅层，空气的确有可能因为被困在火山岩的熔岩中形成空泡，但这些空泡很快会被矿物质所填充。而在地壳四十千米左右的深处，几乎不存在这样的条件。而现在，居然有如此大量的空泡，明目张胆一般地聚集在那一个地方，这种情况实在闻所未闻。

“这也是恐龙二号引发的地震造成的吗？”一名地质工程师从没见过这种场景，紧张地问道。

“就算恐龙二号造成地壳大规模断裂，互相撞击，也不会形成如此密集的空泡。”卢兑震指着地质剖面图上面的异常亮点和条纹说道。

“那就是自然界天然形成的吧！”

“会不会是谁的阴谋！”

“走吧走吧！这太可怕了，赶紧回地下城交差吧！”

卢兑震顾不上回应他们几个的讨论，还在努力根据波形图来还原地质结构。但是，空泡实在太过于密集，导致反射的能量相互干扰，即便把精度调到最大，也只能得到模糊的一片，全是互相覆盖的点和线，难以彼此区分开。

到底是什么东西？在密闭的岩体中，打出这么多空泡。这远非人力可为，也绝非大自然应有的现象。卢兑震心里直发毛，越想越恐慌。作为一名受过多年专业训练的科学家，面对打破既有认知的事情时会更为恐惧，甚至丧失理智。他死死盯着电脑屏幕上的模糊不清的地质剖面图，咬着牙说道："去取石墨烯钻头和微型飞行器。"

"卢教授……在地下城擅自破坏岩壁，这……恐怕不符合规矩吧。"一名工程师提醒道。

"快去！出了问题我负责！"卢兑震此时已顾不得这些了，他必须马上弄明白那里到底是什么。工程师不了解地质学原理，对此还都不以为意。卢兑震知道这如果是超自然现象，就意味着地下城将不再安全。

那名工程师略不情愿地去管道大门外的维修车上取来了钻孔机等工具。"对着那个方向，钻一个直径30毫米的小孔，然后把微型飞行器发射进去。"卢兑震布置道。

工程师很为难的样子，一动不动。

"你快呀！"卢兑震又催促道。

"卢教授，我们还是回去先获得审批吧。"

卢兑震干脆一把抢过钻孔机，戴上防护头盔，开到最大功率，急速地打着小孔。过了一阵，方才说道："这也是属于维修管道故障工作的一部分，不需要再单独审批。"他现在缓过神了，清楚自己在做什么事情。这搞不好可是会触发审判机的刑法规则。但已经做了，也只能这样安慰着自己。

大约2小时过后，钻头已经到达了空泡群所在的位置，卢兑震就将微型飞行器发射进去。此飞行器长、宽都只有不到30毫米，却内置着纳米级计算机，可以将飞行线路记录下来。

飞行器到达目的地之后，按照深度优先遍历算法在空泡中来回穿梭。卢兑震看着发送回来的飞行路线图，简直是一团乱麻。即便观察一个角落的路线，也完全无法识别其中规律，更无法梳理其源头。但这至

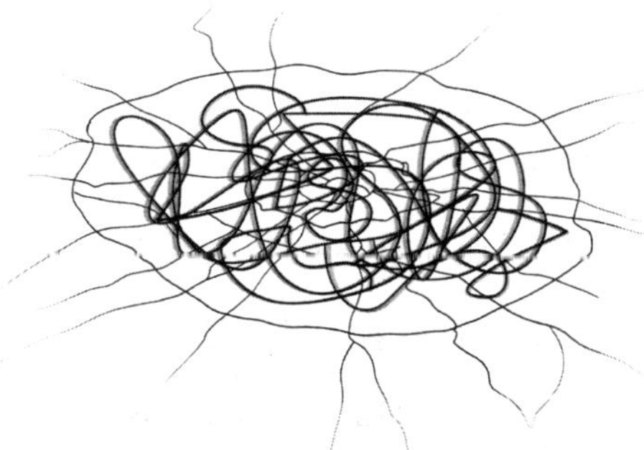

飞行路线图一角

少验证了一点：那里确实有成百上千个空泡。

卢兑震用石膏灌入洞口抹平，和几名工程师一同收拾好装备，随即离开了管道，直赴数据中心。

阴山地下城，数据中心

数据中心是地下城互联网根节点所在地。宋崖以智囊团身份进入地下城后，便是这里的负责人。

卢兑震一见到宋崖，来不及寒暄，便拿出一摞图纸："这是地质结构图，里面充满着大量空泡，导致没法绘制清晰的图形。这是飞行器行进轨迹图，你看能否据此复原那里的结构？"

宋崖接过图纸，翻了一遍："根据深度优先遍历算法反向计算出现场情况……我试试吧，有电子版源文件吗？"

卢兑震递过来一个U盘。宋崖启动了量子计算机群，在十余个屏幕上打开了不同的数学模型，全都显示：剩余时间>∞。这也就是不确定多久才能计算完毕，或者压根无解。

见无法暴力破解，宋崖调度出启发式算法，试图通过人工蜂群算法、蜻蜓优化算法、星际熵增算法等一系列算法来迭代模拟现场情况，但无论如何优化算法，都无法把局部解聚合到全局解之上。

宋崖摇摇头："不行，未知变量太多，搜索范围太大。"

二人都陷入了沉思，宋崖盯着大屏幕上路线图穿梭的轨迹，自言自语了一句："要是有一群会说话的蜜蜂就好了。"

卢兑震："什么意思？"

"计算机没有空间和方向的感知能力。与之相比，很多动物的空间能力都很强，在其神经系统和肌肉系统的协同工作下，这种路线并不难解决。比如，蜜蜂和海龟，都能在错综复杂的环境，甚至能跨越几千千米找到路径。在深度优先遍历算法产生的路线图中，各条路径之间互相连通，全局解很容易被局部解困住。这就好比……通过鱼游的路线来还原鱼缸里水滴的分布一样，你跟着它游永远不知道什么情况，如果你站在鱼缸外才会看到，原来就是一缸水而已。"宋崖解释道。

"对呀！你这么一说，我倒想起一个人！"卢兑震兴奋地拍了拍手站起身："能不能把飞行器路线图做成第一视角，就像玩VR游戏那样。"

宋崖："可以啊！但是有什么用呢？周围全是一片漆黑。"

"太好了！辛苦你帮我做一下！"卢兑震说着转身就冲出门。

宋崖："你要干吗？"

"找一群会说话的蜜蜂！"走廊里传来卢兑震的声音。

宋崖还没回过神，不知道卢兑震怎么中了魔一样，只能摇摇头，帮他完成。

卢兑震想起了他此前的一个学生，辛若涵。地下城确定选人标准时，她以天才少年排名第三的成绩获得了入住名额。

人类已经完全习惯了依靠计算机。每个人在生活和工作中都有一个AI助手，可以帮忙处理大部分问题。计算机在所有智力游戏中都碾压人类，这常常让人忘记AI的本质只是计算和存储信息的工具，在诸多领域依然无法与人类相比拟，如创造力、空间力、想象力和洞察力。

辛若涵便是这样的天才，曾创下蒙眼走迷宫复杂度的吉尼斯纪录，可以完成由500个18边形拼接而成的迷宫。也就是说，她可以在蒙眼情况下感知身体20°的旋转与前进距离，并能根据行进路线推理出地形。

阴山地下城，居民区

卢兑震在居民区四处打听，几番周折，终于找到了正在智能睡眠舱中酣睡的辛若涵。

“谁啊？没看到我设置的睡眠时间还没结束吗？”辛若涵睡眼惺忪一脸不高兴地打开门，一看居然是卢兑震，赶紧揉揉眼睛：“卢老师？您怎么来了？”

卢兑震给她讲述了地壳中离奇空泡群的发现。辛若涵顿时睡意全无，尤其是听说计算机都无法完成复原，更加兴奋了：“在地下城这么久，实在太闷了，稍等我一下，马上好！”说罢匆匆收拾一下，就跟着卢兑震乘坐有轨飞车一路来到数据中心。

阴山地下城，数据中心

宋崖递给辛若涵一个VR眼镜：“里面可真的是什么都没有，只有一条路。”

“是根据深度优先遍历算法形成的路径，对吧？”辛若涵看了一眼，只问了这一个问题。

“对，碰到死胡同就会180°掉头。这里是我刚打印出来的路径相关数据，标明了每段路径的前进距离和转弯角度。”宋崖说着拿过来厚厚一摞图纸。

“不用了，这样可太没挑战性了，我放弃观察。”辛若涵只接过了VR眼镜，推开了图纸资料。

“若涵！现在时间紧，任务重。你要想挑战，等完成之后再请宋总给你专门做一道新的题目。”卢兑震现在可没心情测试人类大脑的极限。

见老师发话了，辛若涵也意识到了事情很紧急，这才接过图纸。见她边看边算，速度飞快地翻着图纸，一旁的宋崖惊得合不拢嘴，心想这是人类能具备的速度吗？对卢兑震说道：“她……有在认真看吗？”

卢兑震略有得意地说：“你就看着吧，她可是比蜜蜂还厉害！”

辛若涵戴上了VR眼镜，跟随前进路线在房间里走来走去，四处转动着，时不时俯身蹲下，又蹦蹦跳跳着。足足过了2个小时，辛若涵摘下VR眼镜，开始在白板上画。

宋崖看了一眼量子计算机矩阵的计算结果，依然显示：剩余时间>∞。想到人类居然可以如此完败计算机，宋崖简直不敢相信，也不敢打扰辛若涵，轻声问卢兑震：“这么点时间，也就够她走一遍，能行吗？”卢兑震点点头：“差不多。走，咱们去做杯手冲，让她安静地画。”

没多久，辛若涵放下笔，伸了一个大大的懒腰：“终于画好了！这道题还真的是很难！”

二人听闻，放下咖啡杯便跑了过来，卢兑震问道：“画好了？那边是什么情况？”

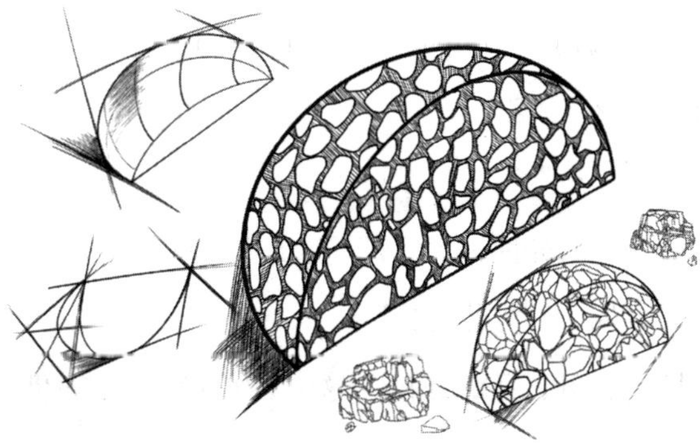

辛若涵所绘空腔草图

辛若涵：“嗯，你看，这是一个巨大的空腔，一个有些扁平的$\frac{1}{4}$球体，如同半个锅盖扣在地上一般。底面积有1.96平方千米，接近于咱们的地下城一半大；高度约300米。不过严格地说，这并不是完全的空腔，里面填满了巨型岩石。而你们所说的空泡，其实并非真正的空泡，而是巨型岩石之间的空隙。”

空腔？巨型岩石？空泡居然是岩石空隙？二人一时间没有回过神，说不出话。

两人都伫立在白板旁眉头紧锁，卢兑震说道：“也就是说，这并不是空泡，而是一个巨大的空腔。后来可能因为发生坍塌事故，或者人为运输，里面填满了巨型岩石。是这样吗？”

“没错，老师。不过，据我刚才观测，空腔的产生可以确定就是因为坍塌事故。如果是人为运输，岩石的形状和排列的方式都要规则得多，但是这个空腔内的岩石，形状各异，杂乱无章。”辛若涵说着随手画了几个岩石，接着说道：“这种石头有上万个。如果有需要的话，我可以慢慢把所有岩石都画出来。”

卢兑震和宋崖脑子里都嗡嗡直响，许久说不出话。

“喂！你们怎么了？”

“哦，没什么……”

“老师，那……我先回去了？忙了这么久，我得去睡眠舱补个觉。”

“你辛苦了，回去好好休息！”

辛若涵刚转身离开，又跑回来：“这个VR眼镜，可以再借我玩玩吗？”

“可以，你拿去吧。”

送走了辛若涵，二人各自思索着事情的原委，在脑海中推想着各种可能性。这个空腔就是一座地下城，而且是建造一半后发生了坍塌的地下城？整整齐齐地塌方了一半，这……怎么可能呢！卢兑震已经不敢再继续想下去了：“赶紧去指挥部！”

阴山地下城，指挥部

指挥部就在密密麻麻的居民区楼下，仿佛是藏在这里。一楼是会客厅，会客厅外有一个小院子。二楼是两排格子屋，是小型会议室和工作室。三楼是决策阁成员的起居室。据说，指挥部还有一个纵深不知道多深的地下资料室，里面存储着人类文明的重要机密。

“常鸿在吗？有急事！”卢兑震和宋崖从有轨飞车上跳下来，一路小跑到指挥部，直接推开大门就冲了进来。正巧武司令坐在院子里的躺椅上闭目养神，三人差点撞个满怀。

“瞧你着急的样子，管道泄漏的事情吧？常鸿刚来报告过了。”武司令慢悠悠地坐起来。

“还有更严重的事情……”卢兑震将发现的空腔一五一十做了说明。

武司令听完也眉头紧锁，引众人来到会议室商议。沉默半晌，问道：“如果是人为的，那么，是什么人？在我们建造地下城之前就已经来了，一切都先我们一步？阴山是国防警备最严的地方，可是一只蚊子都飞不进来啊！”

卢兑震：“那就只能是外星人了啊！”

武司令反问道：“外星人怎么可能跑到地壳里？”

卢兑震却认真地说“怎么不可能，五维空间，直接穿越。”

常鸿一本正经回答道：“维度只是认知世界的数学工具，而数学是对现实世界的模拟。现实一旦抽象到数字与符号之上，即会失真。现实世界并没有无穷小的点，也没有无穷薄的面。所谓的五六七八九十维只是增加认知的角度，不能由此推断三维空间可以无限叠加产生高维空间。”

“不是外星人，那有谁能做到？”

“这……”

众人正一筹莫展之际，辛若涵的声音从门外传来了：“我知道是谁！”

“若涵？这里正在开会。你画的这是什么？”卢兑震起身去开门，见辛若涵手里拿着一幅简笔画。

“这位想必就是咱们地下城的小天才吧！请她进来。”武司令吩咐道。

辛若涵第一次到指挥部，见到一屋子人，也不拘谨，走到大屏幕前，在操作板上很快便画了一幅涂鸦一般的脚印图。

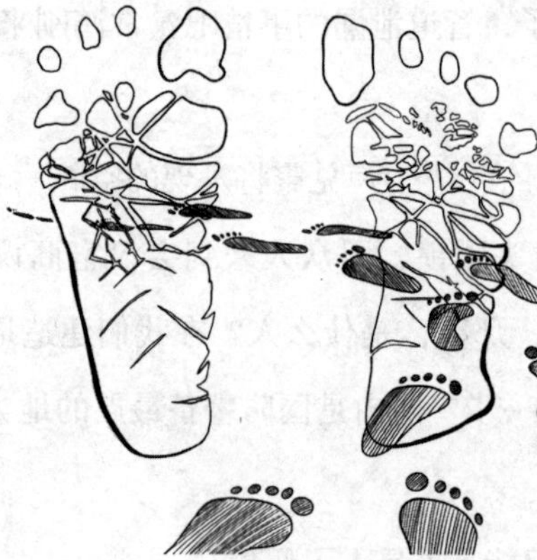

辛若涵所绘脚印草图

见大家面面相觑，辛若涵一字一句地说道："是巨人。"

"什么巨人？"

"你们不是在讨论这个空腔是谁造的吗？是巨人。"

"巨人？"众人还是不明白这小姑娘葫芦里卖的是什么药。

辛若涵耐着性子解释道："对呀！巨人。虽然脚趾很模糊，但是脚掌与人类几乎一样。我刚才回去又玩了一遍VR游戏。我看第一遍的时候，印象中闪过一个痕迹，第二遍的时候才看清那居然是一个脚印的图案。"

"既然拍摄画面都是黑色和灰色的岩壁，你怎么又能看出其中有一个痕迹呢？"一位智囊团成员还没有见识过辛若涵的厉害。

"嗨！有色差啊！"辛若涵说着把画面调了出来："呐，你看。"

他戴上眼镜后，只看到黑乎乎的一片："这哪里有色差啊！分明是一团黑，什么都看不出来。"

辛若涵却不依不饶："真的有！你仔细看啊！就在画面右下角，看到了吗？"但他依然摇摇头。

“好了，你也不用看了，用计算机分析一下画面像素就知道了。”宋崖说着接过VR眼镜，把定格画面导入计算机。计算机屏幕显示：画面大部分都是纯黑色，仅右下角有一些像素格的值在3～5之间变化。这些像素格连接起来，果然就是辛若涵画的巨人脚印的草图。

众人都不由得对眼前这个清秀的少女刮目相看。这分明已经超出了肉眼分辨的极限，而她却能够在0.1秒之内捕捉到，并且精准还原，实在太可怕了。

另一旁的卢兑震拿着图案在空泡群里比画着，喃喃自语：“怎么可能？太不可思议了……”他极力搜索脑海中的知识，却怎么也想不通这是如何形成的。

“难道真的有……地心巨人？”

8．空腔隧道

胡奇对探索人类之外的智慧生命向来有着极高的热情，主张到现场进行更为精准的测绘，采集更多的样本。

一名智库成员为规避风险反驳道：“胡教授，您应该明白，地球结构早已经被地震波证实并非空心，温度高达几千摄氏度，没有液态水、氨基酸……产生生命的必备条件都不具备，哪里来的智慧生物？”

胡奇反问道：“人类此时不也在地壳之中吗？”

“你在地表可见过这所谓的地心巨人的化石？”

涉及学术问题时，一向腼腆的胡奇便毫不退让：“我曾提出‘深海生命’假说。广袤的深海之渊或南极的冰盖之下，都有大片人类未探索到的地方。沧海桑田之后，化石可能就在那些我们从未去过的地方。”

智库继续反击道：“作为科学家，你也明白，这只是假说，缺乏证据啊。”

胡奇：“所以大胆假设，小心求证。不去看看，怎么知道？”

现场气氛顿时火爆了起来，紧接着又有人陆续提出硅基生命假说、远古地球外星殖民假说、史前地球生态等一系列假说。大家你来我往唇枪舌剑，争论不休。

自从入住地下城以来，日复一日单调的生活，令众人逐渐丧失了拼搏的动力与探索的好奇心。这个新发现让大家都跃跃欲试，想要去一探究竟。

武司令见状，便顺势安排了空腔科考任务。整个任务分为两步：第一步，组建一支工程队，打通一条连通地下城和空腔的隧道；第二步，组建一支科考队，进入空腔内部勘测取样。

待众人都离去之后，常鸿拿出了一份报告，叫住了卢兑震：“卢教授，这是审判机的一审裁决，怀疑你蓄意破坏地下城结构。”

卢兑震一惊，接过报告查看，结结巴巴地解释道：“当时事出紧急，我担心和管道泄漏同属一个事件，便一并探查，没来得及再重新申请批示。”

“别担心，这种情况自动审判机也是存疑的，所以只生成了一审报告。”常鸿顿了顿，递过来一张责任认定书，拍着他的肩膀说道：“你本来就担任地下城总工程师，那这次隧道工程的总负责人，也由你来担任，没问题吧！”

卢兑震连声称是，几乎是倒退着挪出了指挥部。他心知肚明，常鸿最后的嘱咐是什么意思。这次科考活动看似心血来潮，却不能如同儿戏，必须有人能兜底负责。而自己，成了代替武司令作为兜底的责任人。如果此次行动一无所获，便是劳财伤命，新账旧账一起算。如果有能推动人类科技进步或发现新能源等重大事件的发生，自然也是武司令领导有方，而自己最多只能求得平安无事。

卢兑震仔细斟酌一番后发现，开凿一条连通空腔的隧道，不敢说万无一失，至少也是十拿九稳。在地下城的高压统治下，他可不能留有污点。权衡利弊之后，卢兑震决定在责任认定书上签字。

武司令之所以第一时间支持此次科考，也有自己的考量。虽然从地表时期带来的能量储备在常规情况下持续使用五百年绰绰有余，但如果人类因争夺有限的能源爆发地下城战争，或者人口生育失控，又或者发生无法预料到的地壳板块移动，都会耗费大量额外的能源。所以向外开拓是早晚要做的事情，而这个突然出现的空腔，便是开拓的希望所在，说不定真的是远古智慧生命遗址。再加上有人能负责兜底，这正是一个绝佳的机会。

卢兑震邀请辛若涵作为他的副手来共同负责这项科考工程。辛若涵不知这件事牵扯之复杂，只想挑战难题，于是欣然应允。

地质工程队员们用探地雷达做了一个全方位的扫描。二人看着大屏幕上的地质图和探测数据，逐步排查分析地壳下方的地质岩层的堆积排序、岩石性质和地下水位，最终衡量施工利弊，制定了两种挖掘方案。

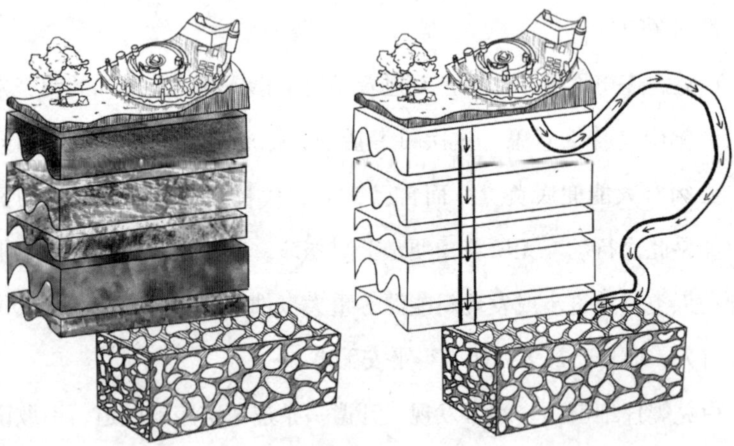

挖掘方案草图

路径A几乎是最短路径，但是施工难度大，不过一旦建成，是一条直线，里面可以铺设磁悬浮轨道，让通行十分方便，还可以铺设光纤电缆，实现即时通信。

路线B绕开了所有的坚硬岩层和含水量高的危险区域，施工安全系数更高。缺点就是科考站将成为孤岛，因为来回需要很长时间，并且没法通信。此外，施工周期也至少比路线A长三倍有余。

“若涵，这两个方案，你怎么看？”卢兑震推了推眼镜，问道。

“老师，这我可不好说。”辛若涵在稿纸上反复计算着，回答道。

卢兑震：“没关系，你有什么想法，但说无妨。”

辛若涵：“虽然A路径很理想，但是沿途环境过于复杂，尤其是要经过一片坚硬的岩层。我们在地下城也没法使用爆破技术，而激光切割机的能量又无法将其分解。”

卢兑震自信地说道：“没错，爆破难免会影响地下城的安全，但是我们可以使用微波辐射挖掘机，通过微波辐射的热效应将岩层加热，使其膨胀，从而将其内部结构全面破坏。”

辛若涵还是担心地说道：“可是微波辐射挖掘机在地下工作时还不具备较好的稳定性，如果碰到陌生问题，很容易失控。”

卢兑震脸色略有阴沉，说道：“你是不相信老师的操作能力吗？”

辛若涵连忙解释道：“当然不是！我是担心有探地雷达无法发现的意外情况……”

卢兑震打断了她：“只有短短六千米，能有什么意外情况呢？”

辛若涵还想说什么，卢兑震又摆手打断了她：“好了，就定路径A。你去准备一下我刚才说的操作方案。”

见辛若涵还愣在原地，他又补充道："你如果担心有危险，到时候下井，你留在管道内的操作台便是。"

辛若涵委屈地想要解释："我不是这个意思……老师……"

卢兑震斩钉截铁地说道："行了，工作要紧！"

卢兑震是出了名的态度强硬，也可以说是倔强，只要他认定的事情，不撞南墙不回头。而他卓越的专业能力，也使得他翻过了过去20多年科研工作中遇到的所有南墙。他本想听听辛若涵对于A路径还有没有更好的优化建议，没想到她居然选B路径。"后辈堪忧呀，哪怕是天才少年，还是想走捷径。"卢兑震内心这般想着，一脸不高兴。

辛若涵作为学生、副手，自觉没法继续劝阻，只能照办。她第一次明白：智力题再难也早晚会解开；现实难题看似简单，实际无解，只能眼睁睁看着失败。

前半段进展如预期一般顺利。马上就到了坚硬岩层的区域，卢兑震换上了微波辐射挖掘机，准备亲自下井工作。辛若涵再三提醒："老师，一定要注意安全，如果操作难度大，咱们现在也可以换路径B……"

辛若涵话还没说完，卢兑震便打断了她，本想训斥她一番，但想到离成功很近了，自然有结果来证明自己是对的，于是态度缓和了下来，说道："若涵，别担心，我在此前开采干热岩项目的时候已经用过微波辐射很多次了，你在操作台等我的好消息！"

卢兑震说着带领工程队队员们乘坐电梯下井而去。辛若涵提着的心始终无法放下，许久之后，给常鸿拨通了电话："常鸿，常备军救援队的响应时间有多长？"

"很快，怎么了？"

“到S701管道这边呢？”

“差不多两分钟就能到。你们施工发生事故了吗？”

“哦，还没有……我只是担心，卢教授他……”

“我知道，他之前提交的挖掘隧道方案我都看了，智囊团也论证没问题，你放心吧！”

辛若涵既没有挂断电话，也没有接话，于是常鸿又补充道：“我现在开启备战状态，真有什么意外，一分钟就能到，这你总该放心了吧！”

“嗯，谢谢你。”辛若涵皱着眉头挂断了电话，提心吊胆地看着操作台上的监控器。

卢兑震开动微波辐射，开始加热目标岩层。随着功率不断加大，岩层不断膨胀着。他死死盯着显示屏上变动的数字：内部结构破坏程度20%；继续加大，50%；再加大，80%。

“卢老师，不能再加大了！井下温度到了安全临界值！”辛若涵看着监控器上的数据，显示岩石内部温度为400℃。

微波辐射的本质是一种高频电磁波，通过岩石的分子振动来产生热效应，在工作当中会导致温度不断升高。这些坚硬的岩石层含有大量金属矿物质，当温度超过安全临界值时就会有爆炸的风险。

“马上就好了！降温设施准备，3……2……1！”屏幕显示结果终于到了100%。听到岩石内部已经发出“噗噗噗”膨胀过度的声音，工程队队员们立刻对着岩石层四周喷射液氮制冷剂，并启动换热器。

不知过了多久，在大家的奋力降温中，一切恢复了正常。所有人都已经出了一身汗，脸上全是黑灰色的污渍。卢兑震止不住地咳嗽：“可以了，可以了，换冷水降温，关闭液氮制冷剂，不然浓度马上要超标了。”

紧接着大家又喷了一阵水，才让周围的岩壁彻底恢复正常。卢兑震开动挖掘机。此前坚硬无比的岩石层现在已如泥土一般，轻轻松松全部挖开。

操作台中的辛若涵也终于松了一口气。卢兑震冲着监控器屏幕比了一个大拇指，然后跟队员们说：“大家稍作休息，然后全力前进，直通空腔！”

话音刚落，“轰隆隆”连续不断的巨响，响彻了整个隧道。操作台中都感觉到了异常强烈的震感。辛若涵一下从椅子上摔倒在地，头撞到了铁箱边，直觉头晕目眩，还没反应过来发生了什么事，只见各类物品都跌落一地，监控器的屏幕也都碎了。她挣扎着往前爬，终于摸到了寻呼机，坐起身来，一键拨通刚才的通信频道：“常鸿……”说罢仿佛耗尽了全身力气。遥控器也掉了下去。

常鸿在地下城中都感到了刚才轰隆隆一阵地震，正在此时收到了辛若涵发来的消息，火速带领救援队出发赶往S701管道处，一分钟后即到达了管道内。但是里面弥漫出滚滚浓烟，而且通道狭小，完全无法实施救援。常鸿只得先指挥清理现场，开启鼓风机，将浓烟都散去，再重新搭建一条牵引绳，派一名战士下去查看。

到了地下3千米处，只见一堆乱石散落在隧道中。

适才卢兑震操作微波辐射，产生了大量的热能，破坏了岩石结构之后，为了避免爆炸，又立即降温。这本来也算是常规操作流程。但是此处地形复杂。坚硬的岩石不是连续层，而是夹杂着含水量很高的隐蔽薄层，分布稀疏且不连续。岩石层急剧地热胀又冷缩，导致了地面沉降。与此同时，水分在高温中蒸发，产生了高压气体。这一系列连锁反应导致了岩石断裂。

工程队队员们一心想着攻坚，将安全防护重点也都放在了如何避免爆炸上，没有料到地壳40千米深处的地形要比地表复杂得多，如此便发生了这场坍塌事故。

战士下降到作业台之上后，查看四周环境已经稳定了下来，呼叫常鸿又派了几名救援队员一起下来。众人拨开杂乱的岩石，陆陆续续救出了几名工程队队员，其中包括已经昏迷的卢兑震。

将伤员挨个向上运送至管道中，接应队员马不停蹄送往大门外。无轨救护飞车已经等候多时，一路开往急救医院。

卢兑震不知过了多久，猛然醒来，发现自己躺在病床上，旁边坐着辛若涵和常鸿。他摸着自己的后脑："刚才，发生了什么？我怎么在这里？"

"卢老师……您已经昏迷了整整2天。之前的隧道挖掘工程，发生了坍塌事故……"辛若涵低声说道。

"坍塌？"卢兑震难以置信，努力回忆发生了什么，自己明明记得一切顺利，用微波辐射顺利破坏了坚硬的岩石层，然后立即实施降温散热，一切恢复之后准备挖掘。随后，轰隆一声，对，轰隆一声，然后自己就摔倒了，记得有一个巨大的岩石砸了过来。他终于想起来了。

"对，坍塌。"常鸿说道。

"那队员们呢，怎么样了，有人受伤吗？"

二人都没有回答，怔怔地站着。辛若涵死死地捏着自己的衣角，然后哭着跑出了病房。

"工程队队员，怎么了？"

"工程队队员……26人，9人失踪，5人丧生，10人重伤，2人轻伤……"

卢兑震脑子嗡的一声，差点又昏过去，喃喃道："失踪？"

“对，失踪，尸体应该就在塌方的岩石下。当时救援队赶到现场，拨开表面的岩石，将压在下面的工程队队员救了出来。再下面的塌方已经连成一片，需要被二次开凿。救援队怕引起二次事故，没再进行。”常鸿将刚才的救援过程具体与他讲述了一遍。

“还有5人丧生?！怎么会，怎么会这样啊！”卢兑震疯了一样拔掉输液管，翻滚着下床。常鸿急忙上前，但还没等扶住他，卢兑震一个趔趄摔倒在地，他这才发现腿上打着石膏。

“卢教授，你别着急。”常鸿说着把他扶坐了起来。

卢兑震惊恐地看着自己：“我这是怎么了？”

常鸿解释道：“你也受伤了，右侧大腿骨折，右侧胫骨粉碎性骨折，脚踝……脚踝彻底断了。”

卢兑震浑身颤抖，怔怔地说：“都是我的错……怎么会这样……怎么会这样……”他努力回忆着，却怎么也想不明白到底是哪个环节发生了意外。

常鸿安慰他道：“卢教授，你冷静一下。我这次来，不仅是看望你的伤情，也要负责把你带回去，希望你能配合调查，查清楚这次事故的原委。”

卢兑震抿着嘴，不住地点头：“好，好，我配合，我配合调查。”

常鸿将卢兑震关押到了地下城戒备区，并宣布罢免了他的地下城总工程师一职，同时解除了智囊团身份。

在地下城中，法律的制裁与地表时期的海洋法系和大陆法系都全然不同，规则要简单粗暴得多，类似于干部监狱管理制度。法律规则预先输入审判机，让大部分情况都实现了自动判决。如果审判程序存疑，则再关押至戒备区，等待法院进行人工二审。审判机的机制如下：

甲级：造成地下城人身伤残、死亡者，终身监禁或安乐死

乙级：造成地下城生态系统严重破坏者，派至敢死队任职

丙级：故意造成地下城重大公共物品损坏者，剥夺生育权

所谓终身监禁，是监禁在地下城墙壁外的管道之中的隔离间。隔离间里面暗无天日，人的精神几天便会开始崩溃。所谓敢死队的工作，是被当作基因编辑实验的活体样本，为了提升“火种计划”中克隆人的成功率。所谓剥夺生育权是进行化学阉割。

即便卢兑震已被关押至戒备区，但科考队对空腔的探测依然要继续。隧道工程的总指挥由年纪轻轻的辛若涵担任。这些事情本来都和她没什么关系，她只是想做自己感兴趣的智力题，却一路误打误撞经历了这场悲惨的事故。纵使她心里并不愿意，但知道上面的意志坚决，无论她如何推脱，都有办法迫使她来坐这个职位，甚至能审判给她一个坍塌事故监察失职的罪名。与其走到那一步，她现在也只能顺水推舟，如果能顺利完成，倒也解脱了。

可是在重新组建工程队的时候，她却遇到了困难。本来一些年轻的科学家和工程师们对于探索未知智慧生命的课题兴趣十足，积极踊跃参与。结果由于挖掘路径A时发生了如此严重的事故，大家再怎么感兴趣也不会断然冒着生命危险去参加工程队了。

辛若涵跑遍了科研部、数据中心、工程部等相关人才聚集地，都招募不到一个人。这事本就难，更何况辛若涵才是一个20多岁的年轻女子，纵使她再聪明，但对于如何笼络人心、煽动欲望还一无所知。

许波听闻此事后，立刻联系辛若涵，表明自己愿意帮忙组建工程队

并承担责任。

许波此前通过影子身份来到了地下城，他也知道，不是不报，时候未到。正当他一筹莫展如何洗白之际，看到了辛若涵所发布的招募信息。经过一番打听之后，许波了解到了事情的原委。

他认定是卢兑震固执己见才导致了这场塌方事故，反观辛若涵，在小小年纪便颇有智者风范，具备如此危机意识。许波不禁感慨——豫兮若冬涉川，犹兮若畏四邻。如果接下来选择路径B，一定不会再出现问题。

在所有人看来都是危险重重的隧道工程，在许波看来恰恰是一个天大的机会。世界就是这样，此之不幸正是彼之机遇。他正是需要这样的机遇，来表现立功。最坏情况也就是空腔里什么都没有，自己白忙活一场。一旦有重大发现，那么他许波，洗白原罪还不是简简单单一件事？

既然有人能解自己的燃眉之急，辛若涵自然喜不自胜。许波精心准备了一份演讲稿，煞有介事地召集工友们来开会，把隧道工程的历史意义重点描绘了一番，最后还晒出了辛若涵的照片。

本来一直无人问津的工程队，在许波的饥饿营销下，这些工友本着能有立功洗白的机会，当场就报了20余人。其中有两人与许波最熟，能力也最为非凡。

一位名叫陆才千，原本是著名企业家、慈善家，成长于国际形势跌宕起伏的年代。其父子二人涉足房地产、金融、新能源等众多行业。凡所到之处，都是一路绿灯。制定地下城名单标准时，陆才千用家族积累的财富，给陆家换来了一批宝贵的名额。

另一位名叫李毅坤，正是刘星莎在地震中救助的那名孤儿，现在长成了半大毛头小伙，原本是著名黑客，年仅9岁时便攻陷了SWIFT系统，造成了全球巨大的金融危机，轰动一时。至今没有人知道他是如何做到的。在进入地下城的时候，他又是奇迹一般攻破了安全屋的运载系统，绕过了层层检查混了进来。

工程队组好之后，辛若涵便对大家进行了一场紧急培训。众人都绝非等闲之辈，具备临场反应迅捷、胆识谋略过人、善于学习思考等特质。工程队所需的各项操作技能，自然是有手就行。

一切准备就绪，二期隧道工程如期启动。辛若涵坐镇操作台，大家有条不紊地进行B路径的挖掘，做到事事以辛若涵指令为准，一路顺利挖到了空腔顶部。

由于B路径拐弯处过多，无法安装磁悬浮轨道。辛若涵设计了一种类似滚筒输送线的轨道，计算好沿途的阻力，在各个转弯处再提供一个动力源。人和装备进入滚筒上的车厢后，可以被安全运送至空腔顶部。整个路径长度近20千米，运送时间近6个小时。

整个隧道工程耗费了不到3个月的时间，比预期中的还要快一些。隧道建好之后，辛若涵又带队在空腔顶部搭建了一个临时科考站，可以存储一定的物资，也方便人员驻留，不用在狭长的隧道中来回频繁往返。最后，从空腔顶部切割开一个通道。

打开通道之后，众人眼前赫然出现了一个巨大空腔，形状如同地下城一般，所不同的是，里面果然堆满了巨型岩石。

“太难以置信了！这果然是巨人建造的地下城。”眼前的空腔与自己描绘的草图别无二致，但真等到费尽心力看到这个空腔时，辛若涵依然感觉难以置信，如同梦境。

9. 生命之库

科考队在空腔顶部安装了一台电动云梯，方便队员直接降落到空腔地面上。众人同时启动几十台小型破岩机，不断对岩石进行挤压撞击，再将岩石碎片装箱，通过滑行滚筒运回地下城。众人就这样一趟趟，终于将整个空腔都清空了。

大功告成，武司令在S701管道大门口举行了一场隆重的收工仪式，欢迎工程队26人凯旋，并当众宣布辛若涵晋升为智囊团成员。她也是智囊团中最年轻的一位，并接替卢兑震原有的职位，担当整个地下城的总工程师。

辛若涵再三推辞后勉为其难地答应下来。她是真的不愿意进入什么智囊团，更不愿意当总工程师，她深知这么重的担子，自己稚嫩的肩膀根本扛不起。武司令也明知辛若涵的想法，但也正是看重她这般与世无争的心思，而且能力强，又好把控。在地下城，一切以稳为主，武司令正是需要这样的人手。

许波等人也顺理成章地从临时工转为文政府的正式编制。地下城领导机构由军政府、文政府和决策阁组成。决策阁是最高权力机构，为地下城的生死存亡负责，智囊团也是隶属于决策阁。军政府总计有10万人，其中有6.5万名常备军归军政府直接指挥。另有3.5万名幻影战士，在编制上隶属于军政府，和常备军平级，但同时又直接听令于决策阁，从而形成一个互相捆绑且制衡的关系。文政府则负责司法与行政，还包括所有基层行政任务。

许波对这次转正大喜过望，趁周边没人的时候，对武司令旁敲侧击："司令对此前身份存疑人士，什么时候打算清算呢？"

武司令早知道许波地下城的身份来源不合法，也知道他这么拼命参加隧道工程所图为何，不过依然拍了拍他的肩膀，淡淡笑道："小许啊，你是个人才，只管好好干，以后有的是机会。"

许波再足智多谋，在武司令面前依然年轻，心顿时凉了半截，看来洗白之路漫漫。许波知道，武司令是想借此一直利用自己，直至榨干才肯罢休。"以后有的是机会"，就是说以后的艰难险阻都得由他许波承担。如果不干，或者干砸了，就还是会清算他。自己无论怎么晋升，就算能晋升至智囊团，也始终落个把柄在他手上。

不过，能进入主流，总比一直当一名默默无闻的临时工好。自己当初进入地下城就是为了扬名立万，实现阶级跃迁。既然他武司令想利用自己，那就让他利用，最终不也还是会成就自己吗？天生乐观派的许波也想开了。

辛若涵见一向积极开朗的许波，在这热闹的收工仪式上却愁眉苦脸，像有什么重大心事，便上前问道："你刚才去跟武司令说什么了？"

"哦……没什么，我看你一直推脱总工程师一职，就想说，如果你以后再遇到困难，我还是会帮你。"许波没法说出实情，随便编了一个理由敷衍道。

“原来你是为这个找武司令啊！这次真的谢谢你。”辛若涵却信以为真，说着伸出手，与许波有力地握了一下。二人本是互相利用的关系，现在已经是患难与共的交情了。

收工仪式完毕之后，胡奇带领的科考队就准备出发了。辛若涵和胡奇进行了一番交接工作。

卢兑震也算是他患难与共的至交，此时却被关押在戒备区。胡奇一方面提醒自己此次科考千万不得大意，必须时刻小心谨慎。但另一方面，他也真的是想探明究竟。就在这样复杂的情绪中，胡奇带领着11人的科考队出发了。

空腔内

科考队员接连坐进滚筒上的车厢，进入空腔之后，仿佛来到了一个新世界。胡奇摸着岩壁说道：“太像了，这里让我回想起咱们造地下城的时候，刚打出的一个毛坯，跟这里几乎是一模一样。”

林冉也感叹道：“是啊，如果不是亲身走到这里，摸着这岩壁，真的不敢相信，我们的隔壁，居然还有一座地下城！”

林冉是胡奇的科研助理，本是农村里的孩子，也是作为天才少年被选拔到地下城的，是年纪最小的一个。也许是在大自然之中长大的缘故，她的思维没有被知识所局限，极具创造力。

众人环绕空腔，怀着忐忑的心进行了初步巡视，终于舒了一口气，定下心来。这种感觉就好比是大梦初醒，却发现刚才并不是做梦而是现实。

林冉早已摩拳擦掌，迅速安装好各种勘测设备：“就当这里是一个大大的实验室，看看巨人到底是何方神圣！”

胡奇更是迫不及待地赶到脚印处进行查看，发现脚印果真跟辛若涵先前所画的脚印很像。但在现场，胡奇可以更为精准地测量脚印的各个部位。他一边用微尺测量，一边将数据同步到电脑上绘制精准图形，足足过了两个多小时，才终于绘制好了一个脚印复原图和一个彩色立体的脚掌复原图。复原图的脚只有四个脚趾，其中第二和第三个脚趾比较粗壮，也更为长一些，有点像是两个大拇趾长在中间，次小趾和小脚趾长在两边。

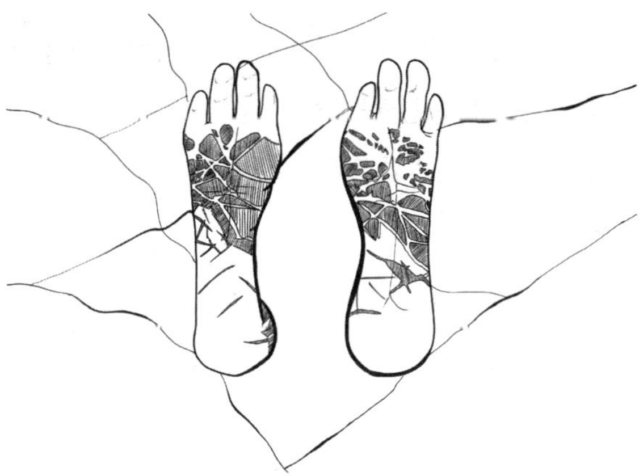

胡奇所绘脚印复原草图

林冉还是第一次走出书本，看着复原图惊道：“照片中的脚印还勉强像是巨人。复原图与照片的尺寸怎么差别这么大？”

胡奇解释道：“照片有阴影，实际测量时脚印深浅有所不同，土地的软硬结构也有所不同。比如，对于中间这两趾，我们在实际测量时发现，其边缘要比照片大一圈。看似五趾的轮廓，其实只有四趾。”

林冉反复观摩这变异一般的脚掌：“那这巨人……难道是得了巨趾症吗？”

胡奇摇摇头道：“即便对比已经灭绝的16个人属，也都没有发现这种病变的先例……”

林冉：“也就是说，这巨人……就压根不是人？”

旁边一位工程师顿时感觉毛孔竖起，打了一个寒噤，问道：“不是人……还能是什么？”

胡奇道：“不知道，但确实不是人，甚至不是灵长类。根据这个脚印的力度与印记特征来看，应当是陆地生物，而且基本没有抓握力，可以肯定它是能够直立行走的。但结合趾间距、比例、长宽比等这些因素来看，它又不是熊类，也不是灵长类。”

这名工程师问：“如果不符合生物学原理，难道说真的是大自然鬼斧神工？”

众人环顾四周，看着这偌大的空腔、如此多的巨石印记，还有眼前这个脚印图案，怎么都不觉得像能天然形成的。与此同时，另一边负责勘测的科考队员已经完成了浅层挖掘的采样。

这些样本应该已经够交差了，还是要趁早离开这个是非之地，于是胡奇说道：“先别瞎猜了，回去用计算机做一个对比分析。”

阴山地下城，数据中心

宋崖：“嗬！还真是脚印啊？”

胡奇皱了皱眉：“这我还真不敢肯定，需要请你用计算机对比。不局限于年代，古生代、中生代、新生代，凡是地球历史上出现过的生物，只要能和这个脚印匹配到的，都先筛选出来。”

“还有你没见过的生物啊！这么大范围时间跨度的对比，需要用到的数据量可不是一点点，看来我们且要等一阵了。”宋崖说着走向二楼资料室，找出了《生命之库》的硬盘，然后打开计算机矩阵，将数据连入其中，开始编写“脚印对比程序”。

《生命之库》是上万名杰出的科学家在2045年到2059年间，联合编撰的数字化地球生命总录，包含了地球上有史以来的全部生命，记录了每一种生物的形态特征、基因信息、行为特征、分布范围、演化历史、环境适应性等信息。

计算机屏幕上出现不同动物的足迹和空腔足迹复原图的对比分析，二人焦急地盯着进度条的进展。

阴山地下城，科研部

另一边，林冉和其他科考队员直奔科研部，把空腔采样结果拿去鉴定。工作人员送检之后，她焦急地来回踱步等待，不知过了多久，终于在手机上接到了报告：

年代鉴定：根据对岩壁中多个元素的半衰期分析，空腔的形成年代在6500万年前。

元素异常分布：空腔一侧岩壁后面存在大量铬元素，形成疑似圆柱形的铬金属柱。

正巧辛若涵路过，看到全神贯注鼓着嘴看手机的林冉问道：“你们回来了呀，怎么样，科考有结果了吗？”

林冉这才发现辛若涵不知道什么时候站在了自己身边，把手机递了过去说道：“若涵姐，你帮我看下，铬元素，意味着什么？”

辛若涵看完报告解释道：“铬是自然界最坚硬的金属，它在地壳中的含量仅为0.01%左右。而且自然界中游离状态的铬极其罕见，通常都是存在于铬铅矿。像这种纯铬制成的金属圆柱……应该是人工锻造并混入在岩壁的。这是你们刚才采样的结果吗？”

林冉点点头：“还有另一份年代鉴定，6500万年前，更不可思议。”

辛若涵瞪大了眼：“什么？！”往前翻，果然还有一份年代鉴定报告。她仔细查看了几遍，喃喃说道：“按照这两个报告，难道说，6500万年前，有一个巨人族，跑到了地壳内建了一座地下城，又造了一个铬金属柱插入了岩壁中？”

林冉：“是呀，随后地下城又莫名其妙发生了坍塌。这是什么情节，毫无逻辑。我也想不通是怎么一回事。”

阴山地下城，数据中心

一阵等待过后，“脚印对比程序”运行完毕，却显示没有匹配项。宋崖再一次拓宽范围，把脚掌复原图去掉光滑皮肤，渲染上不同种类的皮毛，又重新运行了一遍代码。两人盯着屏幕上的数据不断上滚，一阵等待之后，看到屏幕上依然显示：无匹配项。

两人正一筹莫展之际，林冉和辛若涵拿着报告一起过来了，将报告内容递了过来。

胡奇看完神色凝重，觉得背后发冷。

“怎么了？”宋崖问道。

6500万年前……完美空腔，巨人脚印，铬圆柱……胡奇脑海中飞快地闪现最近一连串诡异的发现，觉得一个比一个诡异，问道：“若涵，你记得阴山是什么时候形成的吗？”

“阴山形成于华力西运动，怎么了？”辛若涵不知道为什么胡奇会问一个如此常识性的问题。

胡奇继续问道：“6500万年前呢？”

“阴山应该和现在差不多吧。经过两亿多年，阴山的地质也基本定型了。”辛若涵刚回答完，也一下子明白了过来胡奇是什么意思：“不会有这么巧的事情吧，6500万年前……”

“恐龙灭绝！陨石撞地球！”林冉激动地喊了出来。

“啊……胡奇……你是说……”宋崖也把线索串了起来。

“没错，6500万年前，陨石撞击地球，造成了生物大灭绝，这是我们都知道的事情。现在看来，还有我们不知道的事情。那时已经有了高等智慧生命，正是留下这个脚印的巨人。巨人同样有先进的科技水平，所以提前观测到了这场灾难，并且和我们不谋而合，也选择开凿地下城避难。阴山形成于华力西运动，也是6500万年前非常适合的选址。那个空腔，就是他们地下城的遗址。”胡奇放飞了想象，绘声绘色地讲道。

“这也太巧了点吧。那铬金属柱呢，怎么解释？”宋崖是计算机工程师思维，不是大胆假设、小心求证的科学家思维，先要缕清逻辑线。

“可能那次撞击比我们推测的那次更为严重，所以巨人为了加固地下城，安装了一个铬金属柱作为防护。”辛若涵说道。

宋崖想了想：“逻辑上，这个故事确实讲得通，能把发现的证据都串起来。可是我们没发现的呢，怎么解释？”

林冉还沉浸在解谜的喜悦之中：“什么意思，我们没发现的？”

宋崖：“化石。为什么没有发现过巨人的化石。”

林冉刚兴奋了一下，又蔫了下来。的确，这个故事只有6500万年前那一刻。这之前，巨人在哪？此前说地表没有巨人化石，是因为他们生活在海底。可他们生活在海底，便不受陨石撞地球的影响，更不必跑到阴山下避难。这之后，巨人又在哪里？为什么没有重返地表？虽然他们已经有了一系列惊人的发现，却又回到了最初的问题，好像知道了很多，又好像一无所知，这难免令林冉失望。

要想知道怎么回事，看来只能先找到脚印的主人了。可是这谈何容易，宋崖已经穷尽了地球生物数据库也一无所获。一时间，科考陷入了僵局。

有了卢兑震的前车之鉴，除了天真的林冉，大家现在愈发谨慎，多一事不如少一事。见大家都默不作声，辛若涵索性打开天窗说亮话：“脚印谜题还没破，现在谁都承担不起节外生枝的代价。不如我们把目前这些发现上报司令，终止科考。”

“也只能这样了。”胡奇不禁叹了一口气。功过是非，哪这么容易说清，只能希望武司令也知难而退，停止科考。

阴山地下城，胡奇起居室

转眼一个多礼拜过去了，武司令那边迟迟不见回复。胡奇把脚印复原图打印成一张巨大的海报，挂在房间的墙上，在白天一直看，到晚上做梦也想，梦到原始人、大猩猩、短面熊、迅猛龙、袋鼠，甚至还会梦到一些虚构出来的怪物。每个生物都踩出了一模一样的脚印，疯狂地跑，踩得到处都是这样的脚印，然后在空腔内扑向他。“啊……啊！”他大叫一声，猛然惊醒了，惊出一身虚汗。

刚睡着，他的脑海里又出现了恐怖的叫声。他的意识还没有完全沉睡，似睡非睡之际，想着：不对啊，梦里听不到声音。恐怖的声音是来源于现实，看来地心怪兽冲进地下城了！胡奇被自己吓得一个激灵，睁眼翻身，才发现是手机铃声在响。胡奇拍了几下自己的脸，接起电话：“喂，我是胡奇，哪位？”

“啊，胡奇教授您好！您上报司令科考一事，有了回复。”电话那头传来一个低沉的男声。

“哦……”胡奇还迷迷糊糊地应和着。

“关于脚印的发现，司令已经有所了解……”

听到脚印，胡奇一下完全醒了，快速揉了几下脸，兴奋地打开工作电脑，说道：“司令同意科考停止了？”

“并没有，司令指示说，如果不能研究清楚，会有隐患。”对方见胡奇没有回应，顿了顿，说道：“司令希望你们把脚印的事情彻底研究明白之后，再做下一步打算。”

“这怎么能弄得清楚？喂？喂？”胡奇刚想解释《生命之库》都无能为力时，那边电话已经挂断了。这看来是武司令给的死命令，一个不可能完成的任务。

胡奇这几天本就被脚印折磨得精疲力竭，又接到了这样一个电话。就好比参加一场考试，不准学习考试内容，直接作答，这谁受得了？胡奇越想越郁闷，把电话甩到了一边。

他实在太困了，倒头又进入了梦乡。在梦里，他撞到了一只“大鸟”。“大鸟”竟然站了起来，疯狂地跑，在每一步都留下和照片一模一样的脚印。他转身跳进了空腔中，被“大鸟”追着跑，马上就要被“大鸟”咬到脖子了。

“啊！”胡奇又惊叫而醒。

阴山地下城，科研部

胡奇的头更痛了，一看表，已经快到了科考队组会的时间，急忙洗脸刷牙，拿起电脑就出门了，拦下一台有轨飞车到科研部。胡奇匆匆落座，众人都一脸愁云。看样子，大家也都收到了武司令的指示。由于《生命之库》中没有答案，近几天大家的议题都是外星巨人。

这一次的会议也不例外。几位智囊团的生物学家又在论证外星智慧生命的可能性，却被突然闯入的林冉打断：“外星智慧生物即便存在，也不一定是人形。若想与人类有相似的脚印尺寸和形状，除非外星智慧生物生活在跟地球环境一模一样的星球，发生了与人类一模一样的生物进化。所以脚印的主人，就生活在地球上。”

看到辛若涵这位学生模样的少女如此无礼，这名智囊团成员感到自己有被冒犯到，刚想起身反驳，却又哑口无言，磕巴了几下，只得问道：“那你说，为什么《生命之库》里没有答案？”

林冉走到台前，笑了一声：“谁说答案不在《生命之库》中？”

“哦？什么意思？”胡奇打起了精神，众人既疑惑又期盼地看向林冉。

林冉不急不慢在大屏幕上打开了一个图片，开始讲道：“前段时间我看了一部科幻电影打发时间，是一部关于鸟人的魔幻电影。电影里的智慧生物不是人类，而是鸟人。鸟人，顾名思义，长得像鸟，浑身都是羽毛，有翅膀，头上还有一个长长的嘴，但它其实是人，说人类的语言，翅膀下面还有人的手……”

“这位同学，现在时间紧，麻烦跳过魔幻电影，直接讲重点——脚印，好吗？”这名智库成员打断道。

“好的，这位教授。重点来了，在电影里，鸟人跟人一样是直立行走的。我看的时候注意到了它的脚，像鸟一样只有三个脚趾，但是比例却跟人的很像——脚趾粗壮而且没有分得很开，脚掌像人一样是长方形。我当时就感叹，这个导演的设计很细心，连脚都考虑到了。所以重点就是，这地心巨人，可能是鸟进化来的，就像魔幻电影里那样！”林冉发表完了演讲。

“荒唐，鸟怎么可能进化成人，还飞到地心里来了？”那名智囊团成员对此说法嗤之以鼻。

见此人如此无礼，林冉却也根本不生气，耐心地解释道：“我们之前只考虑到对比已有的生物，却没有对比已经进化完之后的生物。就好比人从猩猩进化而来，所以几百万年前的地球上没有人类，如果有人拿着人类脚印来对比几百万年之前的数据库，那肯定也不会得出结果，可这并不代表没有人类。所以答案就在《生命之库》中。”

胡奇一惊，林冉所说和他的噩梦不谋而合。真是朝有所思，夜有所梦。最近一直在想脚印的事，没想到潜意识已经有了答案。

宋崖当即表示赞成：“何不照此试试呢？”

“哦？怎么试？”胡奇问道。

宋崖说：“可以用人工智能技术做溯源相似度分析。先用深度学习算法构建生物进化模型，再在规律之中加入基因突变的不同概率，最后将其应用到《生命之库》上，罗列出所有生物进化的可能性，看看哪种生物能进化出这样的脚掌。"

智库质疑道："可能性接近于无穷多，如何可以完成？"

宋崖答案："剪枝。将人类的知识引入进化的规则，从而大大减少需要遍历的可能性。"

胡奇也茅塞顿开："脚印可以分为跖行、趾行和蹄行三大类。按照这个脚印的特征，我们可以排除蹄行动物。这样的知识和进化规则都很多，可以把无穷变成有限。"

反正武司令那条路已经走不通了，现在只能死马当活马医。也许，机器学习在大数据与超强硬件的时代真的能解决这生物进化的未解之谜。

说干就干，宋崖立即带队着手"溯源相似度"程序的研发。先是根据《生命之库》建立了生物进化图谱，划分训练集与测试集，并提取进化时间、基因突变概率、进化方向等特征，然后构建特征矩阵与目标向量，采用深度神经网络模型，使用交叉熵损失函数等对其进行训练，之后再把生成的进化规律放在测试集上进行验证。如果准确率低于90%，则进行递归优化，就此逐渐构造出一个自然界普适的生物进化规律。随后，再反过来将此规律运行于《生命之库》经由剪枝算法筛选后的生物上，不断搜寻符合目标脚掌的生物。

这种方法巧妙利用到了基因突变的概率。即便是同一种生物，因基因突变不同，随着时间的推演，也可能在相同环境中演化为全然不同的生物。所以理论上，宋崖的这套程序相当于罗列出了自然界中所有的可能性。

10. 兽脚亚目

阴山地下城，数据中心

“恐龙人？！”

宋崖点点头。辛若涵惊得嘴都合不拢：“你是说，传说中的蜥蜴人？”

胡奇摆手道：“不是恐龙人，更不是蜥蜴人。恐龙，就是恐龙。人类是灵长目——简鼻亚目——人科。这位脚印的主人是从蜥臀目——兽脚亚目中演化出的一个科属。人和它，完全不是一类物种。”

宋崖补充道：“这是进化模拟程序的结果。这个脚印和伤齿龙的脚印溯源相似度高达87.2%，这表明脚印的主人极有可能也是恐龙，跟伤齿龙有共同的祖先。”

辛若涵继续问道：“可是这个脚印，跟伤齿龙的脚印也太不像了吧？怎么能有这么高的相似度呢？”

林冉回答道：“不是相似度，而是溯源相似度。就好比人类和猩猩看起来也完全不同，但二者基因相似度有95%～99%，就可以根据溯源相似度推断祖先的远近关系。”

看辛若涵还在一脸错愕之中，宋崖一边在大屏幕上展示程序运行的过程，一边解释道："这是机器学习算法在地球史上亿万种生物的进化中总结出的进化规律，规律中含有3207种突变概率。这套规律重新运行在34592种候选生物上，模拟不同概率发生的后续演化，就能寻找进化出这样脚掌的生物。最终得出的概率最大的生物就是……嗯……恐龙。"

这个结果虽在意料之外，却在情理之中。辛若涵问道："那这个进化，是什么时候发生的呢？"

宋崖拖拽着程序模拟的进度条说道："可以追溯到三叠纪的中期。兽脚亚目恐龙开始出现。这是一种可以双足直立行走的恐龙。那时，兽脚亚目的恐龙总体上朝两个方向继续演化：一脉以体力为主，有更加结实的骨骼、强壮的肌肉、高大的身材、灵敏的身法、锋利的爪牙，其中极致者为霸王龙。另一脉则逐渐形成直立行走的状态，但骨盆稍稍前弯，不过足以解放其双手，以智力进化为主，其中极致者就是我们这位'脚印的主人'。"

辛若涵脑海里闪过各种各样的恐龙影像，感叹道："没想到，脚印的主人，巨人，居然不是人类，而是恐龙。"

胡奇点点头："是啊。灵长类不是产生智慧生命的必要条件，直立行走才是。"

众人也都陷入了沉思。的确如此，兽脚亚目的恐龙可以直立行走，便能解脱双手，从而使用工具、制造工具，反过来又可以刺激大脑的进化，如此形成正循环。如果有充足的时间，恐龙确实可以演化出高等智慧生命。事实上，地球上很多诸如海豚和大象般聪明绝顶的动物，如果它们有灵活的双手可以使用，假以百万年、千万年的时间，也都有一定的概率进化成不逊色于人类的高等智慧生命。

辛若涵："这个智慧恐龙的假说在逻辑上是成立的，那没有发现化石的问题能怎么解释呢？"

宋崖抿着嘴："这，确实是个谜题……程序运算的结果，也确实如此。"

二人又看向胡奇，胡奇捏着下巴说道："这个问题，我也一直没有想明白。有可能是它们很早就进入地壳之中生活，所以地表的遗迹被刻意清除了；也有可能就是数量太少，没有被发现……可以有很多假说。"

此时许波也赶了过来，在过道上就听到了里面的谈话，一进门便说道："我有一个大胆的推测，不是我们从没发现，恰恰相反，我们见到过，而且不止一次，但选择了视而不见。"

胡奇不解："见过，却选择了视而不见？"

许波点点头："正是如此。当我们发现它们的化石时，便先入为主地认为这是某一种恐龙的化石。人类此前并没有想到有智慧恐龙的形态，而恐龙骨骼本来很稀缺，而且残缺不全，所以很自然地把它们骨骼拼成了别的种类的恐龙。我猜测，如果把它们的骨骼从中识别出来，也许能拼出一个直立行走的恐龙。"许波没有受过制式学科的训练，总可以在框架之外思考问题。

在这个思路的启发之下，宋崖带领计算机工程师团队着手编写"古生物骨骼拼接程序"，暴力穷举骨骼所有可能的拼接方式。之后又调出了《生命之库》中的《古地球生物化石全录》，整理出了所有的恐龙骨骼，导入量子计算机中进行运算。

只见大屏幕上出现成千上万的骨骼，有异常粗大的骨头，也有很小的骨碎片，以肉眼难以捕捉到的速度飞快地刷新，使屏幕不停地闪烁，趁众人吃一顿饭的工夫，居然真的拼出了一副直立行走的恐龙骨架。再运用此前的生物进化规律，连同一些进化中间形态便也一并拼了出来。

胡奇凭借丰富的经验联想到，如果古生物进化史重新书写，那么古地球环境也就有了不同的解释，甚至于可以说，本来一些不起眼的石头，可能都是智慧恐龙的工具。

胡奇将《生命之库》中《古地球植物全录》《古生物地形全录》等所有与古地球相关的数据提取出来，再由宋崖带领50名地下城中最为杰出的计算机科学家，重新对古地球原貌进行建模，采用增强学习算法编写了一套“智慧恐龙进化模拟程序”。

宋崖将智慧恐龙的基本特征和行为模式放入古地球环境中，用强化学习算法设立此智能体。它通过与环境的交互来学习最优策略。每一次进化策略对环境施加的影响都会由随后的真实环境数据来进行验证，并配合相应的奖励机制来校对进化策略。如此这般循环往复的训练，便可以还原出一幅智慧恐龙进化图谱。

其中，古地球环境的数据是天文级的，导致强化学习算法时刻都需要解决维度爆炸的问题。由于需要穷举全时间序列中的天气状况、地质状态、植被环境、动物行动轨迹等事无巨细般的因素，状态和行动空间的维度高达Googol级（10^{100}）。所幸凭借胡奇丰富的生物学知识，可以在程序中引入大量先验知识与启发式规则，并且通过各类降维技术与分层学习的方式来减轻运算负荷。

得益于硬件速度指数级的提高、数据天文级的完善，在许多不可思议的领域之中，机器学习都可以应用，可容纳几百到几万、几亿甚至几兆的特征组，可递归、迭代天文级的次数。在生物进化规律之中的应用更是把机器学习这一老派技术的功效发挥到了极致。

在计算机工程师团队的努力之下，“智慧恐龙进化模拟程序”已经运行完毕，总体上将其进化分为四个阶段：

阶段一：古生期。从2.1亿年前，一直持续到侏罗纪晚期。智慧恐龙完成了初步的身体结构进化，可以直立行走。脚掌相应地演化为类似人类的形状，丧失了抓握的功能，有4个趾头，主要靠中间两指发力。它们可能保留了一个短而粗的尾巴，身长有近3米。犬齿、羽毛、鳞甲几乎全部退化，但应该会留下薄薄的一层做防寒防晒之用。它们有6根手指，非常灵活，也许可以制造尖刀、绳索等简单的工具。根据一些巨型石阵推断，它们甚至已经可以形成大型的社会结构，往往以几百只为一族，用石头搭建防御工事，防止大型食肉恐龙入侵。它们与猎物发生冲突时没有明显的肉搏痕迹。根据猎物受伤部位判断，它们会设计复杂的机关陷阱以捕捉恐龙为食。根据它们的生活环境推测，它们具备了纤维素酶，饥饿的时候也可以吃银杏树或者蕨类植物，从食肉恐龙过渡到了杂食恐龙。

阶段二：后生期。从1.5亿年前，一直持续到白垩纪晚期的马斯特里赫特期。智慧恐龙的头盖骨中间出现略微凹陷，很有可能在眉心处进化出了第三只眼睛。腹腔变小，可能因为智慧恐龙从食物中摄取营养的效率增高，并且获取食物的渠道变多，不需要在胃里储存过多食物，即饿即吃。除此外，身体形态并没有发生太大改变，所以此阶段主要完成脑力的进化。此时，智慧恐龙有可能能够形成极为复杂的社会结构，保守估计有100多个亚种，并且能形成杂居社会。

阶段三：爆发期。在6500万年前，由于某种未知原因，智慧恐龙的进化实现了爆发式增长，大约在30万年～100万年，有一种智慧恐龙消灭掉了其他种类的智慧恐龙，成为白垩纪晚期唯一的主宰。它们进化速度远远超过了其他同类，拥有了超高的智能水平。

阶段四：灭绝期。陨石灾难之后，由于缺少相关数据，此阶段的演化无法再进行模拟，地表再没有任何相关证据，则合理推测为智慧恐龙与其他恐龙一样，悉数灭绝。

许波问道："爆发期如此突然，只有几十万年？"

宋崖答道："生命进化如同人类的文明一样，会形成爆发期。智人发展了数万年，都是相当原始的，而掌握了农业技术之后，在几千年就形成极其复杂的文明，之后更是用了百十年就完成了工业革命和信息革命。"

胡奇补充道："其实人类的进化历史也一样。6500万年前陨石灾难过后，爬行动物式微，哺乳动物崛起。5000多万年前，灵长类动物呈辐射状演化；在近两三百万年，南方古猿突然迅速进化，诞生了人属；人属经过几万年的博弈与演化，就形成了如今的智人。表面上看人类仿佛突然出现，从天而降，其实背后是6000多万年基因不断进化的积累。"

许波接着问道："那么，这种智慧恐龙进化到了什么程度呢？它们的智慧水平是否超过了人类？"

"按照经验猜测的话，灵长类进化了5000多万年，而兽脚亚目恐龙进化了近两亿年，用了四倍于人类的时间，恐怕都远超人类。"胡奇停下了分析，又重新翻阅着资料："但奇怪的是……"

"是什么？"

“它们的大脑容量应该不亚于人类，甚至数倍于人类，但是脑壳却小于人类。”

林冉：“有可能它们具备双大脑，曾有古生物学家推测三角龙就长有两个大脑，一个在头部，另一个在尾端。虽然这被证伪了，但我们不妨开个脑洞呢？智龙有可能真的有第二大脑，在身体里。”

胡奇点头道：“嗯，就目前的证据来看，这个假说解释得通。其中最有可能的情况是第二大脑在腹腔中，因为那里有充足的空间可以容纳。”

许波：“那它们的科技水平呢？”

辛若涵答道：“按照遗迹推测的话，仅从一根铬圆柱来看，它们掌握的科技水平远超人类。”

许波听罢不由得叫出了声：“这还得了！人类岂不是毫无胜算。”

胡奇拉他坐下，笑道：“你慌什么，6500万年前都已经灭绝了。”

“你怎么能肯定？”

“以它们的科技水平，如果没有灭绝，陨石灾难过后肯定会重返地表。但这之后，地球上并没有一丝痕迹，而且它们的地下城都已经全部塌方。对此，我们也都查看过了，一点生命迹象都没有。”

辛若涵也表示同意：“嗯，这样就都对得上了。那个空腔是6500万年前那场灾难的遗址，因此所有的元素都停留在6500万年前。”

宋崖感叹道：“宇宙洪荒啊！两亿多年的智慧恐龙，即便具备高超的智慧和科技，也逃不过宇宙既定的宿命。”

林冉：“是啊……人类这次躲在地下城中，得以生存，实属幸运了。”

即便如此，科学家言之凿凿，许波内心深处的恐惧依然如同这地下城一般深：智慧恐龙，真的灭绝了吗？

众人又对智慧恐龙的来龙去脉进行了热火朝天的一阵讨论，最后整理好了一份人类智慧恐龙的档案，并将其命名为：智龙。

对比项	人类	智慧恐龙
物种名称	智人	智龙
物种分类	灵长目/简鼻亚目/人科	蜥臀目/兽脚亚目/智龙科
进化时间	5000万年～8000万年	1.6亿年～2.3亿年
爆发进化时间	250万年	30万年
直立行走	90度	＜90度
平均身高/身长	1.6米～1.7米	2.7～2.9米
表皮	皮肤，少量体毛	皮肤，少量羽毛，可能有鳞片
尾巴	无，退化为尾骨	有
眼睛个数	2	2或3
大脑个数	1	1或2
脑容量	1500毫升	可能数倍于人类
褶皱展开面积	2200平方厘米	可能数倍于人类
两性特征	明显	未知
文明程度	宇宙文明0.85	可以提炼铬元素，其余未知
是否灭绝	否	未知
总数	100亿	未知

人类与智慧恐龙档案

胡奇满意地看着档案，心想这下可以终止科考了。有了卢兑震的前车之鉴，他现在可不想承担任何风险，大不了就当没发现这个空腔。遗迹里有什么也不重要了，反正智龙已经灭绝了6500万年。他把资料汇总完毕，又打开档案袋，补充了一页说明：建议停止科考，并封锁隧道。这才放心地传送给常鸿。

阴山地下城，指挥部

三天之后，许波收到传唤，到指挥部单独面见武司令。许波虽然挤进了智囊团，但始终露着把柄，一到官方机构就心虚。更何况他通常是和常鸿接洽，这次与武司令亲自面谈，还是单独，他更加惶恐了。

门卫领着许波来到武司令办公室门口，敲了敲门。

“进来。”里面传来武司令雄浑有力的声音。

许波定了定神，做了一个深呼吸，推门进去，应邀坐下之后，他还在局促之中，不知道把手往哪里放。武司令倒是直接开门见山：“许波啊，这次来，是有一个好消息告诉你。我准备在决策阁会议中正式提交一份申请文件，帮你彻底把存疑身份的档案更换，那以后你在地下城就是合法居民了。”

许波来的路上想到了各种可能性，想到最坏的情况是武司令要和他清算身份存疑的总账。对此，自己唯一能做的事情就是把责任都揽到自己身上，从而争取保全弟弟许浪，甚至连措辞都想好了，却没料到武司令突然来这么一出，完全没准备怎么接话。

见许波愣着不说话，武司令接着讲：“当然了，这种提议，必须是为地下城做出卓越贡献的人，才可能被赦免。”

许波这才缓过神，绕了一个圈子，还是想把自己当枪使。但条件确实诱人，这可是彻底地解脱，于是暗下决心，打算慷慨赴义，不管武司令有什么要求，一律答应，大义凛然一般说道：“司令您说，我一定全力以赴！”

武司令递过来茶杯，帮许波倒上茶，笑着说：“我没看错，你果然是聪明人。此前的科考工作，胡奇的任务已经完成了，但是我打算继续，所以由你带队。”

许波虽已下定决心，但这事还真让他为难：“这……司令，您知道的，我又不懂科学，怕是有心无力啊。”

武司令又把茶杯往他面前推了推：“你别谦虚，我相信你的能力。”

此话态度坚决，全然没有商量的余地。许波不知道为什么武司令如此坚持这项科考工作。卢兑震出事之后，所有人都再三推辞，武司令才出此下策找到了自己。

见许波还在犹豫，武司令又补充道：“只管按照计划，沿着铬金属柱旁边挖过去，不管有没有发现智龙遗迹，我都会兑现承诺。”

武司令之所以如此重视这项科考工程，是因为他也急需有所作为。文政府现在已经联合科学家团队，研发了一项新型技术，可以让提取自地壳中的热能具有超过60%的转换率。而军政府的存在感越来越低。虽然军权在握，但地下城中没有战争需求，仅做一些日常安保工作，如果他不能有所作为，恐怕在下次决策层换届时将有降级风险。现在最好的机会就是科考。如果发现一个新型智慧物种的遗址，将是爆炸性新闻，再发现什么智龙黑科技，便能弯道超车，不退反进。最重要的是，这是他帮助许波解除存疑身份的最佳机会，也是许波晋升决策阁所必要的资本积累。

坐在武司令面前这一幕，让许波想起了坐在云雾中的咖啡厅与弟弟畅谈许家宏图的那一幕。是啊！我许波冒着终身监禁的风险用影子身份进入地下城，可不是来做身份存疑人士的。这次科考的意义远大于此前的隧道工程。如果真的发现智龙黑科技，自己更是立了头功。至于风险，智龙没有灭绝的概率可以说低到无限趋近于零！收益与风险两相衡量，许波认定了这件事的正期望值极大。

想到这里，许波竟有一些兴奋了，思绪已经飞入了那空腔之中。就算退一万步说，最坏情况无非就是连通到了智龙的世界。两个智慧物种一定有方法能和平交流，不会一言不合就大动干戈。即便是西班牙人征服玛雅，也不是一登陆就开火，总有一个缓冲的过程。不……这不是最坏的情况，而是最好的情况！自己将是第一个发现智龙的人，以后就是两方的沟通大使，妥妥的外交部长。许波不禁脑补了一只穿着西装的霸王龙的画面，嘴角笑得咧开了一条缝。

见许波盯着打转的茶水还不吭声，武司令督促道："许波？"

许波这才恍然回到现实中，端起茶杯，轻轻抿了一口："好茶！武司令，没想到地下城还能喝到这么正宗的老枞水仙，我一定不负重托。"

ε. 地下城

银生代*35600*年

地下城猛烈地晃动，幸亏有铬封印吸收了大部分粒子的能量。陶虞长官想用封印锁死西邑，却恰好留给了它们一线生机。

随着“轰隆隆”一声巨响，整个阴山被撞击得一颤。通道里的铬封印在冲击之下直接掉了下去，地下城王宫所在的那一半区域随之坍塌。在这千钧一发的时刻，所有拉瑞和恐龙拼命地向另一半狂奔。为了保护西邑的子民先走，雷烛拼尽全力做着最后的抵挡。

正在一个巨石砸向一大片居民区的时候，雷烛调用体内全部能量将其击碎，使居民幸免于难。

又有一块巨石落了下来，径直砸向了雷烛，而它已经非常虚弱了，没有力气躲闪，只冲着已经被吓呆的居民们大喊一声：“快跑啊！”

众拉瑞这才回过神来，但因为距离太远，巨石掉落的速度太快，也顾不得前去救援，只得急忙向另外一边跑去。

西邑司物能力最强的实性拉瑞，统治者的首司，雷烛，就此陨落。一多半拉瑞都在这紧急关头逃到了对面，另外的982名同胞因错过了逃跑的最佳时机而遇难。此时，伏苍子和淳于天正在另一边的驯龙场给挥夷彭、风于罡、融上课。

地下城，驯龙场内

空腔顶部时不时传来轰隆隆的声音，这是剧烈地震所引起的。“听这个动静，看来地表最终还是爆发了沙粒战争，至少也是粒子战争。”希丹说道。

“对啊，应该无拉瑞生还。地表生物甚至会悉数灭绝。我们不知道要在这里等多久才能出去。”淳于天也感叹道。

“西邑部族一脉可以传承下来已是万幸。下一任统治继承者都已经长大了，在我们退位的时候，它们可以带领部族重见光明。”伏苍子望着几个少年讲道。

挥夷彭、风于罡和融此时正坐在不远处的驯龙场里发呆。三角龙和霸王龙还是兴冲冲地在它们身旁跑来跑去，时不时拱一下它们，可是它们都心神不宁。

广傅说道：“来吧，咱们最后一节驯龙课，打起精神来。”

“世界末日都来了，还有什么精神值得打起来呢。”挥夷彭有些无精打采。

广傅：“那是地表的世界末日，我们的世界才刚刚开始。应该庆幸，我们在这里躲过了一劫。”

“又有什么用呢？”风于罡说着指了指驯龙场四周的栅栏。“以前在西邑，我们的驯龙场多么大啊！几棵龙血树就比这一整片森林还大。这里简直是牢笼，那这样的驯龙课，还有什么意义呢。”

广傅："不要这么说，你们已经长大了，不再是孩子了，要学会承担统治者的责任。你们要成长为勇敢的统治者，将来有机会，带领西邑部族重见光明。"

"你是说，我们还会回去？"挥夷彭一下子来了精神。

"真的吗？那太好了！"融也两眼放光。

广傅："当然，我相信灾难总会过去，但是需要多久，我们现在还不知道。保守估计，你们在继位的时候，就可以尝试走出地表去看看了。"

"那可太好了！"挥夷彭一下跳了起来，抓住霸王龙的尾巴，说道："来呀，你来抓我呀。"

风于罡和融也高兴地跑了过去，三个少年开开心心地上完了最后一堂驯龙课。接下来，它们就要开始准备统治者挑战赛了。

忽然之间，驯龙场旁边开始慢慢掉落一个巨型的铬金属圆柱，对面瞬间天崩地裂，落下大量巨石。眼见那边的拉瑞疯狂地冲过来，伏苍子大喊道："坏了！地下城塌方了！雷烛还在王宫里！"

众拉瑞一瞬间石化一般，眼见同胞遇难，却无能为力。没过几分钟，巨型铬金属圆柱已经落地，连带着两边落下一大片岩壁，形成了一堵厚厚的墙。另一半也已经被塌方落下的巨型岩石堆满了。趁乱跑过来的拉瑞个个惊慌失措。

"雷烛呢？见到我们的首司雷烛了吗？"伏苍子、淳于天、希丹焦急地冲进遇难的拉瑞群中。伏苍子疯狂地给雷烛发射量子纠缠信号，始终没有得到回应。

灰头土脸的一群拉瑞当中有一个少年拉瑞哭着说道："雷烛……雷烛遇难了！"

“不可能！绝对不可能！雷烛司物之力可碎巨石，没有石头砸得死它！”伏苍子抓住少年的肩膀，疯狂地摇它：“你说，雷烛，到底在哪?！”

“当时有一块巨石落了下来，眼看要砸到我们，雷烛为了救我们，用尽了它的能量，将巨石击碎，我们六百多个拉端才得以逃生。可它自己已经没有了能量，被又落下来的一块巨石击中了……”少年已经泣不成声。

“然后呢？然后呢？”伏苍子还不死心。

“然后……然后它再也没出来。”

“那你们呢，为什么不去救它！”

“我们实在没办法，离它太远了。巨石像雨一样，哦，不，像冰雹一样，疯狂地砸向地面。我们没有司物能力，根本没法救它，只能死里逃生，自己跑了过来……呜呜……哇哇……呜呜……”少年伤心地说道。

“伏苍子，我的王，节哀吧。许多拉瑞遇难了，保守估计有上千名。这场危机，还需要你来处理。”希丹走过来拥抱着不能动弹的伏苍子。

伏苍子忽然从悲痛之中醒了过来，带领希丹等总署长官开始安抚难民，统计伤亡，召集所有的实性中最为优秀的医护拉瑞，搭建救助基地，将伤员源源不断地抬进来治疗，然后马不停蹄地通知并安抚遇难者的家属。

一阵忙完过后，伏苍子依然无法控制自己的心绪，忽然喷出一口鲜血，倒地不起。希丹赶忙上前。伏苍子用尽最后的力气说道：“希丹，我的生命也已经来到了尽头，我要去陪伴雷烛了，我们西邑部族的全体臣民都交给你了。挥夷彭它们还小，你一定要好生辅佐，争取帮我们部族，早日返回地表。”

希丹不忍心说，那个铬金属圆柱，不是自然界存在之物，肯定是陶虞做的铬封印，将它们返回地表的通道彻底堵死了。但它还是坚定地拉着伏苍子的手说：“放心吧，我一定好好辅佐，挥夷彭它们很优秀，我相信它们会成为与你们一样优秀的统治者。我们十年之内就会重返地表，带着西邑部族的荣耀！”

伏苍子听罢，微笑地闭上了双眼。所有的拉瑞都痛哭流涕，久久不语。

三个月之后，淳于天也在郁郁寡欢中去世了。希丹为它们三个拉瑞举行了一场葬礼。在葬礼上，希丹为挥夷彭家庭举办了登基仪式。这是西邑部族的传统，如果上一任统治者是因死亡而退位，会同时举办新任统治者的登基仪式，用欢喜来冲抵悲伤，用一个新的时代来冲抵一个过去的时代。

十年之后

此时挥夷彭、风于罡和融都正当年，意气风发，而希丹已经逐渐年迈，但它依然是辅佐统治者的总署署长。在地下城的十年中，挥夷彭家族将西邑打理得井井有条，虽然只有一半的空间，但驯龙场、王宫、集市、居民区，应有尽有。

希丹将全部精力奉献给了陶虞文明，带领着全族能力最强的几百个拉瑞夜以继日地研究。全族面对一个小小的黑色球，却始终无法破译其中的奥妙。就好比人类之中的原始部落，获得了记载现代文明的硬盘，自然也无法破译。最终，希丹在这种无力感之中去世了。

挥夷彭的目标是带领拉瑞重返地表，奈何通道已经被铬封印彻底堵住，不能动其分毫。它于是制定了一项移山计划，想要集中全体实性拉瑞的力量，从旁边另打一个通道到达地面。可是在地下城中，缺乏阳光，没有了新的能量补给，实性拉瑞只能从岩壁中提取非常有限的能量，因此开凿岩壁的速度非常之慢。

这项计划实在太过于劳民伤财了，挥夷彭终其一生，耗费五十年，也仅仅开凿了六百米。照此速度计算下去，重回地面需要足足三千年。而且据风于罡推算，这般反向开凿地壳，还可能会引发地震或者坍塌。所以仅仅到了下一代，新继任的统治者便放弃了重返地表计划。

拉瑞们已经习惯了地下城之中的生活。这个迷你的生态系统可以稳定运行。它们带来了霸王龙、甲龙、独角龙等三十余种恐龙，并且通过杂交实验培育出了新的恐龙种类，因此所有拉瑞玩得不亦乐乎。实性拉瑞不断地从岩壁中汲取的能量，基本上可以维持地下城的用度。

渐渐地，随着生育的不断扩大，几代之后，拉瑞的数目便增长到了两万多，那这个地下城已经不能满足它们的生存所需了。大家按照抽签的方式，进行地壳外派。它们在地下城的底部挖开一个通道，然后在隔壁几千米处，继续扩建一座地下城。外派的拉瑞则独自去开辟一个新的部族。

新的地下城拉瑞满为患之后，又会进行下一轮外派。在六千五百万年中，拉瑞们已经开辟了数以千计的地下城，每座地下城都有几千到两三万拉瑞不等。地下城从阴山往周边扩散，很快遍布整个东亚山区，又向西沿着亚欧大陆板块的山地，经由阿尔泰山脉、乌拉尔山脉、高加索山脉，最远扩张到阿尔卑斯山脉。

最深的一座地下城离地面有七十多千米，建立在莫霍面之上，下面就是炙热的地幔。它们也学会了吸取地幔中取之不尽用之不竭的热能。

大约在一千七百万年之前，地下的拉瑞也发展出了初步的文明，又不断有拉瑞提出重返地表计划，但是经过了4800万年，拉瑞的身体已经有了很大的退化。因为资源有限的缘故，所有的生物体型都退化到之前的$\frac{1}{5}\sim\frac{1}{2}$不等。例如，拉瑞已经从接近3米的身高退化到了1米出头，不可一世的霸王龙体长也从10余米退化到了四五米。

此外还有它们的眼睛，在长期没有阳光的黑暗环境中，已经失去了“看”的能力。它们的虹只能发射生物电磁波，而眼睛能接收并分析电磁波。它们的语言几乎没有变化，只是需要把信息加载到电磁波上。同时，它们依然可以用声音交流。

但最为本质的变化是，它们的身体已经受不了光的刺激，否则会导致中枢神经紊乱，慢慢引起器官衰竭而死。

当它们已经演化为无光线环境中的生物之后，重返地表反而是极为困难的挑战，所以这个政策一直没有被拉瑞部族的统治者所通过。

来自西邑的拉瑞本来没有自己的文字，但进入地下之后，它们有了强烈的记述历史的需求，否则地表的历史将在口口相传中被遗忘，再加上地下城文明的萌芽，它们建立了一套文字系统。由于陶虞联盟其实已经有了非常先进的文字系统，西邑便以陶虞的文字为原型，编译出了自己的文字。

由于拉瑞的语言表达方式是波形，即声波或者电磁波，那么相应的，其文字是根据波形改编而成。拉瑞可以同时使用两种波交流，体现在文字当中就是两条波。粗一点的代表声波，细一点的代表光波。使用这种文字记载大量的信息会导致篇幅过长，从而正式的文件中会使用三种文字系统。

第一种文字系统是通过粒子的自旋速度进行记录，将波形转化为粒子的自旋速度，实现一一对应的关系。这种文字记录的方式主要是含有X染色体的拉瑞掌握。它们通过量子纠缠的能力进行书写，就是相应地改变粒子的自旋速度。阅读，就是获取粒子的自旋速度。它们的记录载体，则是一群粒子所组成的实物，如希月所获取的那个黑色小球。

第二种文字系统是通过数字进行记录，将波形与一个小数点后10位的数字一一对应即可。数字通过“点”的方式记录，把每个点放在一个纳米的尺度内。例如，在第一个纳米格内，点所在的位置是正中间，那么0.500000000，便是其对应的文字；在第二个纳米格内，点在前半段，那么0.319001924，便是其对应的文字。拉瑞所采用的数字是万进制，也就是同样长度的数字所能蕴含的信息量是人类经常使用的十进制或者二进制中信息量的成千上万倍。这种文字系统主要是由含有Y染色体的拉瑞掌握。它们凭借高超的计算能力，可以迅速记录或阅读相关的数字。

第三种文字系统是利用粒子的电能来记录，与第一种文字系统类似，但不是改变其自旋速度，而是改变其含电量。这种文字系统主要是含有Z染色体的拉瑞使用。

当然，拉瑞也发明了翻译机，可以在不同的文字系统间互相转换，让所有的拉瑞都可以无障碍阅读。或者在记载的时候，拉瑞也可以采取一种复式记录法，修改粒子的自旋速度和电能，并且通过它所在的位置来记录。彼此之间留有空隙，其距离由其被赋予的静电所确定。它们统一采用直径10^{-10}米的粒子，让每个粒子占据1纳米的一个格子，并依次排列。比如，若一个粒子在格子前半段，处于0.319001924的位置，这个数字便是其对应的文字，而这个粒子的自旋速度和电能也是其对应的文字。这种复式记录法可以同时满足所有拉瑞的阅读需求，但是需要额外的存储空间并要耗费额外的能量，非常昂贵。

本质上讲，此三种文字系统都是对于波形的转换。波形相当于人类汉语的拼音，文字系统相当于是汉字。拉瑞在地下，用到的词汇跟地表时期已经大不相同，但他们的语法以及将波形编码为高级文字系统的方式，都是沿用自陶虞文明。

希丹所拿到的这颗黑色小球，虽然只有拳头大小，却能记录陶虞所有的科玄之术与各类器物的制造方法。因为这个小球是拉瑞文字的载体，由10摩尔原子紧密排列而成。每摩尔的物质含有约6.022×10^{23}个粒子，而每个粒子都能代表一组数据。也就是说，这个小球所蕴含的信息量远远超过6500万年后人类文明所蕴含的信息总量。

ζ. 莫霍面

西邑

“莫霍面边上可以享受地幔里取之不尽的能源，而我们这里的岩壁早已没有什么能源了。我们这边空间还狭小，别的部族建立的城市都是$\frac{1}{2}$球体，我们这里也只有它们的一半左右。”伏苍子有点不满地讲道。

“所以呢？”雷烛的语气就像是明知故问。

“所以，我们也干脆搬走吧。”伏苍子说道。

“是啊，我也同意。都过去了6500万年了，曾经的先祖长什么样我们也都不能确定了，还蜗居在这破地方，有什么意义呢？更何况，那可能只是一个遥远的传说，一个神话而已！”淳于天说道。

“就算是传说，是神话，西邑也是我们的领地，有我们的希望。”雷烛说道。

“你不会还在指望那个小黑球吧？萨拉的科玄文明已经不知道高到哪里去了。就连我们的隔壁都基本成了一座空城，那里的拉瑞全搬到萨拉去享受现代文明的便利、富足，而这个小黑球只是一个传说。之前也外聘萨拉的科玄家来看过，鉴定过后也没发现它有什么特别之处。带来这个小黑球的希丹，八成也不存在，只是神话传说中的角色而已。早点放弃幻想，接受现实吧！”淳于天道。

那些最初搬到莫霍面边上的拉瑞部族发展出了地壳中的科玄文明，其中最为领先的一支部族叫作萨拉。

雷烛拿起小黑球，恋恋不舍地说：“哎，既然你们都不愿意相信神话，我还能说什么呢！”

自从伏苍子家庭在6500万年前开创了地下城，将西邑部族安置在此处，在灾难面前舍生取义，救下了全族拉瑞的性命，挥夷彭家庭为了纪念它们的功绩，便改成了它们的名字，并且成为一个传统，延续了6500万年。当时没有文字的记载，事情的真相原委已经无拉瑞知晓，久而久之，只留下一个传说：

在很久很久以前，有一种神，它们不住在这个世界，而是住在一个充满光明的世界。有一天，它们创造了这里的世界，并把这里叫作“西邑”，它们随后创造了拉瑞。但这个世界在刚创造的时候很不稳定，发生了坍塌。有位神为了救拉瑞，牺牲了自己。为了避免这个世界也被牵连，它们用了一道铬封印挡住了灾难。而这并不是传说，因为它们留下了证据。还有一位叫希丹的神，它创造了一个黑色小球，将神的终极奥秘都藏在了这个黑色小球之中。

为了世世代代纪念神，西邑部族都沿用了创造神的名字：统治者叫伏苍子、淳于天和雷烛，统治继承者叫挥夷彭、风于罡和融，王师叫广傅，总署署长叫希丹。

起初，拉瑞们对这个创世神话都深信不疑。随着拉瑞的世界越来越大，科玄越来越发达，认识水平越来越高，大家开始觉得这个故事不是历史，只是传说。只有像雷烛这样最顽固的守旧派才会抱着神话不放，而开放的部族都迁徙到了新建的地下城中，不断发展着新的科玄。

正在众拉瑞争执不下的时候，突然，拉瑞们听到了地下城外边“咚！咚！咚！”的声响。这有点像是施工的声音，从正对面，铬封印的后面传来。

“嘘——大家先别出声，你们听！”淳于天警觉道。

“铬封印！是神来了吗？真的是神回来了！”雷烛激动地说道。

“神什么神啊，雷烛，真的没有神，你放弃幻想吧！”伏苍子说道。

雷烛：“那你们说，什么声音？”

“……”伏苍子和淳于天也都沉默不语。

“会不会……真的是‘神’。我的意思是，演化论里的拉瑞。”希丹说道。

近几年，萨拉那边传来一种科玄的说法，即关于西邑这个古老的传说——所谓的神，是6500万年前的拉瑞。那个时期的拉瑞生活在地壳之外的世界，一个有强烈的光源的世界。后来，它们因为种种原因，放弃了外面的栖居地，潜入了地下。经过世世代代的演化，虹和眼睛成了发送和接收电磁波的器官，加上神经系统也无法承受光带来的负荷，所以它们没办法返回地表世界，使世世代代生存在地壳之中。

“演化论只是一个假说。更何况，萨拉的科玄不一定就是真理，也可能只是迷信。”淳于天说道。

正在谈话这时间，旁边的声音越来越大了，并且发出了刺耳的声音。伏苍子说道："现在也不是讨论科玄、神话这些的时候。旁边这动静肯定不是地震，我们还是先打探一下为好。"

"也罢，我体内正好存储了大量能量，从铬封印旁边凿开一条隧道便是。"雷烛说着便要动身，它早就想这么干了，凿开一条隧道，去到对面，看看是不是存在神的遗迹，来验证这个神话传说，但恰恰是无神论的伏苍子等拉瑞坚决反对这么做。

"不要这么鲁莽！"伏苍子赶紧上前阻拦。

"又怎么了？你们不是一直不信神吗，为什么又不去查看？"雷烛故意问起。

"都跟你说了多少次了，铬封印来路不明。未知的世界就算没有神，也可能是危险的世界，我们应该往另一面走。别的部族都往莫霍面的方向走，可你却要往回走。平白无故地冒险，有什么意义呢？"淳于天一如既往地回答道。

雷烛执拗地说："那什么时候才能凿隧道过去？"

淳于天："等我们弄明白这铬封印的来历。"

雷烛："我们不过去，永远弄不明白。"

正在几位拉瑞争论之际，响声愈加剧烈了。

"行了行了，你们两个。"伏苍子过来打断双方的争论："可以用一个保守的方法，去查看那边发生了什么事情，不要动辄就找理由挖隧道。"

"那你有什么保守的方法？"希丹问道。

伏苍子提议："派一名死士，挖一条无退路隧道。"

希丹："如果死士一去不复返呢？"

"那就说明有了很大的危险，咱们只能放弃这里，在莫霍面边上建立新的地下城。”伏苍子答道。

“还说我抓住机会就要挖隧道，我看你们才是抓住机会就要搬家！”雷烛不满地说。

“行了，行了，再不去就来不及了。你们听这声音，轰隆隆，呲呲呲，仿佛岩壁都要被击穿，赶紧派死士一探究竟再说。”这次轮到了淳于天出来劝说。

它们说的死士挖无退路隧道，指的是派一名得力的实性拉瑞，挖一个狭小的隧道，一边往前挖，一边把身后的路填回来堵死，如此这般，只在岩体内形成一个刚能容身的空间，将这个狭小的空间不断往前推进，直到目的地。

这种方法多用于开拓新城。部族不知道往哪个方向开拓，因为地壳内的截面都是不连续面，同一水平线上可能挖着挖着就挖到了地幔，那么滚烫的岩浆就会沿着隧道排山倒海一般倒灌进地下城，将这个部族完全摧毁。

这种事情在远古时期发生了多次，后来大家才慢慢总结出经验，找到了解决方法，派一名死士，挖掘无退路隧道。如果它迟迟不回来，说明挖到了地幔中，为部族捐躯。它的家属将被终身优待，加官晋爵。如果它回来，并找到了一个岩壁资源丰富，或者离地幔不远的风水宝地，部族将沿着它探明的道路大举挖隧道，在目的地新建一座地下城。这名死士便也顺理成章地来担任新城总署署长。随着社会的发展，死士成为拉瑞社会的一种职业。

在统治者的商议下，派出了一名死士，名叫路端。路端视死如归，临行前卜了一卦，大吉大疑。

希丹说道：“吉卦甚好，你必然能平安而归！”

“疑卦也甚好，不疑不破！”淳于天明白这“疑”是悬疑之意，但一时半会也没有更好的说辞，只得这样安慰路端。

依性拉瑞虽然具备高超的预言能力，但这种预言是基于现实基础的，倘若没有观察依据，自然无法预言。所以通常为了消除对于未知的恐惧，预言家在这类情形之下便会使用卜卦的方式。这种卜卦并非纯粹的胡编乱造，而是一种有备无患的思维方式。具体来说，这是基于已有知识体系与概率的结合，去预测未知事物的特征以及各种可能的情况，最后据此来提前制定好应对策略。

路端出发了，在铬封印旁边挖开一个小洞，爬了进去，继续向前挖了两米，便转过身来，将洞口封住。淳于天通过虹发了一道电磁波，说道：“它已经进去了，放心吧，它会平安归来的。”

岩壁不厚，只有不到一百米，路端没怎么费力就挖到了边缘。它扒在岩壁上，小心翼翼地挖开一个十分小的洞。在即将被挖穿但还没完全挖穿的时候，岩壁已经比纸还要薄上许多，也就只剩几十层分子结构。路端感到一阵强烈的光线从缝隙中照射进来。其实这只是非常普通的暖白光，但对于数千万年不见天日的拉瑞来说，已经是耀眼夺目的光线了。

说时迟那时快，第一批光粒子已经照到了路端的身体。它顿时感到一阵头晕耳鸣，一个趔趄，用手扶住了后面的岩壁才没摔倒。

稳住心神之后，路端发动司物之术，从体内迸发出巨大的能量，将陆续赶来的光粒子悉数挡在了身前。稳住情况之后，路端用虹发射出一束束电磁波，去查看对面到底发生了什么事情。

岩壁之外，居然是一个空腔，空腔内有几处强烈的光源，向四面八方发射着阵阵白光。空腔内有很多巨大的岩石，有一个机械装置。装置中间是一个快速旋转的利刃，将岩石一个个切成碎片。空腔顶部突然又开了一个口子，从里面伸出一个方形的盒子。这个盒子里有几个生物，居然并不是拉瑞，而是一种从未见过的直立行走动物！

这个方形盒子慢慢降落到了空腔底部，几个动物陆续走了出来，将切碎的石片都装进了盒子中，再运送回空腔顶部。

路端睁大了虹和眼睛，反复用电磁波探测，才确定这是真的，而不是做梦。正当它大惑不解的时候，这几个动物居然鸣叫了起来。路端对它们的鸣叫声波进行了分析，它发现非常地复杂，有远超过普通动物的词汇量！

路端意识到，这种动物是掌握了语言的，它们不是叽叽喳喳地鸣叫，而是进行着复杂的沟通。路端定下心来，又对空腔进行了一个全方位的扫描，确保对方没有发现自己，然后继续仔细观察，暗暗收集对方的语音信息。过了一个多小时，为了阻挡不断照射进来的光粒子，路端已经感觉很疲惫了。空腔内的状况已经大致探明，它决定回去交差，将岩壁封死，转身开挖，原路返回。

回来的路上，路端几乎是全力冲刺，疯狂地挖，疯狂地填，没多久就回到了西邑，一出洞口，这才终于松了口气，瘫倒在地。

伏苍子上前查看它的体征，还好一切正常，把它扶坐起来，递给它一杯水。路端咕嘟嘟一饮而尽，但还是说不出话。伏苍子说道："它已经能量透支。雷烛，快来帮它充能。"

雷烛也走了过来，调转周身能量，把双手推在路端的背上，将一股能量传入了路端的体内，它这才回过神来。

伏苍子问道：“路端，怎么了？去了那么久？发生了什么？”

路端又环视了四周，确定了自己已经回到了安全的西邑，这才说道：“太不可思议了，如果不是亲眼所见，我是万万不敢相信。你们猜我看到什么了？”

“你看到什么了？”淳于天也在一旁焦急地问道。

“天神。”路端又把一杯水一饮而尽，用力地说道。

众拉瑞面面相觑，雷烛激动得差点跳起来：“天神？你怎么确定是天神的？”

路端答道：“它们有语言，有非常复杂的语言。而且，它们有光，神话中一般的光。”

淳于天连忙摆手：“不可能，绝对不可能！”

伏苍子讲道：“你们先别着急，让它先讲完。你都看到什么了，原原本本讲清楚。”

“是的，我的王。”路端终于恢复了常态，开始娓娓道来，先是把它如何控制强光的英勇事迹炫耀了一番，又把空腔的景象描述了一番，然后说道：“神比我们高大，目测身高在1.7～1.8米，完全直立行走。它们好像很怕冷，或者只是为了刻意保持神秘，不像我们只为了艺术性穿一些薄薄的衣服。它们全身上下都裹得严严实实，所以不知道身体什么样，只有头和手露在外面。它们的头很特别，后脑没有羽毛，但是有浓密的毛发。它们没有虹，应该只通过嘴发出声音进行交流。”

“光凭这些特征，也不能确定是神啊！”淳于天说道。

“不是神，还能是什么？”雷烛反问道。

“当然只是拉瑞啊！”淳于天说道。

路端摆手否认：“不不不，不是拉瑞，它们的体征相貌都跟我们完全不同，肯定与我们不是同一种生物。”

“我知道，按照你的描述，它们与我们是完全不同，但是生物是不断演化的，也许它们是最早跟我们部族分开的一支，已经演化了几千万年，现在演化成了你描述的样子，对不对？”淳于天说着望向伏苍子。

伏苍子刚才一直在沉思中，这才开口说话：“也许，我们真的应该认真思考一下，说不定雷烛可能是对的，神话是真的。”

“什么？为什么？”淳于天难以置信。无神论者伏苍子居然突然倒戈了。

“因为它们不怕光。根据路端的描述，光线非常强，可见光粒子几乎无穷多，充满了整个空腔。仅仅一些透过岩壁的光粒子就让路端招架得很吃力，而它们，将周身暴露在光源下，却毫发无损。你们想，这足以说明它们不是地壳生物，而是来自另一个世界，即神话中的光明世界。所以，它们不是由拉瑞演化而来，甚至不是恐龙，也许，真的是神。”伏苍子一字一句地分析道。

众拉瑞听罢都陷入了沉默，尤其是一向信奉神会降临的雷烛更是惊喜不已：没想到神真的来了，真的就降临到了隔壁。它们是来为我们解除铬封印的吗？

“我说你们几个，刚才一个个那么激动，现在怎么一声不吭了？继续发表点意见呀！现在，我们该怎么办？”伏苍子使用量子纠缠之术，刺激了一下众拉瑞的大脑。

“是神，也可能是魔。神话，可能是基于现实的改编。也许它们是我们的敌者，当然我希望它们是友好的、善意的神。但是，最坏的情况是，它们是狠辣的、恶毒的魔，那我们不得不防啊。”希丹略有所思地讲道。

“哦？此话怎讲？”

“我刚才一直在想，它们在干什么？路端，你说那个空腔充满了岩石。它们一直在用一种机械利刃切割岩石，然后又把岩石碎片运送出去，对不对？”希丹问道。

路端连连点头称是。

“这就奇怪了。我们的对面，是个空腔。那个空腔，怎么来的？里面又为什么充满了岩石？它们来这里的目的是什么？为什么要把岩石切成碎片然后运走？”希丹讲道。

“这……的确匪夷所思。”一向信神的雷烛也变得谨慎了起来。“而且，它们的工作全部依靠那个机械装置来完成，这也就是说，它们没有司物的能力。神话中，神创造了拉瑞，拉瑞的能力都是传授自神。这点是它们与神不符的地方。虽然我很期望神的降临，但这关头，我同意希丹，我们必须谨慎。”

在众拉瑞商讨对策的时候，对面“咚！咚！咚！”的声音一直没有停。希丹突然想起来了什么，一把拉住路端：“它们的语言，你记下了吗？”

路端点点头：“记下了，但是语言样本太少，难以提取特征和规律，我就没告诉你们。”然后它便把记下的声波用虹发出了对应的电磁波，果然是一团乱码，难以破译。

仿佛最有价值的线索又断了，大家都有点手足无措。可伏苍子道：“太好了！其实勘查清楚它们是神是鬼，只需要多派一名死士！”

“多派一名死士？”

“对，路端去带路，然后派一名执性拉瑞，去读取它们的脑电波状态，便可将其语言、行为与思想进行对照，进而翻译成我们拉瑞的语言，那么往后它们的动态我们便都可以了如指掌。”

“可是……死士都是实性拉瑞。现在临时去招募培训执性拉瑞，这怕是难度太大，来不及啊！”

“那就派我去，我虽然不是执性，但是三种能力都具备，做这次的侦察死士，再合适不过了。”广傅一直在旁边听着，终于找到了自己可以争取的机会。

进入地下世界之后，拉瑞的统治者继承制度略微更改。如果统治者的后代，也就是广傅，它可以在统治者挑战赛中取胜，便可以晋升王位。统治者挑战赛是3V3比赛，所以即便是杂性拉瑞依然具备一定的胜率。在历史上，仅30%的统治者直系后代完成了世袭。

所以广傅，不仅是王师，同时也具备储君的地位。西邑的王，要管理好整个部族，需要很强的威望与号召力，这都是日积月累的奉献所铸造的。而眼前这个机会，就是广傅必须争取的立功机会。

伏苍子立刻伸手拦住了广傅：“不行，这不是一个寻常的任务，而是探险，是侦察，是死士，是可能会死的。”

广傅还想争取，也被其他几位拦住了。路端问道：“那谁能同我一块去？”

“我。”伏苍子淡淡地说出一个字。

“你怎么了？”

“我说我就是那名执性死士，西邑唯一的执性死士。”伏苍子说着已经准备出发了。

众拉瑞一听急忙上前阻拦："我的王！你可是西邑的王，怎么能贸然当死士！"

"如果六千五百万年前的神话是真的，我们的先祖，伏苍子，可以带领我们获得新生，建立新的家园，为什么我就不可以？执性拉瑞本来就稀缺。你们也说了，现在招募培训执性拉瑞，肯定来不及，那也只有我可以去了。"伏苍子推开了众拉瑞的阻拦，执意要去。

"那我和你一同前去！"淳于天说道。

三拉瑞情比金坚，荣辱与共。看到淳于天挺身而出，雷烛也正要站出来，被希丹拦住了："你们就别冲动了，西邑需要你们的守护。我陪它们一同前往。伏苍子拥有最杰出的通灵能力，再加上我和路端的保护，我相信没有任何物种可以伤到它。"

"那你们也一定要平安回来！"

"放心吧！"

挥夷彭、风于罡、融三个孩子也围了过来，众拉瑞拉住伏苍子不肯松手。伏苍子抚摸着它们的后背说道："放心吧，我们一定平安回来！"

11．九级地震

阴山地下城，中心广场咖啡厅

许波说服了陆才千和李毅坤加入了他的科考队，准确地说应该叫探险队。连同许浪在内，四人都得到了武司令的应允：科考过后，决策阁将彻底清除他们四人的存疑身份。陆李二人也有雄心壮志，想着如果真能找到智龙，和它们建立联系，自己将是人类的代言人。这样的功劳不亚于发现新大陆，不仅能让他们洗白身份，甚至可以帮助他们晋升到智囊团。

几人正在咖啡厅外摆的阳光棚下做着计划。“哥，光凭咱们四人，能行吗？”许浪没什么自信地挠了挠头，下意识地被迎面走来的两位青春靓丽的少女吸引住了。来到地下城那么久，这种场景还真是少见。他仿佛回到了上海滩金融街，坐在江边的咖啡厅里品着卡布奇诺。午后的光洒在一个个精致的脸庞上，散发出令许浪羞于直视的光芒。

“给我们自信的人来了！”许波左手一撑，从石阶上跳了下来，表情立刻严肃了起来。对面林冉挽着辛若涵的胳膊，二人缓缓走来，不忘左右打量了一下：“许先生，你这大会没开够，还开起了小会呢！”

“久仰二位的大名！今天见到本人，真是……真是和传说中的一样，哈哈！”许浪没想到哥哥这么厉害，不仅拉来了陆才千和李毅坤，居然连辛若涵和林冉也说动了。简单地寒暄和介绍之后，一行人在里屋找了个僻静的角落入座。许波说道：“我早就看出其实你们也想亲自一看究竟，否则也不会应邀前来我这小会。持续了这么久的智龙事件，也该画上句号了。而我们也正缺乏二位的科学知识，所以，想要正式邀请二位加入我们的探险队。”

二人听罢沉默不语，只是端起咖啡杯轻轻抿了一口。

许波接着说道：“我明白，能来到地下城，大家已经是最幸运的人了，都是为了更好地活着。我和许浪更是，没有绝对的把握保证人身安全，断然不会冒昧向二位提出这样的请求。”

“你如何确保？”辛若涵问道。

许波：“告诉你一个秘密，我们已经跟幻影军的总指挥李将军达成了协议，借给咱们每人一套幻影全组件。就算咱们直面智龙，我们在隐身状态，手持激光枪，至少可以全身而退。”

林冉摇了摇头，不可置信地说：“你吹牛吧！幻影全组件是一级军火武器。幻影战士每人一套，一一对应，没有多余。咱们不在部队编制内，私自转让可是会触犯审判机的。”

“这种事情怎么可以拿来开玩笑。从名义上讲，咱们探险队现在就隶属于幻影军。不过，探险队如果能有所斩获，当然也有幻影军的功劳，这也是互惠互利的事情。”许波说罢笑着望向陆才千。

辛若涵这才注意到后面一直安静坐着的一个中年男人，觉得有点眼熟，仔细看才想起来他是之前隧道工程队中的一员。

陆才千不紧不慢地说道："在地表时期，李咏之本来只比武部长低一级。进入地下城之后，武部长晋升成了武司令。可是幻影军都快形同虚设了。李咏之渐渐失去了实权，因此这次探险对他来说也是难得的立功机会。武司令作为项目发起人和总领导自然也有功劳，可以在决策阁中再晋一级，还犯不上冒这么大的风险来亲身带队。只要看准了这一点，其中关系不难周旋。"

林冉此前也只是听说过陆才千这一号人，没想到来头还真不小。平常人都称李将军，而陆才千，看起来文质彬彬，却直呼其大名李咏之。他在只言片语之间，谈起高层的变革，就像聊家常一样，一切尽在掌控之中。这淡然却雄浑的气质，不禁令人暗自揣摩其身份。林冉忽然发现角落里还有一个书生模样的少年很面熟，盯着李毅坤看了半晌，看得他不由自主地低下了头："你好面熟啊，是不是那个黑客，李……李毅坤？"

"不是……不是我，同名同姓而已。"李毅坤直摇头。

"别谦虚了！你的事迹轰动全校，哦，不，是轰动全国！你也是通过天才少年测试进入的地下城吗？我怎么没见到你？"林冉见李毅坤也在探险队中，顿时有了信心。

"呃……我没有，天才测试我没有通过。题目都很简单，但……哎！运气不好吧！"李毅坤想起那次不公平的顶替事件也不愿多说。

林冉："那你是怎么进入地下城的？"

"我……哎！这不重要，开会，开会。"李毅坤始终躲闪着林冉的目光。

"哦，我知道了！你一定是黑进来的，哈哈！"林冉坏笑道。

许波见状出来打圆场，拍了拍李毅坤的肩膀："好了，继续开会。咱们本次行动，只许成功，不许失败。"

“既然是这样，相信你已经有具体的安排了？”林冉惊讶于许波如此敢想敢干，还能把这些能人异士聚集在一起。而自己，作为一名科研助理能参与到这样的探险行动中，对危险已经全然不顾，反而有点期待，开始热血沸腾了。

许波道：“接下来，李将军会对我们进行特殊集训，教会我们掌握幻影全组件，然后亲自带队护送我们至科考站，还会指派一支顶尖的幻影战队全程保护我们。”

“嘻嘻，这样的话，还能当一回隐身人！”林冉更高兴了。

“我们的人身安全比任务本身更重要，望你说到做到。”对于辛若涵来说，这趟浑水最好不要趟，考虑到自己此前在最需要帮助的时候，许波挺身而出，如今他碰到困难，自己也难以袖手旁观。在了解清楚状况之后，辛若涵认为总体来讲风险可控，便答应下来。

“那是自然！”许波连连点头。

“那我加入！”林冉毫不犹豫。

辛若涵沉默了一阵：“这次行动，在勘探上的事务不能擅自做主，要听我安排。”

许波：“当然！你是专业的嘛！感谢二位的加入！”

事不宜迟，在探险队接受完幻影集训之后，几人制定好了岩壁开凿方案，带着两台小型盾构机以及其他一些考古设备，轻车熟路地乘坐滚筒上的车厢来到了科考站，与李咏之率领的幻影军汇合。

护送一伙人抵达空腔内部之后，李咏之又嘱咐了一遍：“千万别忘了，两点最重要的事情。第一，大家都是隐身的，一定要小心，不要误伤彼此，开启超声波定位系统可以寻找到同伴。第二，激光枪威力极大，能击穿两米厚的岩壁，不到万不得已千万不要开枪。”

许波应道：“李将军，放心吧！我们遇到紧急情况，会立即给你发来通报，绝不会和智龙发生冲突。”

李咏之点点头，回到科考站内指挥幻影战士们进入备战状态，随后深吸一口气，切断了滚筒传输线的电源，并关闭了隧道入口。

这是李咏之和武司令达成的协议，或者说，谈判共识。为了确保人类的绝对安全，探险队进入空腔之后，李咏之率军驻守在科考站，成为地下城最后一道防线。而他身后的通道，将被单方面永久关闭，只有指挥部有权利重新开启。如果真的遇到智龙，并与智龙爆发了不可调和的冲突，智龙也不会危及地下城。他们之间相隔6千米的地壳就是缓冲地带，能给人类应对危机的时间和机会。

也就是说，许波的科考队和李咏之带领的幻影军，也都成了没有退路的死士。李咏之知道并愿意为此冒险，毕竟智龙没有灭绝的概率低到无限趋近于零。而许波等人，却被蒙在鼓里。

一行人进入空腔之后，启动了盾构机，在铬金属柱旁开始挖掘，准备挖一个直径1.5米的圆形地道，能使人进出即可。

刚挖了3米深，地震仪突然“嘀！嘀！嘀！”地发出警告，众人立刻停止了手头的工作。许浪一脸错愕地问道：“地震了吗？”

辛若涵看着检波器，显示面前的岩壁中发生了9级大地震！可奇怪的是，四周岩壁都完全没有震感。她又发现地震仪上的各项指标同样显示正在发生大地震！

“怎么回事？是地震要来了吗？”许波听到了警报，也赶到地震仪前。

“不知道……如果按照上面的显示，不是要来了，而是已经来了……但是，数据只显示出震级是9级，而震源深度和震中距这些关键信息都显示‘未知’。”辛若涵边说边检查设备。

林冉指着空腔对面的地震仪说道：“你们看，那边的地震仪没有发出警报。如果那是地震，也不会只在这一面岩壁发生啊！”

辛若涵跑到空腔另外一侧，发现所有的仪器显示均正常。

“那就是仪器故障？”许波说着从岩壁上取下地震仪。地震仪果然不响了。他翻转四周都检查了一番，也没发现什么问题，便又放了回去。

地震仪刚一贴合在岩壁上，立刻又发出“滴！滴！滴！”的警报。

“地震仪不是发生故障，而是它只有在这面岩壁上，才会发出警报。”辛若涵说着和许浪把地震仪搬到另外一边，并把它放到岩壁上。地震仪果然没有发出警报。然后两人把那边的地震仪搬回来放到这面岩壁上。地震仪立刻发出“滴！滴！滴！”的警报，同样显示已经发生了9级大地震。

许波全身紧紧贴在岩壁上，却没有发现任何异常，反而感觉岩壁还是一如既往的平静，于是问道：“仪器没故障，地震也没发生。那这岩壁后面，难不成有东西？”

“智龙?！”其他几人异口同声地惊呼。

“先别自己吓自己。智龙就算真的没有灭绝，也跟地震没关系啊。”辛若涵说着将探地雷达设置了一番，贴在岩壁上，对内部进行了扫描。电脑屏幕出现了模拟图，显示一切正常，都是最普通的花岗岩，与其他地方的岩壁都一模一样。

“会不会是刚才盾构机造成的？功率太大，引起了岩壁震动。”许浪问道。

“这显示的可是9级大地震！”辛若涵说道。

许浪还想说什么，被辛若涵抬起手做了一个暂停的手势打断了。其余人也都屏气凝神，跟她一起注视着地震仪的显示屏上出现的波形。

“奇怪，这个波形不像是地震波啊。”辛若涵皱着眉头。

“什么意思？”

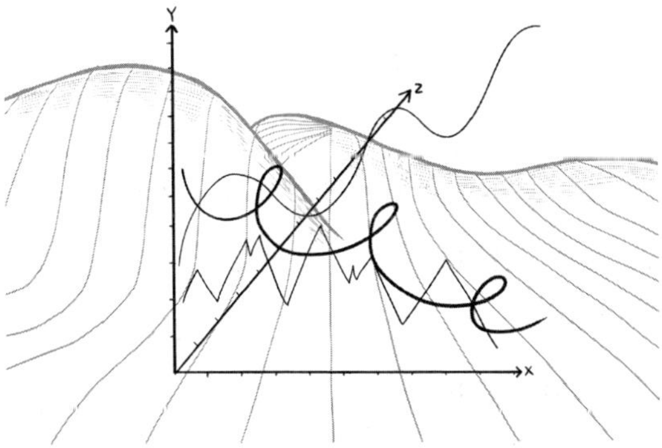

地震波型草图

“地震波有纵波、横波和面波，通常都是表现为正弦函数或者脉冲波形，但是这个波，甚至无法转换为有效的函数，就像乱码一样。”辛若涵解释道。

林冉指着屏幕说道：“它不是乱码，而是在重复！就是这么长一段，在不断重复着，跟刚才掠过的一模一样！”

辛若涵把比例尺缩小，果然发现，如此复杂的乱码一般的图形，每隔3.2秒循环一次。每一次循环时，折线、曲线、转角等细节都一模一样！

根据现有的科学来说，地震只能通过地壳的断裂和位移产生。地球内部有大量的热能和化学能，当地壳发生断裂后，会释放巨大的应力能。其中的波动，就是地震波。显示屏上的振幅和频率等信息是其蕴含能量的表达。

但是，这个图形与正常地震波的不同之处在于，这个图形并不是时间的单值函数，而是在一个时间轴上可以反复出现多次。也就是说，同一时间、同一地点，却发生了不同的地震。即便是人工产生地震，这个图形也应该是正常的函数波形。这诡异的图形，似乎只有两种解释：第一，仪器失灵了；第二，有超自然能量。

几人已经尝试了不同的仪器，并进行了分组对比，都认为不可能所有的仪器只放在这一面岩壁失灵，并且故障完全一样，而放到其他岩壁又都恢复正常。所以，这就是有科学之外的超自然能量在作祟。

辛若涵自言自语道："这个波形，像是有人放进去的一样。"

李毅坤问道："什么意思？"

辛若涵解释道："地震产生地震波，会向四面八方辐射，而这个波，是精准地定向传送，只传到我们面前的这个岩壁，因此别的岩壁里完全没有。所以说，这像是有人放进去的一样。"

李毅坤头也不抬地说道："这就对了。对于这么反自然的事情，人类无法做到。所以智龙，果然没有灭绝。"

林冉经李毅坤一提醒，也明白了过来："你是说，这个地震波，是智龙的语言，或者是它们给我们发的信号？"

李毅坤："没错，就是信号。智龙把它们的语言加载到地震波当中，定向传给了我们，就像我们可以用Wi-Fi定点发送电子信号一样。"

许浪听罢一个激灵，赶紧从岩壁上下来："你们可别吓唬我啊！"众人也都一下子绷紧了神经。

“就好比我们可以把语言转化为摩斯密码，通过电磁波传递出去，智龙把它们的语言转化为地震波，传递给了我们。可是……它们是什么意思呢？”辛若涵说着陷入了沉思。

就在这时，地震波戛然而止。

许波说道：“看来，智龙的话说完了，那我们要怎么给回应呢？”

众人一时间谁都没了主意。许浪建议道：“要不……咱们先回去？让智囊团的语言学家一起分析分析。”

林冉摇了摇头：“没有充足的语言样本，仅凭借一个波形，语言学家也无能为力。”

许波也连忙摆手：“不行！那咱们这次探险可就无功而返了。一来一回，咱们反而错过了和智龙沟通的最佳时机。”

许浪叹了口气：“那怎么办啊……”

探险队万万没想到，出师不利，进入空腔中刚拉开架势，就被这突如其来的地震波难倒了。辛若涵盯着检波器的屏幕喃喃自语道：“地震波，规律的波形，不断地重复，不是时间的单向函数。这该怎么破译呢？规律的波形……”

“对智龙的语言，我们虽然无法破译，但是可以与它进行双盲沟通。”李毅坤用手摸了摸岩壁。

“什么是双盲沟通？”许浪也跟着摸了摸岩壁，不知道李毅坤摸出了什么。

“就是在完全不理解对方语言的情况下，利用逻辑，完成有目的的沟通。”李毅坤解释道。

见众人不解，李毅坤接着说道：“首先，无论智龙具体说了什么，它的目的一定是希望我们暂停开凿，否则没必要发起交流。”

“那么，我们的回应就要表示，我们接收到了这一信号，并且我们是友好的，希望进行进一步的沟通。我们已经暂停了开凿，即表明了第一点。我们收到了信号，然后，我们再发出信号，表示我们的意愿。”

陆才千明白了李毅坤的意思：“可是，我们该怎么回应呢？”

“对呀，若涵姐。用地震波发信号，我们做不到啊。”

“我们可以用电磁波，将语言编码到波长很短、频率很高的电磁波上。这种电磁波具有很强的穿透性，可以透过这岩壁传到对面。”辛若涵说道。

李毅坤摇了摇头：“不行。它们用地震波，我们却用电磁波回应。而且看波形，我们的语言编码规律可能天差地别。我们贸然发送一大段话，反而有可能被识别为乱码，以为我们没收到它们的警告信号，或者误以为我们在挑衅，那更麻烦了。”

辛若涵：“那要怎么回应？”

李毅坤推了推自己的眼镜，回答道：“还是双盲沟通的原则。我们只需要进行有规律的敲击，即以确定的力度敲一下，停两秒，再敲一下，再停两秒，如此反复。这便足以表示我们是智慧生物，希望进行进一步交流。从逻辑上讲，如果我们没有沟通意愿，我们停止开凿，这件事就结束了，而我们却给予反馈，并且同样将信号加载到岩壁上，这足以说明这个沟通过程没结束。它们通过地震波发来信号，我们同样用岩壁回应，它们也一定能收到。”

李毅坤提出的双盲沟通法，逻辑自洽，合情合理，众人便采取这一方法，调节了盾构机的设定，改为撞击模式，进行“咚……咚……

咚……”有规律的撞击，并在撞了10下之后，停下来等待回应。

众人都站着一动不动，安静得可以听到自己的呼吸声，却迟迟不见任何回应，甚至此前的地震波也不见了。辛若涵又发送了10次撞击声，还是许久未见回应。

“会不会此前只是仪器故障，或者是什么巧合？”许浪话音刚落，检波器发出“滴！滴！滴！”的警报声划破了空腔内的寂静。

辛若涵赶紧查看检波器，果然发现屏幕上又显示了9级地震，但各项参数均未知。

众人也都围过来查看。这次的地震波非常简单，不再是复杂的波形，而仅仅是一个点，几乎没有任何长度。

林冉忍不住惊叫一声：“天呐！第六类接触！”

许波问道：“第六类……接触？什么意思？”

“在地表时期，天文学家认定，人类与智慧生命的接触有第零到第五种类型，但他们所设想的智慧生命都是来自外太空。现在，当接触真的发生时，一切与科学设想如此不同，却又如此自然。智慧生命也并非一定来自外星，而是有可能就存在这地壳之中。我们与他们是通过厚厚的岩壁用波形沟通，所以这就是第六类接触！……真的难以想象他们长什么样……天呐！”林冉越说越激动。

辛若涵却冷静地分析道：“它们确实收到了我们的信号。双方完成了三次握手协议，已经达成了交流的共识。”

李毅坤：“对，现在可以继续使用双盲沟通，探讨是否见面。”

正在众人讨论之际，岩壁后面突然传出幽灵一般的声音：“青……泥……”

η. 伏苍子

伏苍子和希丹在路端的带领下再次绕过了铬封印，来到了对面空腔岩壁之后。路端一边小心翼翼地挖掘，一边分享先前的经验："还有几百层分子，这个岩壁就挖穿了。由于马上会有光粒子冲进来，你们做好准备。"

由于伏苍子没有司物能力，希丹便调运周身能量，形成一个全方位的电磁防护网。

随着路端拨开最后一层岩壁粒子，光粒子开始陆续地穿透进来，但都被防护网挡住了。它们仨都屏气凝神，用虹发射出去电磁波，认真查探空腔内的情形。

它们发现此前空腔内的岩石基本被清理干净了，只见几个直立行走的动物赫然出现在中央，互相交谈着，时不时发出如同乱码一般的语音。

希丹问："它们在干什么？"

此时伏苍子已经与它们都建立了量子纠缠，可以完全明白它们在想什么，要干什么，解释道："你看蹲在地下的那个动物，它在测量一个脚印；旁边那两个站着的，它们在勘测岩壁的组成成分。"

希丹听罢舒了一口气：“所以它们不是神，它们也是在这里寻找神的？”

伏苍子：“不是，看它们的心理状态，它们不像是寻找明确的目标，而是刚发现了这里，来探索未知的世界。它们的内心充满了疑虑和恐惧。”

希丹：“那它们的智能水平呢？”

伏苍子：“它们应该是某种智慧生物演化的中间形态，使用非常简单的语言。此外，从行为能力上看，它们不具备我们的各项第二性征禀赋。那些机械装置，是它们的科玄成果，是帮助它们完成各项工作的工具。”

希丹：“它们的能力在我们之下，对我们不造成伤害，那要不要直接过去问问它们？”

伏苍子：“不要贸然行动，我们还不确定它们所达到的科玄水平。它们在空腔里有十几个，顶部通道外面不知道有多少。我们这里才三个拉瑞，万一引起冲突，我们可就危险了。况且，外面光源如此强烈，我们出去也坚持不了多久。”

希丹：“也罢，那我们回去慢慢商榷。”

伏苍子：“好，再等我一会儿，我正在感知它们的思想，将其与语言一一对应，收集多一点的样本，便可以识别其中规律，破译它们的语言。”

仨拉瑞趴在岩壁后面一动不动，静静地等待，直到希丹和路端的能量都将要耗尽，方才离去。

返回西邑之后，大家急忙围了过来。伏苍子说：“快，帮它们补充能量，它们已经快透支了。”

在雷烛给它们传输能量的时候，伏苍子将空腔中的发现给大家都一五一十进行了讲解说明，最后补充了一句：“它们称自己为‘人’，或者叫‘人类’。”

雷烛很失落：“原来它们是人不是神。”

淳于天反倒来安慰它道：“别担心，它们虽然不是神，但它们很可能也在寻找神，这不恰恰说明神话很可能是真的吗？”

雷烛还是有点惆怅：“本以为神在对面，可是对面只是一个空腔，铬封印后面什么也没有。那么，神在哪呢？”

希丹：“神在哪不知道，现在也不重要，眼下怎么办？”

伏苍子：“既然它们在那里勘测，不妨就由它们去，也许它们达到目的就走了。我们不要跟它们做无谓的纠缠，不管它们是神还是人，反正我们也打算搬离此地，就当没见过。”

淳于天也赶紧接过话：“没错，咱们还是不要被突然出现的未知生物打乱自己的计划，反正这里也住不下去了，赶紧派侦察死士去找新的栖居地才是当务之急！”

希丹也说：“没错，对方来路不明，并且有极强的光源，这令我们难以抵挡，万一发生冲突，凶多吉少。此地不宜久留，那就搬吧。”说着，他拍拍雷烛的肩膀。

雷烛心有不甘却无可奈何：“你们……哎，事已至此，可能搬家真的是最好的选择。”

西邑

“你们听！”淳于天拉住了伏苍子：“岩壁那边又有动静！”

伏苍子：“上次它们勘测完也已经撤离了，还回来做什么？”

淳于天打起精神，仔细听着岩壁：“这次的声音不是来自对面的空腔，而是直接来自岩壁！”

“你是说……”希丹做了一个挖岩壁的动作。

淳于天伸直了脖子说道：“没错！它们在挖隧道，朝我们这个方向。按照这个速度，不要一天就会挖穿！”

3天前，西邑向9个方向各派出了一名死士。有一名已经回来了，找到了一个理想地点，各项条件都符合拉瑞生存，并且离莫霍面也不算远，具备充足的岩浆资源。众拉瑞正收拾好家当，准备搬家，却又被这突如其来的异响打乱了计划。

雷烛：“来就来，怕什么，反正人类也只是半智慧生物！”

希丹提醒它道：“别忘了，它们可是有光。”

“我们可以做防光服呀！”雷烛作为西邑首司，自然有办法。

淳于天：“我的王，你快拿主意啊！它们就快来了，这可怎么办！”

“不如给它们写一封信吧！看看能不能把它们劝退。”伏苍子说道。

淳于天有些诧异：“它们的语言，你已经完全破译了？”

“还没有，不过已经掌握了几百个词汇，写一封简单的信没有问题。这个办法也只能是试试，但它们能不能收到，收到了能不能看懂，只能祈祷了。”伏苍子将乱码一般的电磁波用虹发射给了雷烛：“就是这样，你原原本本发过去就好。”

淳于天问道：“你都说了什么？”

伏苍子把它写的信念了一遍：“我说，我们是一种久远的智慧生物，世世代代居住在这里。我们看到了你们在空腔内的举动，也许你们也有迫不得已的原因，但是我们希望你们可以不来打扰我们的生活。我们就快搬走了，请你们过两天再开凿隧道，感谢你们的理解和配合！”

淳于天："它们的语言，可真是奇怪，翻译过来居然是这么乱的波形。"

"谁知道呢，我翻译的肯定没错。"伏苍子摸了摸后脑的羽毛。

雷烛将信息用地震波通过岩壁传了过去。果然，开凿隧道的声音立刻停了下来。见众拉瑞舒了一口气，伏苍子得意地说："嘿，它们还真收到了，还听懂了。看来，它们的智慧水平不低嘛！"

话音刚落，岩壁忽然又响起了"轰！轰！轰！"的声音。雷烛顿时感到头皮发麻，伸直双臂抓狂地说："看来，它们并没有收到你的信。"

淳于天仔细分辨，沉吟一下道："它们收到了，但是没听懂。"

雷烛："哦？何以见得？"

淳于天解释道："之前是开凿岩壁发出的刺耳声音，没有规律；现在是有明确的规律，而且是撞击声。这说明它们试图通过撞击来给我们传递信号。"

话音刚落，果然这轰隆隆的声音停止了。

雷烛还是不解："那你怎么知道没听懂呢？"

淳于天有条有理地分析道："它们收到了来信，想要回信。如果它们懂了，便会正常地回信，可是它们的回应，非常简单，基本上就是一次撞击，没有实际内容。这说明，它们试图想要告诉我们，它们收到了伏苍子的信，但对于信里什么意思，它们不知道，希望我们表达得更清晰一点，或者，它们出于某种原因想要和我们取得联系。"

伏苍子表示无奈："可我确实是按照它们的语言写的信呀！"

"它们还是半智慧生物。它们的语言是间接语言，也就是说无法用波形本身表示语言，而是靠音节。所以不同的波形可能是同一句话，而不同的话可能产生相同或相似的波形。即便你用我们的语言方式，说的是它们的词汇，它们也没办法理解。”淳于天顿了顿，又补充了一句：“况且，你还同时利用了声波和电磁波的叠加波形，你忘了它们连虹都没有。”

伏苍子表示无奈：“好吧……看来我还是高估了它们的理解能力。那用什么方式才能将信息传递出去呢？”

淳于天：“让我想想……你还可以复述出来它们说话时候的声音吗？一模一样，完全地复述。”

伏苍子：“我尽量回忆吧，几十个单词总是能复述出来的。”

淳于天：“那就只有一个办法——当面告诉它们。”

路端颤颤巍巍地说：“我当然可以去，但我只有司物能力，难以掌握它们的语言。”

“我和路端一起去！”广傅又一次勇敢地站了出来。

伏苍子刚想再次阻止，淳于天说道：“这次就让它去吧。既然已经探明了对方的情况，信使往来，不会有危险的。”

“可是万一呢？广傅毕竟是储君。”雷烛也试图阻止这次冒险。

“我们的王不也去了吗？放心吧，广傅总要经历考验。我推算过了，两个高智能水平的物种初次见面即发生激烈斗争的概率仅0.2%。即便是两只猛兽，对峙的时候也是会不断地反复试探，不到万不得已不会殊死搏斗。”淳于天拍着它们的肩膀宽慰道。

伏苍子终于同意了，对广傅进行了一番人类的语言培训，并反复强调，不要做过于复杂的沟通，除非对方不依不饶，不然就不断重复地告诉它们“请你离开，请你离开，请你离开”。

嘱咐完广傅之后，伏苍子转身郑重地拉住路端的手：“你一定要保护好它，哪怕耗尽所有的能量！”所有死士都经历了严格的心理训练，并被伏苍子亲自用通灵之术植入了忠诚与勇敢的意志，但是它此刻还担心发生意外。

路端也坚定地说：“我的王，请您放心。何谈耗尽所有的能量，就算耗尽我的生命，我也会护它周全！”路端明白，广傅是未来的王，自己本就是死士，如果可以平安回来，它定能晋升死士总教。

路端转身跳上洞口迅速开挖，广傅紧随其后。两拉瑞没多久就消失在了岩壁之中。

伏苍子和雷烛依然忧心忡忡，淳于天用力地与它们拥抱，安慰道：“放心吧，广傅已经是壮年拉瑞了，它一定没问题。”由于双方依然有0.2%的概率会引发冲突，淳于天也是在安慰自己，相信广傅此次渡劫大概率会成功。

伏苍子其实既担心广傅的安危，又希望它去完成这次交流。如果拉瑞和人类的世界在之后有了交集，广傅便成为历史上第一个与人类沟通的信使，它将代表西邑部族，甚至可以代表整个拉瑞与人类完成这场跨种族的沟通，自然有着至高无上的威信，自己也可以安然退位了。

这是路端第三次走这条路。对于哪里的硬块需要避开、哪里的岩壁比较松软，它已经熟门熟路，没多久就到了空腔前。它小心翼翼又十分熟练地挖开这最后几百层分子，然后告诉广傅：“一会儿会有强光照射进来，但我会为你抵挡。你准备好后，只需要全神贯注地跟它们交流即可。”

广傅深吸了一口气，比了一个“准备好了”的手势。随着路端继续从岩壁挖开了几十层分子，光粒子开始照射进来。广傅定睛一看，果然看到空腔里站着6个人！它将双手贴在岩壁上，先是通过地震波发出一个友好信号："你好！"

等了片刻，听着没有动静，它深吸一口气，鼓起勇气，模仿人类的语气说道："请你离开！"

只见空腔里的人类都立刻石化了一般，想必听到了自己说的什么，但是看样子好像没听清，于是广傅决定换个频率再说一遍："请你……"

第二遍还没说完，一声异响划过整个空腔。广傅面前的那层薄薄的岩壁被瞬间击破，全部坍塌了下来，随即迅速气化，产生了熊熊烈火，并伴随着爆炸的轰鸣声。

路端正在后面防卫光粒子，不料一束密度极高的能量激光束突然喷射而来。路端和广傅都瞬间做出了反应，急忙调度能量进行抵挡。激光粒子被拦截打散，释放出巨大的能量。微量的粒子击中了广傅的大腿，产生了剧烈的疼痛，使它直接昏迷了过去。

虽然这些微量的粒子数目很少，并且能量已经很低，只对广傅的大腿造成了轻度撞击，但拉瑞的疼痛阈值非常的低，而这个疼痛已经足以使广傅昏迷。越是高等生物，忍受疼痛的能力退化得越多。

另外产生的一股气息将路端击退了3米多远，直接让他撞在了身后的岩壁上。路端根本顾不及发生了什么，立即调度全身能量，在面前竖起了一面岩壁，然后便已能量耗尽，昏了过去。

不知道过去了多久，路端终于醒了过来，只觉得浑身酸痛，头晕脑涨。它努力回忆发生了什么，但怎么都想不起来。它只记得一束强烈的激光束喷射而来。许久之后，它才缓过神，想起了广傅，想起了自己在面前铸造了一层岩壁。它急忙拨开岩壁，外面却没有发现广傅，而只看到了一堆散落的岩石碎片。再往外，就是那个巨大的空腔。此时，空腔内已经空无一人，也没有广傅的身影，甚至连光源都消失不见了。

久经风霜的路端此刻也害怕极了，连忙转身往回挖，可是却发现自己周身的能量已经几乎耗尽，它甚至都没有力气再从岩壁中提取能量来转化。它想要通过发送地震波的方式来告诉伏苍子发生了什么事，但转念一想，这里处境如此凶险，如果伏苍子冒险前来，岂不是也有来无回？于是它只得转身开挖隧道，想着穿过岩壁回去，不留痕迹，减少西邑面对的风险。

可它实在太累了，趴在地上，喘几口气挖一下。所幸他在来的时候偷懒，没有把路上的岩壁封死，还能勉强挖得动。它就这样边爬边挖，只挖一个刚能够匍匐前进的低矮隧道，往前爬一段，再把后面的岩壁补好。它不知道前面还有多久，仿佛每一次挖都是用尽了最后的一口气。

终于，路端挖回了西邑。

在打开洞口的一瞬间，它已经没有了一丝力气，甚至连呼吸都感到异常的困难，一下子顺着坡滚了下来。众拉瑞已经苦苦等了许久，推测了各种各样的可能性，终于盼回来了路端。

希丹一个箭步冲上去，发现它已经奄奄一息，试图说着什么，可是完全听不清。

伏苍子也紧接着围过来，发动通灵之术，蹲在路端的身旁：“你不要说话，就在脑海中想，我能读到。”

此时路端的大脑也几乎没有能量来维持运转，十分勉强地构造出了晕倒前的几个画面，然后在心里说：“人类，带走了广傅。”说完，便断了气。

“啊！”伏苍子痛苦地喊道：“路端还有得救吗？”

雷烛上前查看："救不活了……它不仅仅是断了气，为了回来，它耗费了全身的能量，把所有肌肉、器官、血液中的能量都悉数耗尽，致使神经系统开始溃烂，再也恢复不了。"

路端的死亡，是西邑1700万年以来，或者说有正史记录以来，除了外出迷途的死士，第一个因意外而死亡的拉瑞。拉瑞有极强的身体调节能力，基本可以活到染色体端粒耗尽，并保持健康的体魄，还可以修复身体疾病。就算濒临死亡，拉瑞也能通过修复各项神经元恢复生命的活力。但对于像路端这样，年纪轻轻死透并且完完全全地死透的拉瑞，大家都是第一次见，产生了极大的心理冲击。即使它们有高超的情绪调节能力，都久久不能自已。

一阵悲伤过后，淳于天才缓过神来，问道："广傅呢？路端临死前，说了什么？"

伏苍子流下了控制不住的泪水，微弱地说："它说……它说它们看到了6个人类，于是打了一个友好的招呼，没想到对方却突然用一个小型粒子攻击器偷袭了它们。由于它们毫无防备，广傅被击中了，晕了过去。路端也晕了过去，临倒下之前，在面前造了一列岩壁，才没让人类发现它。路端醒来之后才发现，广傅已经不见了，肯定是被人类掳走了。"

淳于天听罢，也瘫坐在地上。噩耗一个接一个。是啊，路端生前该是经历了多么激烈的对抗，才耗费了全部能量。为了保护我们，它不肯发信号，耗尽仅存的一口气爬了回来；而广傅，也生死不明。

伏苍子疯了一般摇着淳于天："你不是说，它们一定可以平安归来吗？不是只有0.2%的可能性爆发冲突吗！为什么会这样！你是不是算错了！"

希丹急忙拉住了伏苍子，紧紧抱着它："别激动，和我一起控制自己的情绪。这不能怪淳于天，也许人类，是那0.2%疯狂的物种！我们现在最重要的是平复下来，商讨对策。人类虽然智能水平低，却有如此高的科玄水平，居然有粒子攻击器。”

雷烛也已经缓了过来：“不是粒子攻击器，否则，路端也不会活着回来，甚至我们这里都会被击碎，所以那充其量只是一些能量密度高的光粒子。如果不是偷袭，想必路端和广傅也不会遭此不测。”

希丹：“那我们现在怎么办？”

伏苍子：“希丹，你跟外界素有联络，去萨拉找援兵。它们有高超的科玄之术，可以做我们的后盾。万一我们遭遇不测，西邑就要靠你了。”

希丹还是有所疑虑：“可萨拉有什么动力来帮我们？人类只是抓走了广傅。”

伏苍子解释道：“拉瑞的世界现在可谓四通八达，都有隧道彼此相连。如果人类真是十恶不赦的物种，或者就是来抢夺我们的资源，甚至想要消灭我们，那么第一站是西邑，第二站就是萨拉。唇亡齿寒的道理，它们不会不懂。人类顺着隧道就会打到萨拉内部。它们与其到时候本土作战，冒着地下城各项现代化设施被破坏的风险，还不如现在来帮助我们，在西邑和空腔内解决战斗。”

希丹这才表示同意：“言之有理，我这就出发，那你们呢？”

伏苍子一字一句坚定地说道：“救广傅！”

“我的王，你说，我们具体该怎么做？”淳于天也恢复了神情。

伏苍子：“集结西邑全部精锐，大军出击！趁着这几次侦查的空档，我已安排制作了防光服，可以将战士们全身裹住，保证一颗光粒子都透不进来。我们先驻扎在空腔，顺着人类来时的轨迹，找到它们的老巢，与它们谈判，释放广傅。”

雷烛看着淳于天说道：“我们如果和人类发生冲突，有多大胜率？”

“凭现在掌握的数据，无法预测。如果它们只有那一种武器，且与我们数量相当，我们绝对有十成胜算。如果它们有更高超的武器，则胜负难料。但广傅是我们的孩子，即便前方是万丈深渊，我亦愿往。”淳于天铿锵有力地说道。

“我亦愿往！”雷烛也举起双臂呐喊。

“我亦愿往！我亦愿往！我亦愿往！”此时西邑1000名能力最强的拉瑞已经应召而来，发出的电磁波充满了整个西邑。

“你们保重！我们的任务现在就是救回广傅！不到万不得已，不要发起冲突。我这就赶往萨拉，你们一定要等我！”希丹说着转身飞奔到驯龙场，牵出一只体型健硕的霸王龙，翻身而上，策龙扬鞭，一转眼就消失在了隧道的尽头。

希丹在错综复杂的地下隧道来回穿梭，不到一天就到了萨拉在野领馆，出示了外交大使的入关通牒，在守卫的带领下来到了大使馆。

12. 尸骨未寒

幽灵般的声音从岩壁后面发出，比恐怖片里的女鬼声还要阴森，立体环绕一般充满了整个空腔，并带来阵阵回声。众人顿觉毛骨悚然。许波停下了脚步，比出“嘘”声；大家也都停了下来，握紧手中的激光枪。

大滴的汗珠沿着许浪的脸颊流了下来。他仿佛听到了人类的语言“青……泥……立……开……”，努力尝试去思考这到底是什么意思，却毫无头绪。他压低了嗓音叫道：“哥……”

许波并没有听到他的呼叫。

正当他脑子嗡嗡直响，感到陷入无尽的深渊之时，突然一声尖锐的声音划破寂静：“青……泥……”许浪一个激灵，感觉后背一阵阴冷，眼前一黑，再也抑制不住内心的恐惧，“啊！”地大叫一声，眼睛一闭，举起激光枪对着声音的来源就是一阵射击，然后瘫倒在地。

“嗖嗖”连续射出几束激光后，对面的岩体瞬间坍塌，炸出了一个洞，着起了熊熊烈火。众人都还没有反应过来，许浪一屁股跌坐在地，呼哧喘着粗气，双手不停地在颤抖。随着火苗越来越大，陆才千第一个缓过神来：“快灭火！”

大家陆续调出了幻影服上的高压喷雾器对着岩壁。可还没等按下启动键，大火神奇般地突然自己熄灭了，只留下浓密的灰烟遮挡着视线。

辛若涵和林冉刚想要过去查看，被陆才千一把抓住：“别去，危险！”

几人都怔怔地站在原地。陆才千这才想起来通知险情，调出了幻影服上的对讲机，拨通了李咏之的电话，却不知道该如何形容，顿了半天，只是说道：“发生意外，速来救援！”

另一边，许波查看许浪身上没有受伤，刚放下心来，却又担心空腔发生意外事故，直冲过去查看。这一次陆才千没有阻拦，他也想知道发生了什么，但不忍让两个少女前去冒险，自己更不能冒险，看到此时许波冲过去，便没有再阻拦，心想反正这个洞也是他弟弟炸开的。

许波跑到烧焦的岩壁洞口，把应急灯调到最大。洞口大概半米多宽，一米多高。洞里面赫然歪放着一个黑色的东西，看起来像是金属，表面很光滑。许波踢了一脚，却发现那是软的。

许波本来就胆大心细，此时心一横，深吸一口气，蹲下来四处摸索着这个袋子一样的黑乎乎的东西，不知道里面装着什么。他迟迟找不到开口，于是干脆摘下幻影服手套，四周一摸，摸到了一个豁口，顺着劲将袋子撕开，看见了一副“活着的尸骨”。

本来还强装镇定的许波瞬间被吓得魂飞魄散，连滚带爬往回跑。

之所以叫“活着的尸骨”，是因为这分明是一副骨架，可里面却有整齐的内脏，还有心脏在跳动，甚至在骨骼和内脏之中都有浅黄色和绿色的体液在快速流动。

许波疯了一样跑回人群中。此时，李咏之接到通知，已经带领幻影战士从天而降，列阵将众人围在中间，用激光枪指着四周，问道：“什么情况？”

许波大喊道：“是鬼啊！我们把鬼打死了！啊，不对，鬼还活着啊！”

林冉：“是智龙？你刚才看到智龙了？”

“不不不，它不是智龙，或者，是我们完全搞错了，跟我们模拟的智龙形象完全不同！昏暗之中我没敢细看，但它身形不大，蜷缩成很小一团。”

“那应该是被激光束巨大的能量气化了吧。”辛若涵道。

“对对对！”许波慌乱地说，“啊，不对不对。它被气化了，但是还活着，这也不可能啊！”

“你先镇定一下，怎么一会儿说死了，一会儿说活着，你到底看到了什么？刚才发生了什么？”李咏之双手搭在许波肩上，用力地拍了他两下。

陆才千见状，把事情的前因后果都大概讲了一遍。

许波长呼了一口气：“对，是这样。紧接着我跑过去，看到洞里有一个黑色袋子，用手一摸，感觉像是丝滑的金属。我四处翻，找到了袋子的口，将它打开，没想到袋子里出现了一具骨架，应该就是它中了激光枪，正如林若涵所说，被气化了，但是却没死透。它的心脏还在跳，血是绿色的，还在流，这都看得清清楚楚。”

辛若涵和林冉听完都陷入疑惑的沉默，听描述感觉这个骷髅身材矮小，远不如演算预测中那般高大，也不可能留下巨人一般的脚印，那它究竟是不是智龙？为什么气化了还有心跳？它们来这里的目的是什么？刚才的大火又是怎么自己熄灭的？一系列意外引发了一系列疑问。

李咏之听罢气极了，指着许波：“你们啊！可闯了大祸了！许浪呢？”只见许浪此时还蜷缩在地下，瑟瑟发抖。

“那现在我们怎么办？”陆才千试图缓和这紧张的气氛。

林冉：“如果真的是智龙，需要立即增派医疗专家。智龙可能携带未知病菌，刚才已经接触了许波，因此我们必须把他们一同隔离。”

李毅坤：“许浪击中的智龙，很可能是它们的侦察兵。它们如果发现侦察兵许久未归？会怎么办？”

“会觉得自己受到了威胁。”林冉道。

李咏之立刻派遣几名幻影战士守住洞口的四周，然后派一名战士传递口信：“报告指挥部，发现智龙。我方不慎开枪，恐对方有危险，速派救援！还有防疫团队！”

战士用最快的速度一路返回S701管道内，冲到门口，刚有信号，便拨通了指挥部的通信频道。

阴山地下城，指挥部

胡奇和宋崖在指挥部内焦急地等待消息。常鸿劝说道：“我说二位，不要这么焦虑，坐下来品鉴一下刚沏好的肉桂。”

胡奇一动不动，一声不吭。宋崖来回踱步，说道：“智龙就在隔壁。我们的队员至今还没有任何音讯，怎么还能有心情喝茶。”

其实智囊团开会也反复验证过了，并用计算机建模进行了测算。即便智龙还活着，两个先进文明相遇，引发冲突的概率也无限趋近于零。二人总觉得不出意外的话一定会发生意外，但究竟哪里不对又说不清楚。

常鸿安慰道：“没有任何消息，可能就是最好的消息，说明挖掘勘测工作十分顺利。他们现在说不定都已经在智龙的指挥部开会了呢，哈哈！”

常鸿这么说，只是安慰两人，努力营造淡定的气氛，以免发生意外的时候，二人在恐慌之下做出不理智的举动。

正在此时，指挥部通信频道响起。常鸿接起电话，听到是驻守在管道内的战士打来的："这里是幻影军空腔驻守分队，传李将军原话。报告指挥部，发现智龙。我方不慎开枪，恐对方有危险，速派防疫队与救援队！"

常鸿一听，差点惊到断电，一方面派遣增援，另一方面立即上报武司令。武司令听罢，一把将电话重重砸下去，浑身的气也没地方撒。他最担心的事情还是发生了。空腔里到底发生了什么？李咏之争着抢着要驻守空腔，他是怎么保卫的？怎么就能一言不合大动干戈？可是现在后悔也来不及了，这些账以后慢慢再算。

人类的冲动啊，终究是计算机所无法模拟的。纵有千般愤怒百般无奈，军人的素养让他抑制住了内心的波涛汹涌，平静自若地调度军队进入一级戒备状态，增派三千常备军，驻守在S701管道口。

空腔洞口旁

李咏之看着洞里，指着许波说："你去查看一下，对方是否还活着。"

许波胆子再大，也不敢再去一次，只是反问一句："我？这怎么看？"

"对，就是你，打开幻影全组件操作屏幕，用里面的生命体征监测器查看脉搏、气息。"李咏之演示了一遍如何操作。

许波手心直流汗，一想到那一具"尸骨"，更是挪不动腿。李咏之又推着他催促起来。林冉见状过来拉住许波的胳膊："走，我跟你去。生物学是我的专业，我帮你去一起检查！"

林冉本来就极富探险精神，而且接受过专业的生物学训练，对尸骨司空见惯，听完许波的描述倒是不像寻常人一样害怕。更重要的原因是，她不忍见许波一人孤身前往，再陷入无尽的恐惧之中，她希望用自己的陪伴来消除许波的忌惮。由于刚才事发突然，所有人都慌了神，而许波，奋不顾身冲了过去，第一时间检查了现场情况，这更增加了林冉对许波的好感。

二人几乎是步履蹒跚地走到了洞口。许波深吸一口气，然后下了将生死置之度外的决心，直接把袋子全部掀起。随后，他俩面前赫然出现一具骨架。

纵使林冉曾解剖过许多生物的尸体，还是被眼前的这只生物给惊得鸡皮疙瘩一身。一副完整的白骨躺在那里，绿色的血液和淡黄色的体液在肌肉组织间流淌。林冉发现腹腔内多出一个奇怪的器官，她定睛一看，那居然是一个硕大的大脑。

许波见状，一下吐了出来，鼓起勇气再度回头看去，见心脏“砰砰”地跳动，才松下一口气。林冉调出幻影组件中的生命体征检测器，检查它的脉搏、呼吸，还好一切正常！

林冉本来并不害怕，但亲眼见到一具骨架居然还有所有正常的生命体征，在这种所学知识完全被颠覆的冲击之中，也陷入了无边的恐惧，用一只手死死抓住许波的胳膊，用另一只手伸出去触摸它。

许波握住了她的手，轻声道：“我来。”他伸手摸向心脏，想要去感受心跳，但他的手还没摸到心脏的时候，就悬在了半空中，像是捏着什么东西。许波狰狞地看着林冉，说不出一句话。

林冉疑惑发生了什么，也伸手过去，结果却摸到了皮肤，十分光滑的少女般细腻的皮肤！她的脑海中闪过各种念头，这到底什么情况？她也狰狞地看着许波，久久说出一句话：“它没死，它也没被气化，这不是一具骨架，而是一只活生生的智龙！它的皮肤是完全透明的！”说着，她打开亮光，照射过去，这才看清，原来骨架之上还有肌肉组织。这种肌肉组织呈半透明状，昏暗中看起来就像是透明的。

“走！活着就好。”许波把金属袋封住了，拉着林冉离开。

与此同时，在另一边的辛若涵喃喃自语：“不对啊！我们进入空腔之后一直穿着幻影服，是完全隐身的，那智龙是怎么看到我们的？”

几人这才有心思开始回忆刚才的细节。如果智龙一直在那里，为什么没有人见到它？直到许浪将其突然击倒，打出一个洞，才发现它。它是什么时候出现的？这里没有任何别的通路，那它又是从哪里来的？难道它能穿墙隐身？激光枪射到岩壁上引发了一阵大火，火势滔天，居然自己灭得一干二净。如果智龙被激光气化，为什么内脏都还完好，心脏还能跳动？这一切已经不符合科学了，而是科幻。

正在此时，许波和林冉跑回来了。林冉气喘吁吁地说道：“李将军，好消息！智龙还活着，应该只是昏迷了。”

李咏之稍微定了下心，还好，没闹出龙命，那双方矛盾就还不至于激化。

传信的那名战士也回来了，带来了几名穿着防护服的防疫专家，用病毒检测器扫描了一遍空腔，将许波和林冉带入隔离舱，又准备对智龙进行消杀。林冉急忙对防疫专家喊道：“智龙怕光！不要开灯！”

许波小声问道：“你怎么知道？”

林冉答道：“我刚才一直在想，它们的皮肤和肌肉是透明的。由于

6500万年不见阳光，皮肤已经丧失了反射和吸收光线的能力，就连组织液也是，所以里面的器官都显示着它本来的颜色，清晰可见。”

这次突发事件，也让许波对林冉刮目相看。他本来以为林冉只是智商很高，掌握专业生化知识的一个小女生。没想到她还临危不惧，时刻保持冷静的头脑，分析得头头是道。最重要的是，她还讲义气，在自己无助的时候陪同自己共同冒险。许波想到此处心里一暖，恐惧之意全然散去。

防疫专家掏出一支麻醉枪，又砰砰两枪，射向智龙，却发现它身上的软袋居然无法射穿，只好四处摸了半天，摸到了开口，打开一个小缝隙，也不敢看里面是身体哪个部分，怼着开口就是砰砰两枪。

李咏之安排幻影战士护送其他科考人员返回，又环视了洞口一周，总觉得不放心，最后决定撤掉守卫的幻影战士，布置了一圈激光炸弹，这才返回指挥部。

阴山地下城，指挥部

指挥部内，武司令已经组织召开决策阁会议，要求大家严阵以待。等众人回来后，李咏之将空腔内的情况一五一十做了汇报。听到最后，武司令一拍桌子：“什么？你布置了激光炸弹？！”

李咏之不明就里地点点头，没料到武司令能发这么大的脾气，便解释道：“我担心留守的幻影战士和智龙发生冲突。智龙如果来报复，地下城恐怕有危险。”

武司令怒道：“我看给地下城招惹来危险的人是你！既然已经发生了摩擦，就必须消除误会。如果智龙遣使来与我们交涉，结果一出门就引发炸弹，会造成更大的伤亡，这误会怕是没法消除了！”

“我已经锁死了空腔顶部的入口和S701管道的入口，它们不会找过来。”李咏之这才恍然大悟，自己已经铸下大错，但还是抱有一丝侥幸辩驳道。

“许浪，发射激光枪正中智龙，但对方不仅没死，还把大火灭了！按照胡奇提交的智龙档案，我们的科技水平远远落后于它们。它们找过来，还不是轻而易举吗？！”武司令对李咏之失望至极，没想到他能如此欠考虑。

李咏之立正敬礼：“我这就派人去把激光炸弹拆除！”

武司令强压怒火：“你亲自去，立刻！”

阴山地下城，医院

智龙拉回来之后，为了安全起见，将其放入密闭的治疗间内。所有的检查都是由医疗机器完成，由顶级医生在玻璃外遥控操作：“放心吧！它只有大腿轻微烫伤，可能是遭受过度惊吓才昏了过去，等麻醉剂过效之后，就能醒过来。”

辛若涵心想：不对，智龙在激光枪射向它的时候一定拼命反抗，这才能解释为什么大火会自己熄灭。激光枪都没有伤其分毫，怎么可能是因过度惊吓而昏厥。但她没说什么，只是问道：“麻醉剂效果还有多久？”

医生答道：“不好说。按照人类，这样的体型打两针麻醉剂，现在已经醒了。智龙的话，不清楚它们身体的机能，所以不知道它清醒过来的时间。反正现在还没醒，等等吧。”

此时DNA检测的结果出来了：眼前这个半透明的奇异生物，还真的就是智龙。两者DNA序列有6%的差异，考虑到两者相差6500万年，这个差异在合理范围之内。并且差异主要在于控制体型的编码，与大脑、神经系统等有关的DNA序列只有0.37%的差异，这足以证明它与智龙是同一物种。再加上基因组结构和蛋白质序列的验证，符合进化图谱模型。综合各类横向纵向对比，此智龙就是从宋崖所推算出来的智龙进化而来。

陆才千道："哎！真的是智龙，要是它们的宠物该多好，这下人类怕是真的惹上麻烦了。许浪啊许浪！"

"你也不能怪许浪，大家都是一个团队。当时情急之下，许浪本能地扣动扳机。你换个角度想，如果许浪不开枪，对方先攻击我们怎么办？那现在躺在医院里的可就是咱们！"一向沉默寡言的李毅坤还是第一次长篇大论，他倒不是为许浪开辩，而是为了凝聚大家的心气，不要沉浸于过去的灾难。此时分秒必争，必须全力以赴面对未来。

辛若涵："可是这智龙，样貌怎么跟之前建模测算的差异这么大？"

胡奇说道："我也没料到，在地壳中6500万年，它们已经演化得远超出我们的想象。它们的身高缩小了一多半，只有1米多高；周身器官也都完全适应了无光线环境。此前我分析骨骼的时候就有一个困惑，它们的性别如何区分？现在见到了本尊，反而更加困惑了。它们既没有第二性征，也没有外露生殖器。更神奇的是，仅凭肉身就能冲抵激光枪如此巨大的威力，这太不可思议了。"

辛若涵："它们的科技也极为先进。你们看包裹它的金属服，比纸还轻薄，仿佛是直接操纵微观金属原子制作而成。这个工艺水平太可怕了。"

"是啊，只希望智龙不要误会我们，与我们为敌，否则胜负难测。"陆才千心想：照这么说，人类绝非对手。

辛若涵这才发现少了三个人："许波、许浪和林冉怎么都不见了？"

胡奇叹了口气："哎！现在不能见他们，他们都被隔离了。名义上被隔离，实际就是被关了起来。对这种情况，审判机也没办法裁决，只能等待上面的通知。"

辛若涵急了："怎么能这样？就算许浪开枪不对，许波和林冉怎么了？"

胡奇："组织上说，许波未经允许，擅自接触未知生命。"

辛若涵："那林冉呢？她又有什么错？"

胡奇："不知道。按说法，他们就是被安全隔离。"

陆才千内心也很是焦虑，心想，怕不是这一次探险失败，武司令食言，要清算他们？

宋崖宽慰道各位："先别多想了，现在如何与智龙和平相处，才是人类大事。至于大家的这次探险，是成是败，如何定性，也取决于咱们能不能平安度过这场风波。"

正在众人焦虑之时，智龙醒了。

θ. 外交官

萨拉在野领馆

外交官利辛格格接见了希丹。稍加寒暄，希丹便开门见山："我们发现了一种新型的半智慧生物，初步判断来自地表世界。它们袭击了我们的一名死士，并且绑架了我们的王储。它们很可能不怀好意，到地下来，是为了侵占我们拉瑞的领土。我们的王，伏苍子，已经率众前去抵抗，希望获得贵方的增援。"希丹心想，要尽可能将事情说得严重一些，让萨拉有威胁感，才能尽快说服它们来帮忙。

萨拉自从发展出了高科玄，便四处挖掘隧道，修建了星罗棋布的地桥系统，将所有的地下城四通八达地连接在了一起。每座地桥的两端，都建有萨拉的办事处，叫作"在野领馆"，有萨拉外交官驻扎，并持有能量转换器。萨拉宣称这是为了保障各部族的安全，防止大家在开拓领土的时候误入地幔，但实质上是为了方便萨拉在各处开采地热能源，同时又起到制衡各部族势力的作用。

萨拉本部离西邑实在太远了。希丹短时间内无法赶到，只能拜访这个距离最近的在野领馆。

利辛格格笑道："我们可以怎样增援？"

希丹道："我在来的途中已经听闻，贵方的科玄之术高深莫测，甚至超越了神话。听闻贵方有一种能量转换器，威力无穷，我恳请贵方提供此法器，助我御敌。"

利辛格格哈哈大笑："果然不出我所料，你们原始部族不思进取，不想着自己怎么努力发展科玄之术，就想捡现成的便宜。自从我们研发出了能量转换器，来登门求助的原始拉瑞部族数不胜数，理由一个比一个离谱。这位长官，您请回吧。"

希丹见对方不信，又将事情的来龙去脉仔细讲了一遍。利辛格格耐着性子听完，依然做了一个送客的手势："希丹，你的花言巧语骗不了我，你的故事也漏洞百出。按照你的说法，它们只是半智慧生物，又怎么能抓走你们的王储，击毙你们的死士呢？人类如果是来侵略地下世界的，那么我请问，是地壳地幔的能源多，还是外太空的能源多？它们如果是来开采能源的，为什么又要直接侵略你们部族？"

"这……"希丹心想，人类这矛盾的行为确实难以解释，它们又为何凭空出现在神话的空腔中。自己都解释不清的事情，自然也无法说服外交官，于是打定主意，换一个方法。

希丹掏出一个黑色小球，准备递给外交官，又不舍得拿回来看了一眼，最后下定决心递过去："这是西邑神话中的法器，其中含有至高无上的智慧。我愿意以此为交换，希望你们能与我们共渡难关。"

整个拉瑞世界都流传着不同版本的神话，但有一点是确定的，这颗黑色小球，是神留下的至高无上的智慧，其中蕴藏着宇宙间所有的真理。这颗小球世世代代是西邑的镇族之宝，如今希丹以此为质，想必所言非虚。况且它若真的来行骗，又何必编一出人类的故事？这期间怕是真有一些蹊跷。

利辛格格琢磨一番，推回了黑球：“此法器还是由你们继续留着吧，给我们只会有害无益。如果当中果真蕴含着神话般的科玄，我们破译掌握了，反倒会超过文明阈值，再次走向灭绝境地。不过我相信你的诚意。”随即挥挥手，招来一名随从：“准备十名勇士，各携带一台中型能量转换器，随希丹前去支援。”

希丹骑着霸王龙在前面带路，萨拉勇士乘坐瞬移器跟在后面。“这位长官，您的速度实在太慢了，让我们来搭把手吧。”说着，两名勇士一左一右夹着它，飞速前进：“您只需要调整方向，别在隧道迷宫里拐错了弯。”

利辛格格所说的文明阈值，是拉瑞的文明演化学科当中的一个概念。这是拉瑞们通过1700万年的文明史所总结出的规律。在此期间，文明反复出现又衰败总计有137次，其中有109次都引发了整个部族的灭绝，尤其是获得此前文明火种的拉瑞，具有十分迅猛的自我毁灭速度，其中最快的一次只用了不到20年。然后又不断有新的支脉从西邑走出，开拓新的文明。

物种的基因进化是十分缓慢的，即便会有很小的概率实现爆发式演化，但所需的时间也是百万年。而文明的爆发式演化往往只需要几万年，甚至几百年。更何况，掌握了文明的物种，往往已经在自然界演化成了稳定形态，而文明又会反过来限制其基因层面上继续爆发式演化的可能性。

这样一来，掌握文明的拉瑞早晚会步入自我毁灭的境地，这似乎成了一种宿命。直到23000年前，拉瑞文明第137次毁灭之后，萨拉一名卓越的文明演化学家发现了物种自身的演化不仅仅在于基因，还可以在于社会结构。也就是说，理论上文明可以一直持续发展，只要其社会结构也在不断进行适应性的演化。而衡量社会结构发展水平的唯一指标叫作万物博弈。

所有的个体之所以存在于这个世界上，是因为它有着最为本质的一种欲望，即“存在的欲望”，是生存的欲望、生育的欲望、传播自身理念的欲望、赢得利益的欲望等欲望的总和。个体在兑现其“存在的欲望”的时候，就会向整个社会施加一定的作用力，推动社会朝一个方向发展。而所有个体施加的作用力总和，便称为这个社会所承受的万物博弈。

如果个体间博弈力都很大，但万物博弈为零，社会发展便是静止的。也就是说，其内在群体之间已经达到了冲突最大化，处于洞穴困境的边缘，随时会走向自我毁灭的境地。如果万物博弈使得社会沿着熵增为零的方向发展，便说明个体的互利互惠情况达到了最高的水平，可以承载几乎无限快速的文明演化。

所以社会结构的演化，关键在于不断优化社会博弈力的方向，要不断调节每个拉瑞的“存在的欲望”。为此，拉瑞的科玄家发明了欲望监测器，确保每个拉瑞都能各得所欲，不会导致社会的发展方向偏离熵增为零的轨道过远。如果有的拉瑞过度兑现其“存在的欲望”，便会收到欲望监测器对它发出的警报，将会受到量子纠缠的制约。

这也是利辛格格拒绝接受希丹的小黑球的原因。如果萨拉引入其中的文明，便会扰乱现有的万物博弈方向，从而使文明发展迅速超过阈值，让整个萨拉联盟陷入内耗，直至毁灭。

西邑

伏苍子一众集结完毕。全部实性拉瑞调动浑身能量，开凿出了一个直径30余米的巨型隧道，然后将隧道上下全部打通，直至西邑地下城的顶部。这不能称之为隧道，俨然是一扇门。这意味着西邑将彻底与空腔连通。对于此次与人类交会，拉瑞们视死如归。

伏苍子一马当先。胯下的赤菟龙，身高近4米，比普通霸王龙大了整整一圈。1000拉瑞组成了十分壮观的恐龙军团：200拉瑞骑着霸王龙做骑兵先锋，500拉瑞骑着三角龙做步兵紧随其后，还有300拉瑞骑着翼龙做飞兵盘旋在上空。恐龙们不断地挥舞着尾巴，跃跃欲出。

恐龙一直在演化当中，在地壳之中成了半透明状态，但是其演化框架已经定型，只是因资源短缺而变得身材矮小。其身体没有本质的变化，它们的皮肤上依然覆盖着羽毛和鳞片。它们虽然有眼睛，但视力也完全退化，见到光会被刺激得头晕，所以需要把它们的眼睛都蒙起来。

伏苍子先派出一名侦察死士，前去探测空腔内的环境，不一会儿便报道："空腔内四处布置着激光炸弹！激光炸弹由众多能量密度较高的光粒子组成，就是攻击路端和广傅的凶器。"

淳于天心里一惊：人类居然如此恶毒，不仅杀我死士、虏我王储，现在还布置陷阱，想要灭我全族。看来不能以常理度之。按自己此前的计算，两个智慧生物见面爆发冲突的概率仅为0.2%，但前提是默认此生物都会遵守自然法则。而人类，显然是自以为可以凌驾于自然界之上的凶狠且自大的物种。

人类布置的激光炸弹，显然对拉瑞构不成威胁。雷烛派出20名实性拉瑞前去拆除，没多久就将激光炸弹清扫一空。

“出发！”伏苍子发号施令。

“出发！”拉瑞们同仇敌忾。

浩浩荡荡的恐龙军团缓缓进入空腔之内。伏苍子派出一支飞兵寻找人类出入口。片刻之后，一个飞兵在空腔顶部发现了痕迹：“人类是从这里来的！”

雷烛亲自跨上翼龙，直飞过去，铆足了劲，一瞬间便将人类焊死的关口击碎，然后挥挥手，派那个飞兵进去查看。飞兵上去之后，发现空腔顶部有一间小房子，里面还有很多人类的机械装置。它又飞到房子后面，看到有一条粗大的管道插在岩壁之中，但入口被焊死，便下来向雷烛汇报。

雷烛随它一同进入，再度发动司物之术，打开了焊死的门。那里赫然出现了一条狭窄的通道。雷烛用虹发射电磁波，以探查隧道的情况。

伏苍子：“情况怎么样，有人类的踪迹了吗？”

雷烛答道：“人类挖了一个隧道连通此地。可惜隧道过于狭小，只能容下一拉瑞一恐龙，而且七转八弯有近两万米长。我们逐个进去，会不会太冒险？”

伏苍子军队已集结完毕，箭在弦上，不得不发，遇到这点困难不会停止它的脚步，它下令道：“开挖！将人类隧道拓宽三倍。拉瑞三个一组缓缓前进！”

此时希丹已从萨拉在野领馆赶了回来，发现西邑王宫已空无一拉瑞，到驯龙场问了风于罡，才知道伏苍子已集结恐龙大军前往空腔。于是希丹又急忙赶了过来，见军团集结于此，顶部的实性拉瑞们正在施工。

“希丹，你回来得正好。我们发现了人类的踪迹。”伏苍子指着空腔顶部那个通道说，然后将里面情况也给希丹描述了一番。

希丹说道：“不用这么费力，萨拉提供了十台中型能量转换器帮助我们。”伏苍子大喜过望，对萨拉勇士们表示谢意，也把空腔和隧道情况详细给它们讲了一遍。勇士们眼见此情此景，知道希丹应该并无虚言。

萨拉勇士们掏出能量转换器，将隧道各项数据指标输入其中，能使能量转换器集合发出一个圆柱形的粒子波，顺着隧道而去，瞬间将外围岩壁切割下来。隧道内滚动运输线等人类的设备全部被压得粉碎。不一会儿，隧道便扩大了三倍。

勇士队长说道：“兹事体大。这万一引发人类和拉瑞的冲突，则后果难以预料，可否容我先返回萨拉在野领馆，向上禀告，再做定夺？”

伏苍子回道：“再次感谢萨拉的帮助，可是敌不我待。广傅，我们的王储已被掳走多时，生死不明，我们必须立刻前去救援。”

见队长还在犹豫，希丹道：“你放心，以大局为重，我们不会轻举妄动，先找到人类居所，然后想办法和平解决。我们只想救回王储，不会发动战争。”

队长无奈地点了点头：“那好吧，你们一定要想办法了解彼此，规避战争。”他随即派一名信使返回萨拉在野领馆：“速去禀报外交官，希丹所言为真，西邑部族正欲会面人类。为救王储，事出紧急，已出发。”

伏苍子犹豫片刻，拍着希丹的肩膀：“还得再辛苦你跑一趟萨拉。这次，把孩子们一起带上，连同西邑部族也一起带去吧。”

希丹不解：“这是何意？”

“首次接触，生死难料，如果我们不是人类的对手……”伏苍子顿了顿：“如果我们没有回来，你就带领部族投靠萨拉，也算保全了西邑的血脉。萨拉一直想得到我们的优良基因，它们肯定也乐意接纳你们。”

希丹双眼充满泪水：“我的王，你们此行一定能顺利解救广傅，平安而归！”

伏苍子坚定地挥动军旗：“出发！”

西邑军团三个一组列好阵。雷烛亲率霸王龙走在最前面，率领其他拉瑞徐徐向前挺进。不一会儿，它们就走到了隧道的尽头，又发现了一个焊死的门。这道门的厚度比先前的两道都厚许多，周边用厚厚的三层金刚石衔接。但这显然难不倒雷烛，它发动能量，只消几分钟就将门破开了。随即，它又将双手贴在岩壁之上，汲取热能以补充一路过关消耗的能量。

打开这道门之后，它们便进入了人类的S701管道。这里显然不再是天然岩壁，而是周边布满了金属管道。雷烛用虹不断发射电磁波，绘制管道的形状和长度。管道只有两百多米长，里面有非常多人类活动的痕迹。见再往前就是最后一道大门，雷烛心想，看样子，门外应该就是人类的居所了。

伏苍子已在它脑中建立量子纠缠。雷烛将情况实时传递回去，收到了一个坚定的信号：破门！

萨拉在野领馆

勇士队长回来后，报告了西邑的具体情况。利辛格格问道：“有人类的资料吗？”

队长答道：“没有，还并未与人类接触。看伏苍子那阵势，倒不像是骗我们的。”

利辛格格心想，如果真的有一个物种侵略地下且与拉瑞伯仲未知，则后果难料。此时缺乏实打实的证据，但按时间算，伏苍子恐怕已经进入了人类的地盘，现在再去取证也来不及。如果上报，但最后发现其实是谎报，自己的位置恐怕不保；但如果不报，如果人类真的大举侵略过来，则自己也是难逃失察之责。正在两难之际，一个随从来报，萨拉联合总署署长安鲁瓦来访。

利辛格格不知何故，因为这里只是边缘地带的一个在野领馆，何劳堂堂萨拉联合总署署长亲自探访？难道署长知道人类入侵，嫌我这里怠慢军情，前来问责？不对啊！这里路途遥远，按时间算，即便驾驶最高功率的瞬移器，在希丹还没到时，署长就应该已经出发了。如此未卜先知，难道总署的预言机已经如此先进，居然能推演到人类的入侵？

正当利辛格格苦思冥想应对措辞之时，安鲁瓦已经大步流星走进了领馆，一把推开办公室的大门，令手下陪同在门外等候，然后关起门来，问利辛格格道："我听说，西邑前来请救援，说是发现了未知智慧生物？"

利辛格格不知署长是要问罪还是嘉奖，低声不语。安鲁瓦语气缓和了下来："你如实说来，不会定你的罪。"

利辛格格这才把希丹前来求救的来龙去脉讲述了一遍。安鲁瓦问道："希丹明确说，这种未知生物，叫作人类？"

利辛格格回忆了一阵："没错，它原话是这么说的，还说这是人类的自称，不是它们给取的名。"

安鲁瓦大喜："那可有人类的资料？有没有见到它们长什么样？"

利辛格格回答说："还没有具体资料。外形的话，只知道它们能直立行走，身穿一层厚厚的防护服，可以反射和吸收光粒子。西邑的拉瑞是通过电磁波定位到空腔内的人类，还知道人类掌握了一定的科玄之术，有大量的机械装置。”

“直立行走，有反射防护服，还有机械装置。这就对了。”安鲁瓦自言自语道。

利辛格格弱弱地问道：“有什么问题吗，署长？”

“没有问题，你做得很好，辛苦了！”安鲁瓦拍了拍它的肩膀，便匆匆离开。安鲁瓦在办公室外对那名勇士队长说道：“你，带路，去人类的地下城。”利辛格格有点摸不着头脑，但庆幸此事与自己已无关系。

第三段 世界之外

师之所处 荆棘生焉
大军之后 必有凶年

零. 喜马拉雅

喜马拉雅地下城

萨拉文明在一次大规模扩张行动中，来到了喜马拉雅山脉脚下，探测到一个非常适宜的居所，蕴藏着丰富的地热能。

不过那里已经形成了一个空腔，就规模来看应该是一座地下城。萨拉的科玄家推测是另一支早期分化出的拉瑞部族，在很早的时候便占领了此地并创造了文明。于是，安鲁瓦决定派副官兰斯率领一支使者纵队前去建交试探。

兰斯带着能量转换器，顺着地桥赶往喜马拉雅地下城，临近之处，却怎么都找不到通往那里的隧道。萨拉凭借着超高的文明器物，并不需要派遣死士挖掘无退路隧道，而是直接向岩壁内打入数万颗粒子来探路，将周边地壳内部图形瞬间绘制而出。

那座地下城，居然是孤岛一般的存在，不与任何地方连通。

这便证明，这并非一座地下城，而是一种从未见过的地质现象，是一种纯自然现象。

于是安鲁瓦又派出一支科考队前去勘测。科考队员使用能量转换器小心翼翼地挖掘，临近空腔之时，慢慢剥开最后几百层粒子岩壁。发现有无数光粒子瞬间涌入，科考队员急忙用能量转换器将其吸收。惊慌未定之余，却发现空腔内部生活着另外一个物种。这真的是地外有地，拉瑞外有“拉瑞”。

科考队员在岩壁中安营扎寨，搭建了一个临时生态循环系统室。在观察了足足一个月之后，它们发现这个物种自称为“人类”，这里是它们建造的一座生态完备的地下城。而人类来源于何处，因何而来，则不得而知。队员们对人类的生物特点和科玄水平进行了全面的观察记录，并针对人类的特征定制了阅脑器的功能，还建立了一份详细的人类档案，这才回总署交差。

喜马拉雅山下有人类，这一消息迅速在萨拉内部传开，一时间令朝野震惊。一直以来，萨拉的科玄家都对拉瑞这一物种的诞生持怀疑态度。地壳内的资源开采难度极大，甚至不是自然生命可以做到的。若不是凭借高超的科玄器物，恐龙们根本无法将岩壁中的能量提取出来。那么，问题在于，这样一种环境，如何又可以演化出拉瑞这种高级智慧生物？萨拉部族起源于西邑，而西邑部族的起源则是一个谜，只有一个关于6500万年前的神话传说。而人类的发现，可以说佐证了神话。萨拉的科玄家们由此推测：喜马拉雅空腔之外还有一个广阔的世界。那个世界拥有充沛的资源，具备自然演化的条件，演化出了人类，而人类又演化成了恐龙。最后，拉瑞是从恐龙进化而来。

虽然萨拉的民众都不愿意承认拉瑞是从恐龙进化而来，但这是唯一符合逻辑的解释。拉瑞和人类分别用各自观测到的有限条件来推理对方的身份，所得出的结论自然都与事实有所出入。但结论传入民间，便会从假说摇身一变为真理，这便是逻辑自身的局限性。

不过在绝对的武力面前，恐龙是否演化自人类，事实本源究竟如何，便也无关痛痒。

根据科考队员获得的人类数据，萨拉的预言机对双方爆发冲突进行了模拟，考虑到了所有的概率事件，总共有31种结局。最坏的结局是在人类藏有威力极大的未知武器的情况下，萨拉无法战胜人类，但是萨拉也能全身而退。最好的结局是，萨拉只用20分钟就可以占领整座地下城，并且控制所有人类。其他29种结局都是介于两者之间，区别只在于占领地下城所需的时间，以及在战斗过程中人类的伤亡。无论哪种结局，因为二者的科玄差距实在过大，最终都是无一拉瑞伤亡。

根据萨拉的“能够=必须=合理”的哲学理念，因为萨拉能够征服人类，那么必须去征服人类，那么征服人类就是合理的。基于此简单的推理，安鲁瓦决定发起突然袭击以征服人类。

这个三段式理念便是萨拉与西邑最大的不同之处。西邑的文明演化学家认为，萨拉部族的所有精神世界都构建在这一个基础命题之上，这极大地限制了其精神世界的扩张。只要“我能够打死你”，那么“我必须打死你”，那么“打死你”就是合理的。如果每个拉瑞都这么想，那么文明的最佳用途就会被限定为武器，成为其自身过度消耗的根源，故而很容易达到文明阈值。这便是它们在过去1700万年中反复湮灭137次的根本原因。

但萨拉认为这是它们赖以生存的社会法则。萨拉认为，获取资源的最佳途径就是掠夺，扩张自己势力的最佳方式就是征服。

一切武器准备就绪后，萨拉军团穿好防光服，对喜马拉雅地下城发动了突然袭击，从各个岩壁管道破门而出，在每个管道中都派出10台大型能量转换器，将人类所有的光电设备瞬间破坏。

喜马拉雅地下城警卫员看见岩壁骤裂，急忙拉响警报。紧接着，岩壁中冲出一排排悬浮在空中的黑色金属球，将地下城的人造阳光全部熄灭。

常备军司令员还以为是阴山地下城率大军来袭，大惊失色，宣布进入特级战斗状态。常备军第一时间响应。常备军副官下令发射激光弹将其震慑住，却见激光束被金属球立即吞没，立刻以更快的速度射了回来。由于射回的速度之快远超拦截装置，激光束将背后的山体砸出10余米的贯穿洞。他这才放弃和谈幻想，也顾不得许多，哪怕同归于尽也要倾力反抗，令几十万高能量激光束一齐发射。耀眼的光芒几乎将整个地下城变成一个刺眼的炸弹。

可是这些光粒子居然被萨拉的能量转换器直接捕获，并吸收作为自己的能量补充。但是，安鲁瓦并没有将地下城摧毁的意图，而是紧接着派出一个阵列的阅脑器，含有成千上万台，与人类的大脑强势建立量子纠缠，并控制其想法。正如预言机所料，人类对此毫无招架之力，就像提线木偶，一个个跪地抱头，束手就擒。

幻影军自恃隐身，从各处极速赶来增援，但萨拉的电磁波探测器早已将其悉数精准定位，也瞬间将其全部控制住。

人类的军队在15分钟之内土崩瓦解。文政府和决策阁成员只见城中电光石火乍现，刚召开紧急会议，还没来得及商讨这场突如其来的战役该如何应对，仗就已经打完了。成员们在指挥部一个一个举起双手投降，并通过临时搭建的避险无线电全城广播，表示绝不反抗，希望和平解决。

萨拉军团对此并未理会。事实上，它们还不懂人类的语言，只当那是一道乱码。由于一切尽在控制之中，安鲁瓦便派出了先锋队，乘坐瞬移器环绕地下城，把每个角落都检查了个遍，确定再无危险因素，然后将100万人类，不分高低贵贱男女老少，全部带回总署。

整个过程只花费了2个小时，无一拉瑞受伤，甚至可以说，没有激起任何战斗。

安鲁瓦将人类带回萨拉之后，开始作为战利品标价出售。起初，拉瑞们并不觉得人类有何可取之处，甚至十分笨拙，远非最初科考队所汇报的那般智能。所以价格十分低廉，只消2000克一人，跟一只老弱三角龙相当。

人类的主要用途是在驯龙场内表演以供娱乐，在3V3的驯龙实战中充当小兵炮灰。霸王龙有着远古时期超强的意志力和上亿年不断演化的身体素质。虽然体型在进入地壳后不断缩小，但其战斗力反而有过之而无不及，可以秒杀北极熊与剑齿虎。所以在这些表演中，人类时常被霸王龙咬死或咬残，毕竟人命比平常的恐龙命还要便宜，所以没有拉瑞会在意。这个时候，人类基本上是消耗品，所以死伤不计其数。

后来萨拉的科玄家才发现人类并非笨拙，而是在黑暗中无法感知时空。在盘点人类物品时，科玄家找到了一种全息成像眼镜。这种眼镜是喜马拉雅地下城人类科学家发明的，可以在全黑环境中利用超声波扫描周边，然后对物体加以分析整合，建模形成立体图像，能让人类戴上之后在黑暗中如同白昼。在此基础之上，拉瑞又令人类科学家增添了分析电磁波的功能，这样便可以捕获拉瑞所发出的电磁波，帮助拉瑞与人类沟通。由于拉瑞的词汇量太大、语法也极为复杂，人类完全没法学习，但所幸人类的语言非常简单，拉瑞基本在3天～5天就能熟练掌握，因此与人沟通也不困难。

大家很快发现人类十分有趣，可以进行很多复杂的互动，甚至能担任工作当中的助手，完成一些智力活动。而且人类十分便于拉瑞的控制管理，只需要在其脑海中建立一组量子纠缠，便忠心不二，是很好的陪伴宠物。

由于萨拉富商的追捧，再加上人类已经损耗大半，人类立刻供不应求，成了稀缺的高端奢侈品。人类价格一路暴涨到10万克，其中品质优秀的甚至能卖到50万克。富有的拉瑞动辄圈养十几个甚至几十个人类，为其工作、服务、娱乐，更是将圈养的数量作为身份地位的象征。

所有的人类很快就售卖一空，而人类的繁殖速度却非常缓慢，怀孕需要一年，一胎通常只有一个，长大成人需要十几年。纵使安鲁瓦设立了一处大型人类繁殖中心，将最佳生育年龄的种男种女圈养在一起，进行不间断的交配生殖，繁衍速度也完全没法满足萨拉的需求。

萨拉总署，署长起居室

正在安鲁瓦苦思冥想之际，服侍它洗脚的一个年轻女性仿佛看穿了它的心思一般：“署长殿下，我知道您的顾虑是什么，我有办法。”

安鲁瓦低头一看，原来是上个月新来的女奴，便不想加以理睬，故意不说人话，而是发了一道电磁波：“你能有什么办法？”

女子回道：“我知道地壳之中还有100万人。”这名女奴始终低着头，留着一个干练的短发头，齐刘海，很清瘦。

安鲁瓦一惊，没想到这个女奴竟如此聪慧，能听懂拉瑞的语言，便认真地问道："在哪？"

女子却不紧不慢地说道："地壳中不仅有100万人类，而且有100亿胚胎。"

安鲁瓦简直不敢相信自己的耳朵，又用翻译器复述了一遍女奴的话，这才确信没有听错，赶紧问道："100亿胚胎？在哪？"

女子还是没有抬头，一边为安鲁瓦洗脚，一边与它谈起了条件。她表示，署长必须解除她的奴隶身份，让她获得与拉瑞平等的地位与权力，同时授予她掌管人类的权限，将驯龙场、人类繁殖中心、人类宠物市场都交由她负责运营。最后，为了确保她作为拉瑞的合法身份，要给她配备全套萨拉的科玄器物，包括阅脑器、瞬移器。最为重要的是，还要给她一台军方独有的超功率能量转换器，保证她在日常生活中不会被捕猎者所侵犯。

一些人类侥幸逃脱，流亡在野，将由捕猎者再度捕捉回来，而原所有者需要支付高额赎金与罚款。如果无拉瑞认领，那些人类将被押送至驯龙场进行最为残酷的徒手大战霸王龙的表演。这种表演与其说是大战，不如说是投喂。

安鲁瓦听她滔滔不绝地提了这么多要求，哈哈大笑道："真是一个可怜无知的人类。你认为，我凭什么会同意你的条件？我只需要开动一台阅脑器，便能对这100亿胚胎的位置一目了然。"

"我既然这么提出，您大可一试。"女子语气平和，却不卑不亢。

安鲁瓦立刻开启阅脑器，向她发射出一颗粒子。见屏幕上没有显示相关信息，安鲁瓦被激怒了："你在撒谎！并没有这么一回事！"

"您再仔细看。"

安鲁瓦加大功率，发出了一系列粒子。粒子在女子脑中畅游，在海马体、杏仁核、顶叶皮层等各部位建立了量子纠缠遍历。屏幕上显示的结果为：

该女子知道100万人类与100亿胚胎的事情，因为这是她的亲身经历，但是目前在哪她并不知道，然而，她深信自己有办法得知此事。

安鲁瓦还是头一次看到如此诡异，甚至自相矛盾的事情，一时间竟语无伦次："你……这……这怎么可能？你到底是怎么骗我的！"

女子莞尔一笑，一边给安鲁瓦擦脚一边说道："您不相信我，还不相信科玄之术吗？阅脑器，是不会骗人的。只要您答应我的条件，我就帮您去获得这些珍贵的人类生命。"

"你叫什么名字？"安鲁瓦警惕地看着脚下的女奴问道。一瞬间内，它又惊喜，又诧异，又恐惧，内心如翻江倒海，竟不能控制自己的思绪。

惊喜之处在于，这100亿人类胚胎不仅仅是具有商业价值，只要具备发行节奏，逐渐释放到市场上，便可以作为萨拉，乃至整个拉瑞的货币增发基础，可使用千秋万代，永不枯竭。

诧异之处在于，眼前这个女子是何来路，竟连阅脑器都不能奈何她。自己高高在上，而她只是卑微的一介女奴，自己却不得不对她妥协求助，那人类还有怎样的能力是萨拉没有发觉的？

安鲁瓦环顾四周，看着家里的人类奴仆来来回回忙前忙后。这些被我们踩在脚下、随意操控的人类真的如此无害吗？会不会有一天，反倒成了我们引狼入室？

“你到底是谁？”堂堂萨拉总署署长，声音竟有一些颤抖。

“魏子青！”女子缓缓抬起头。

2063年

眼见着刘星莎、宋崖、胡奇、卢兑震等身边所有人被接送至安全屋，等待入住地下城，魏子青却迟迟等不到通知。她急得四处奔走，可乱世之下根本无人理睬。

众人也迟迟不见落单的魏子青，四方打听，才知道中枢院在终审名单中剔除了她。在有限的名额限制下，魏子青最为人微言轻，究其身份也是一名科研助理。她发现恐龙二号的功劳，最后被刻意抹去。她的魔鬼玩笑屡次在会议上把智库成员、太空军，甚至中枢院的人都惹恼了个遍。大家表面风平浪静，大局为重，实际都怀恨在心。加上各方势力竞相角逐，最终中枢院在法定流程之下将她剔除出去。

刘星莎四处求人，可是在安全屋内已没什么施展的空间，所能联系到的人十分有限。地下城大局已定，外面又乱作一团。眼看就到了入住地下城的最后日期，李文军将自己的名额让给了魏子青。由于阴山地下城已经关闭，于是李文军将魏子青送到了喜马拉雅地下城。

而魏子青并不知道这期间的曲折，她从小集万千宠爱于一身，有着父母长辈无微不至的关爱，要什么有什么，哪受得了这般折腾。进入地下城之后逢人就说，自己险些遭小人算计。谁知算计她的“小人”，也是当年看她不满的那些人，正在地下城文政府担任要职，直接将她关押了起来，准备判处她死刑。

这些人指控魏子青身份存疑，是通过非法手段进入地下城。军政府中有李文军出生入死的战友，自然不容李文军牺牲换来的名额就这样被无端剥夺，对这些指控提出了上诉。

魏子青的官司把整个军政府和文政府都陆续卷了进来，成为地下城权力斗争的导火索和枢纽。官司打了好几个回合，牵扯到的原罪愈发失控，双方也只能作罢妥协。眼看魏子青要被释放，又有人指控她是“火种计划”的始作俑者，导致一座地下城没能得以完工，牺牲了足足一百万人。那些人认为此计划本身犯有诈骗罪、危害国家安全罪、煽动分裂国家罪等一系列罪名。

军政府这边依然寸步不让，加上地下城法律系统并不完善，对地表时期的原罪裁定存在争议。经过各方势力的彼此妥协，最终魏子青既没有被定罪，也没有被释放，一直被关押在戒备区随时候审。

正在这时，萨拉袭击了喜马拉雅地下城。魏子青趁乱跑出戒备区，却见整个地下城黑漆漆一片，所有人如同丧尸。正在疑惑之际，她便失去了意识。

等她再醒来，发现自己在一个黑漆漆的屋子内，看到迎面走来两名活骷髅，血肉之后能隐约见到白骨，十分瘆人，又尖叫一声吓晕了过去。再醒来时，她发现自己身上全是被霸王龙抓的伤痕，身旁还有一个男人。

男人是这里主家的奴隶，每天负责给院子里的恐龙洗澡。魏子青也是这家买来的奴隶。一番了解下来，魏子青才明白整个来龙去脉，瞬间感觉三观被惊得稀碎，险些疯过去。

这个男人，名叫周森，曾是人类著名的脑神经科学家，是催眠领域的大师级人物。他独创了一套记忆回溯切割法，在催眠状态下，可以引导个体在进入放松和专注状态后，回忆起特定片段，再用诱导性话术对目标记忆片段进行切割。经过多次回溯切割的迭代，个体的每段记忆都成为极小的碎片，再也无法拼接成有效信息的载体，从而达到选择性失忆的效果。

男子实在不忍见魏子青每天着魔一般撞墙扯发，便用这项技术将此间痛苦暂时消除。魏子青大感震惊，提出要拜师学习。她也着实聪颖，不到一个月的时间就会了这项催眠技术，并且更进一步，她还可以进行自我催眠。

因魏子青极富灵性，很快便和这些宠物霸王龙成了好朋友，并且可以用人类的语言给它们下达简单的指令。她突出的表现引得了主家的注意。正逢全息成像眼镜问世之际，随着人类身价暴涨，这位主家为了求官，便把魏子青送给署长做女奴。署长家中圈养的高质量人类何其多，只是给她安排了为署里的拉瑞们洗脚的活儿。

每天无所事事的魏子青心中无比痛苦，她恨人类的背叛，先是被踢出地下城名单，险些丧生在恐龙二号的灾难之中，好不容易进入地下城又被一直关押，刚从戒备区逃离出来，居然遇上了真的恐龙，还沦为了奴隶，从小到大被捧在手心里，现在每天要跪着给这些怪物洗脚。

从未受过委屈的魏子青在这一阵子受尽了世间的所有委屈，她想要遗忘，用学到的回溯切割的催眠技术把这些事情彻底忘掉，她甚至想忘掉，自己是魏子青。

她进入催眠状态前的那一刻，忽然在脑海中闪过一个念头，接着便有了一连串的计划。魏子青在心中反复推演了几遍，确保这个计划万无一失。她立即醒来，将关于阴山地下城和火种库的信息关键词写在便利帖上，并标记好信息的拼接方式，随后将自己催眠，把相关记忆片段都切割得粉碎。

她缓缓地跪在署长的脚边，她要让所有人、所有拉瑞，都付出代价。

萨拉总署，署长起居室

魏子青盯着安鲁瓦，莞尔一笑。

安鲁瓦看魏子青长得十分甜美，从人类审美的角度来说可谓无可挑剔，眼神晶莹透彻，这才舒了一口气。看来自己刚才的担惊受怕实属多余，这样一个温婉的人类弱女子，能有什么坏心思呢？

兑现了魏子青所提出的条件，安鲁瓦果然如约获得了阴山地下城的线索，立即派出一支先锋队，向阴山方向飞驰而去。不一会儿，有一个侦察兵回来报告说，西邑发现了新物种，应该就是人类。

安鲁瓦很是振奋，应该就是人类了，大致方向也没错，但为什么会出现在了西邑？难道被那帮原始拉瑞捷足先登了吗？安鲁瓦赶紧带着几名侍卫亲兵赶往离西邑最近的一个在野领馆一探究竟，令大军紧随其后。

壹. 解救龙质

阴山地下城，S701管道入口处

雷烛集中精力，调转周身能量，其间也混杂着它的怒气。只听轰隆一声，管道大门应声而碎，雷烛便率领飞兵进入了地下城。

管道大门的周边被幻影军包围，有的驾驶着无轨飞车在空中盘旋，有的在地面埋伏。常备军也都在地下城各个地方严阵以待。李咏之驾着激光炮，举着扩音器，不断高声重复着："我们是善意的！"

雷烛还没有学习中文，挥动着双臂，示意李咏之退后。翼龙军团在上空盘旋，与幻影军仅在咫尺之间。双方紧张地对峙着。不一会儿，伏苍子率领着霸王龙部队也紧跟了进来："我们也是善意的！"

李咏之大惊，没想到引以为傲的隐身幻影全组件，智龙还是能看得清清楚楚。更惊讶的是，智龙居然掌握了人类的语言，而且是字正腔圆的中国话。

见李咏之还没缓过神，伏苍子问道："你们为什么要挟持广傅？还有，我们最为忠诚的死士也因你们的攻击而死！"

李咏之心想，原来这只智龙叫广傅。还有一名死士？当时检查了空腔，并没有发现还有一具骨架啊。但他也顾不得细想，赶忙回道："这一定是误会！当时我们正在旁边的空腔勘测，由于广傅突然出现，我们的自动激光枪不慎射向了它，所幸它没有受伤，正在接受我们的治疗。我们当时没有见到贵国的死士，这想必也是一场误会。"

"误会？你是说，激光枪自动射击？你们没法控制它？"伏苍子一边问道，一边用电磁波将李咏之说的话翻译为拉瑞的语言告诉同伴们。

"可以控制……但是它有一个自动装置，只要有人扣动扳机，它就会自动瞄准并追踪目标。"李咏之解释道。

伏苍子："是谁开的枪？"

李咏之："开枪的人叫许浪，是我们的一名战士，已经被关押了起来。"

伏苍子："许浪为什么开枪？"

李咏之："许浪……他当时突然听到您的死士，还有广傅说话，受到了惊吓……他的行为完全出自本能，我保证，这是一个意外。"

"本能？低等动物一般的本能吗？"

见伏苍子还要问个究竟，淳于天也率领着三角龙步军进入了地下城，打断了它："我的王，无须多问。人类是未演化完的半智慧生物，它们控制不了自己的行为，也完全有可能。这个理由不重要，现在重要的是把广傅救回来，并且，弄明白人类来此处的意图。"

淳于天这番话是用声波表达的，大部分都是次声波和超声波，在空腔的岩壁和四周的建筑物中产生阵阵回声，愈发猛烈。幻影军在次声波和超声波的密集夹击中，感到身体有微弱的震动，并伴随着阵阵头晕和恶心。

由于事情发生得太突然，李咏之以为智龙在发动声波武器，连忙举起双手："请你们一定要相信我们！我们是善意的，绝无谎言。这是一个误会，但我们会为自己的错误负责。你们有什么条件，我们好好谈一谈！"

伏苍子："第一，归还广傅；第二，离开地壳。如此，我们便对你们犯的错不予追究。"

希丹听罢立刻用虹发出一道电磁波："可是路端，它……"

伏苍子回了一道电磁波："拉瑞死不能复生，节哀顺变。我也很心痛，但希望这真的只是一个误会。只要人类肯永远地离开地壳，这件事就到此为止吧。"

希丹无奈地点点头，虽然路端是它一手培训出来的死士，它也最为不舍，但此时也只能接受现实，因为人类彻底离开，确实已经是最好的结局。

李咏之犹豫地说道："第一点好说，我这就派人去把广傅接过来。至于第二点，我们还真的一时半会儿没法离开。"

"为什么？你们从哪里来，为什么要到这里打扰我们宁静的生活？"伏苍子很是不解，本来以为人类应该会立即答应这样大度的条件，没想到人类居然贪得无厌。

李咏之解释道："因为我们本来的世界被一场陨石灾难摧毁了，迫于无奈，我们只能建造这座地下城避难。而地表还要五百年才能恢复，到那时我们才能离开。"

雷烛顿时提起了十足的精神，对伏苍子说："你问它，地表是哪里？它们来自地壳外面的世界？那是一个有光的世界吗？快，帮我问问！"

伏苍子翻译完，李咏之答道："是的。我们的世界建立在地壳的最表层，有白天和黑夜。白天有充足的太阳光……"接着，他把地表的世界和慧T的来龙去脉解释了一番。

雷烛心想，这么说神话不只是传说，看来我们真的来自那个遥远的、有光的世界，于是问道：“6500万年前发生了什么？”

李咏之很疑惑，6500万年前？什么意思？于是谨慎地答道：“6500万年前，有一颗陨石，撞向了地球，导致恐龙灭绝。所以我们把这次陨石雨称为恐龙二号。”

陆才千心想，这只智龙居然这样问，难道说它们不知道自己的来历？甚至不知道自己是智龙？眼珠子一转，计上心来，便拽住李咏之，压低嗓音说：“李将军，你看它们都是骑着恐龙，也不见有什么现代化装备武器，可能是6500万年前被困在了地壳之中，一直苟活至今。它们虽然当时进化出了很高的智慧水平，但现在显然不具备科技，如同原始人一般。您现在可以下令，一万名幻影战士一起射击，定能将它们瞬间全部气化。”

李咏之抿了抿嘴唇：“这恐怕不妥吧。我们犯错在先，误伤了它们，刚进行友好的沟通，就发动袭击……”

“地壳资源紧张，不比地表。我们两个差异如此大的物种共处一城，即便不先发制人，以后有了冲突摩擦也难免爆发战争，如果到时候它们都准备就绪，那我们再想消灭它们恐怕要付出很大的代价。若现在发动奇袭，您下一个指令，就能解决问题。”陆才千一直立功心切，如果现在能帮助消灭对面这一群怪物一般的智龙，不仅能抵消他在此前探险队的失职，而且会成为人类的头号英雄，分分钟晋升至决策阁。

李咏之是名军人，军人以执行命令为天职，虽说事发突然，将在外军令有所不受，但主动出击，而且是全歼敌方，对于这么大的事，他自觉不能承担擅自做主的后果。但是这个提议确实诱人，如同子午谷奇谋。如果上报武司令，他很可能求稳而不会同意，就算同意恐怕也错过了最佳时机。

在短短几秒钟之内，李咏之做了一番激烈的心理斗争，然后心一横，举起拳头，将大拇指紧紧贴着发动进攻指令的按钮，随时可能会按下。

正在二人交头接耳之时，淳于天观察到了二人的动作表情异常，提醒伏苍子小心它们心怀鬼胎。伏苍子发动通灵之术，与它们建立了量子纠缠，对它们的所思所想一目了然。

拉瑞本想维护和平，可人类居然想先发制人。伏苍子立刻打断了他们二人的想法，令他们跪地举起双手：“你们人类着实可恶！我好心与你们谈判，对你们犯的错误也既往不咎，可你们居然想要消灭我们！”

陆才千刚做着晋升决策阁的美梦，却突然发现无法控制自己的身体，扑通一声跪了下去，举起双手，脑子嗡嗡直响。

李咏之脑子里也一片空白，眼睁睁看着自己做跪地投降状，直到这强大的控制力散去，才怔怔地回答：“不，不，我们绝不会做这样的事！陆先生是我们的参谋，他只是提出一个方案。方案只是一种可能性，还有待论证的。这种方案即便提出，论证后也绝不会通过啊！”李咏之虽然这般回答，但他自己也不知道这个方案如果经过论证之后能否被通过。

这是人类固有的思维流程，见到万事万物，先会产生意识。意识经过整合形成想法，想法通过表达形成语言，语言落实出来才能引起行动。这期间的每个环节的转换率都很低。意念的发动只有自己知道，比如，自己看到有人受灾会有怜悯之心，但不一定会去救助；看到美丽的异性便会心动，但不一定真的会上前搭讪。

而拉瑞的思维流程则是将所思所想直接落实到行动之中。它们的交流沟通往往是出于交换信息，一旦信息全面就会做出行动，可谓知行合一，或可叫作自谦之道，格物、致知、诚意、正心、修身一气呵成。

拉瑞难以理解人类这种分节且缓慢的思维过程，正如人类掌握了理性之后便不会像动物那般听从本能行事。所以李咏之的解释在伏苍子看来苍白无力，无异于狡辩。

出于社交礼貌，执性拉瑞一般不会使用通灵之术操纵其他拉瑞，但是人类的行为令伏苍子再难容忍，它命令道："第二个问题，我们稍后再议。为了取得我们的信任，你们需要将关于人类、关于地表世界，所有的资料都交出来，供我们验证。第一个问题，归还广傅，需要你立刻执行！"

说罢伏苍子通过量子纠缠，控制着李咏之的身体，令他的身体如同机器人一样，机械地迈着步子，走向医院。

陆才千已经彻底慌了神，他发现智龙看上去如此矮小，一个见不得光的半透明怪物，浑身裹在黑色金属里，骑着蒙眼的恐龙，分明是一个未经文明开化的物种，却有如此高超的能力，可以读取心思，操纵意念。他再想起之前的广傅，仅凭借肉身就能抵抗激光枪。这样的敌人，如何应对？为了避免卷入眼前纷争，陆才千趁乱一溜烟逃走了。

阴山地下城，医院

广傅感觉浑身无力，头晕目眩，不知过了多久，也不知道自己在哪，缓缓睁开双眼，发现四周漆黑一片。"没有光，太好了，我是回家了吗？”它心里想着，用尽浑身力气坐了起来。

它用虹发射一股电磁波，却发现四面八方全是铜墙铁壁一般，自己居然身处一个狭小的牢笼之中。

“看来不是在家，我在哪，是被捕了吗？”广傅提高了警惕，想要发射一束能量波攻击前方的墙壁，却发现全身居然没有一点能量可用，它这才回忆起来发生了什么，临晕倒前，和路端调用全身能量才挡住突袭来的激光束。

诶，对了，路端！路端呢？

广傅四下张望，发现路端不在身边。它摸一摸身上，知道金属服都还在，仔细感受了一下身体状态。还好，一切生命体征完好，只是大腿有轻微烫伤。但它急须补充能量，即便没有地热能，哪怕吃一顿饭也可以啊！否则它只能榨取内脏或骨骼中的能量，这将造成不可逆的损伤。它不知道的是，不久前路端就是死于能量透支。

正在此时，“咚！咚！咚！”胡奇敲着玻璃。广傅听到牢笼外面响起了敲击声，一个激灵：是谁？中间的虹四处转动，像是在巡视；身体如打坐入定一般纹丝不动。

胡奇看到广傅有了反应，十分激动：“快看呐，它坐起来了！”

常鸿此时也刚从指挥部赶了过来，边走边说：“智龙首领已经率领部队闯入了地下城，与我军展开对峙。它们随时都可能对人类发起进攻，你快打开舱门，把智龙归还。”说着，常鸿便准备打开医疗舱。

李毅坤上前一步拉住了他：“不行！不能还！”

常鸿厉色道：“你这个小孩，难道要违抗军令吗？”

李毅坤：“机器人！你想一下，它们如此大动干戈前来救这只智龙，说明什么？”

常鸿一心想执行任务，还没反应过来：“说明什么？”

李毅坤解释道：“说明它不是一只普通的智龙，身份必不同寻常。我们以它为质，反而能确保安全。地壳是它们的主场，它们的智慧、文明，还都比我们先进，如果就这样轻易把它送回去，以后一旦智龙对我们发起进攻，我们定无还手之力，只能任其宰割。”

“所以呢？”常鸿还是没明白过来。智龙的突然出现，不仅击碎了人类的三观，也扰乱了常鸿的程序，他正在极力纠正自己的思考模型。

李毅坤说出计划：“所以，我们以这只智龙为质子，要求它们退出地下城，如此才能相安无事。”

常鸿想了想：“不行，据说智龙有一种神奇的能力，能操纵人心。我们以它为质子，如果它来强取，我们没法阻拦。”

李毅坤问道：“它们怎样操纵人心？”

常鸿表示也不知道，又说根据刚才战场发生的事情推断，对于人类心里想着什么，它们全能读到，而且可以给人类输入想法，让人类不由自主地按照它们的指示行动。即便李咏之作为一名军人，拥有钢铁般的意志都无法抵抗它们的读心术。并且这样的操纵看似不需要任何条件，在很远的距离都可以立即实现。

胡奇盯着医疗舱里的智龙，看不出它有任何超能力，心想：为什么这只智龙如此普通？它为何不直接操纵我来打开舱门？但现在时间紧迫，容不得他做科学研究，他便喃喃地说：“我也不知道，我们本以为很了解智龙，直到真的见到它们时，才发现自己一无所知。”

“那现在可怎么办？前线对峙紧张，快想想办法！”常鸿已经收到了前线的催促。

“这还真的难办啊……”胡奇摇摇头。

李毅坤沉吟片刻，说道：“好办。我们以智龙为质子，创造一个可以自动执行的死亡威胁。”

宋崖也心领神会：“智能合约！”

胡奇问道：“具体怎么做？”

“我们以这只智龙为质子，但只留下一个人独自做这件事，不让其他人知道他们藏在哪，那么就算智龙首领操控我们的心思也没有用。与此同时，我们要求智龙退出地下城，设置一个智能合约：如果1小时之后，地下城检测器发现它们还没走，就会触发合约内容，将绑在质子身上的激光炸弹引爆。”

李毅坤一边解释一边和宋崖操作笔记本电脑：“智能合约已经布置好了，随时可以发布。”

“如果它们不同意呢？”胡奇问道。

李毅坤：“不会的。智能合约运行在地下城区块链上，一经部署，无法撤回。节点在地下城各个地方，它们不知道在哪，甚至不知道有多少，便无法阻止。同时，我们需要让它们知道这是会自动执行的。也就是说，这个智能合约，是一个自动执行的死亡威胁。对此，它们只能查看却不能更改，所以为了救质子，只能先行退出。”

“这样一来，它们可能会先退回空腔当中，那如果我们永远不归还质子，智龙不还是会来强攻吗，与我们鱼死网破。”常鸿质疑道。

李毅坤：“没错，所以我们必须和它们谈判，达成一个条件，然后归还。”

常鸿："可是无论谈什么条件，只要我们归还了质子，死亡威胁也就一并消除。它们再来报复，我们还是无能为力。"

"这……起码可以先拖延一阵子。"李毅坤一时间也没了想法。

"事已至此，也没有更好的办法了。"常鸿下了很大的决心，对着李毅坤说道："部署智能合约！"

"已部署。"李毅坤按下回车键，顿了顿，说道："现在只有一个问题，由谁来独自挟持智龙？"

常鸿："解铃还须系铃人。许浪本就铸下大错，才导致人类陷入现在这般境地，那这个工作就由他完成。"

胡奇担忧地说道："可是……万一智龙不按套路出牌，不肯妥协，激光炸弹引爆，许浪也……"

常鸿下了命令："没有万一，总要有人执行。"

众人都沉默不语，相当于默认了必要时就牺牲许浪。常鸿拨通了地下城监狱的电话，将许浪押送过来。如此布置了一番，许浪对此一无所知，所以欣然接受任务，还庆幸这正好是一个立功赎罪的机会。

医院另一边，对智龙机体的化验已经完成，所幸没有未知病毒，便将许波和林冉解除了隔离。许波和林冉会合一处，赶往战场。许浪一人独自留在医院，负责通过地下通道把质子秘密运送到隔离间。

李咏之被当作提线木偶一般，来到了医院，正碰上许波、常鸿、胡奇等一众人走出大门。许浪还在里面秘密转移智龙。由于这件事可不能让任何人看到，常鸿急忙拦住他："李将军，里面正在执行秘密任务，请您止步！"

李咏之一声不吭，用力推开了常鸿。常鸿很疑惑，拉住他："李将军，我回头跟你解释！”

李毅坤见状飞身将李咏之扑倒在地：“快来控制住他！他已经被智龙操控了！”几人一起帮忙，把他用手铐锁在了门口台阶旁的栏杆上。

李咏之眼睛布满了红红的血丝，还是一声不吭，只是拼了命地挣扎，想要往医院里面走。手都磨出血了，嘴里叽里呱啦喊个不停。

常鸿担心弄不好会出人命，情急之下，只得一记手刀切到后脑，将其击晕。

“太可怕了！智龙操纵人心！太可怕了！快，跟它们去谈判！”胡奇已经惊慌失措。

话音刚落，全城响起了“嘟！嘟！嘟！”的一级警报：警告！有不明闯入者！

几人踏上无轨飞车，正欲赶往S701管道入口，忽然眼前呼啸而过一群智龙。它们没有骑着恐龙，而是身体凌空飘荡而行，腾云驾雾一般，身着也全然不同，全身裹着白色防护服，手持一个黑色小球。

许波问道：“这些智龙在做什么？找广傅吗？”

“不，它们跟入侵来的智龙样貌完全不同。入侵者都聚集在S701管道大门那边。这个警报是从岩壁检测器发出的，这说明它们是另外一批入侵者！”常鸿说着捕捉它们的飞行轨迹，迅速进行了计算分析，指着相反的方向补充道：“它们飞往那个方向！”

40分钟前，西邑

安鲁瓦抵达西邑，发现王宫空无一拉瑞，到驯龙场，遇见了刚回来的希丹，问道：“你们的王呢？”

“它已经率领部队去找人类了。您怎么来了？”

“往哪条路走？”安鲁瓦并没有理会希丹的问题。

希丹心想，可能是在野领馆的那名外交官上报了联合总署，署长深明大义，懂得唇亡齿寒的道理，亲自当先锋前来支援，便指了指空腔的方向：“您是来帮助我们的吗？”

安鲁瓦心想：西邑王居然想吃独食。人类的火种库，足足100亿个胚胎，价值连城，千万不能让伏苍子捷足先登，至少也得分我们一半啊！安鲁瓦匆匆点头道：“没错，我是来帮助你们的。”然后安鲁瓦率领萨拉勇士们顺着希丹指的方向来到空腔之中，看着顶部隧道的痕迹，心想：伏苍子应该是率军从这里入侵人类世界的，应该也是刚来没多久。我们拉瑞少，为避免抢夺人类火种库的时候发生冲突，还是换一条路为好。

安鲁瓦如此这般盘算着，然后拿出探测器，查明了地下城的具体方位，又用一台能量转换器，不一会儿就造出了一条长达7千米的隧道，直通到人类地下城的另一侧，随即率领勇士们乘着瞬移器一路直冲进去。

随着“轰隆”一声，S701的管道对侧的岩壁被署长砸穿了一个洞，引起了人类的警报器“嘟嘟嘟”的响声。此时，人类军队和西邑的恐龙军团在另一侧对峙，也都被这突如其来的入侵警报吓了一跳。

贰．心跳私钥

“火种库！它们的目标是火种库！”胡奇喊了出来。

火种库是人类未来的全部希望，里面有地表时期100亿人的全部克隆胚胎，同时，也是对智龙来说最为有价值的东西。胡奇想到这里，急忙去启动无轨飞车。无轨飞车在关键时刻却显示动力失灵，换一辆还是失灵。安鲁瓦用能量转换器破坏了城中的电力系统，令无轨飞车全部失灵。

来不及了，胡奇疯了一样奔向火种库，心肺已经近乎炸裂，喘着粗气开动地下通道的入口。火种库位于一处不起眼的角落里，需要从冷冻库打开一道暗门，进入地下30层。地下30层，这里是整个地下城最为安全的地方，需要层层验证生物信息才能进入，有着迷宫一般的通道。

胡奇以最快的速度来到了火种库，看着眼前一列列液氮罐，里面有100亿个胚胎，培育之后就是100亿个鲜活的生命。他这才反应过来：“自己可以做什么呢？如何阻止智龙发现这里？”

只要火种库存在，智龙一定能找到。它可能会让这些人全部复活，然后做智龙的奴仆、宠物、工具人。足足100亿人服务智龙，想必供给已远远超过基本需求，也许它们会做更加令人无法接受的事情。

比如，智龙将人类作为食材烹饪，有红烧的、清蒸的、烧烤的。胡奇想到了昨天刚吃了一顿爆炒羊羔肉，那如果智龙获得了火种库，也许它们就会有一道菜叫作爆炒人婴肉。想到此，胡奇差点吐了出来。

再比如，按照它们的喜好，让人类直系亲属之间交配以培育特定的品种，如腿特别短的人，竹竿般瘦高的人，肌肉隆起的人，把人都培育成畸形的怪物，去满足智龙的审美。胡奇想到这些，顿时冷汗直流，觉得自己的后代如果被培育成这般模样那真还不如直接被炖了。为了让人类更听管教，智龙还会把人类阉割。对于工作繁忙的智龙，它们还会选择笼养，让人类终身如同坐牢。更可怕的是，这些残忍的、逆着自然规则的种种行为都会打着保护人类的旗号，甚至口口声声说把人类当作自己的亲眷。

两个智慧水平、文明水平相差如此之大的物种必然会产生这种结局，二者没法和平相处，因为毫无平等可言。正如人类如何对待动物一样，智龙也会如何对待人类。人类所有的道德，在智龙的世界里都不值一提，只能为仆为奴，甚至为宠为食。

胡奇细思极恐，这绝不可以发生！人类作为地球的主宰，称霸食物链顶端上百万年，这绝不可以发生！

可还能怎么办呢？难道要把火种库销毁吗？好死不如赖活着，还是宁死不屈？躲过了恐龙二号，却碰到了智龙。命运啊！为何如此捉弄人！难道真的没有办法了吗？

正在此时，火种库发出“滴！滴！滴！”的入侵警报，这是最初常备军设置的警报。一旦有人暴力打开冷冻库通往地下层的暗门，火种库便会立刻发出警报。

“这么快就找过来了吗？”胡奇忽然觉得一阵头晕目眩，难以控制自己的身体。

“完了，它们试图要控制我的大脑。来不及了，胡奇，快想想办法！”胡奇集中精神，与脑中这股神秘力量做着殊死搏斗。他拼命摇着头，眼镜都掉到了地上。

阴山地下城，冷冻库

安鲁瓦率领勇士们乘坐瞬移器赶到此处：“就在这里！火种库就在这里！”

勇士们飞速搜索着，安鲁瓦启动探测器。仪器“滴！滴！滴！”发出提示，在地下100多米，有人类生命体征！

“在地下，找入口！”安鲁瓦一边说着，一边启动量子纠缠器，试图去匹配搜索目标，但信号极其微弱。其中一个粒子矩阵绑定了胡奇，立刻给他下达指令：“打开液氮罐的加密锁！打开液氮罐的加密锁！”

阴山地下城，火种库

胚胎封存在液氮罐列阵中，必须输入密码才能开锁，而加密锁是用非对称加密算法中椭圆曲线加密算法所设计的。人们通过公钥可以查看里面胚胎的状况，而智囊团和决策阁成员都知道公钥，可以随时查看。但是如果想要取出胚胎，则需要私钥签名。私钥是根据胡奇的心跳生成的，是一个根据一分钟的心电图编码生成的2^{32}长度的字符串的范围。加上椭圆曲线加密算法的安全性基于椭圆曲线离散对数问题，想要通过公钥反向破解私钥，计算量堪比对宇宙未来万余年的事情进行精准预测，远远超过人类所有量子计算机的总和，即便是拉瑞中最出色的预言家也根本无法计算出来。

这是最高级别的加密。通常的生物信息是验证虹膜、指纹等，但如果眼球、手指被窃取，或者信息泄露被模拟出来，则有失窃的风险。每个人的心电图都是独一无二的，则安全级别更高。而同一个人的心电图，随着身体状态不同，也并非完全相同。此加密算法的另一精妙之处在于，一分钟的心跳监测可以兼容误差，形成一个字符串范围。

密码锁牵连着引爆装置，如果试图进行物理攻击，哪怕是原子层面的破解，只要没有进行私钥签名而打开了液氮罐，其内部的激光炸弹便会被自动引爆。

“也许真的没有别的方法了。”胡奇绝望地闭上双眼。还没来得及悲伤，大脑又传来信号：“打开液氮罐，打开它！”

胡奇凭借强大的意志力与大脑的指令做着对抗，掏出一把锋利的小刀，割破了手腕，用流出的鲜血在旁边写下一行血字：“你知道，我一直爱着你。”

作为生物学家的胡奇，知道割腕最快也要十分钟才会死亡。也许就在这十分钟内，自己的大脑会挣脱自己的意识，于是胡奇用尽最后的力气，一刀刺向了自己的心脏。他的心里还在默默祈祷着：“但愿你能明白我的心思。”

三年前，人类还生活在地表。由于刘星莎刚观测到恐龙二号要撞向地球，他们一众人相聚在宋崖北京的别墅中，吃着火锅聊着天，假借白泽逃过了李文军的监控。

那个时候，大家多么年轻，多么意气风发。灵动的魏子青，自信的卢兑震，洞若观火的宋崖，还有自己一直暗恋着的女神刘星莎。他们在茶室里雄心壮志地制定了“火种计划”，一步步渗透到太空军指挥部，将计划变成了现实，付出了多么大的努力，又有多么大的代价，牺牲了一座地下城才建成这火种库。想起来，这一切多么荡气回肠。

如今，李文军已经牺牲了，卢兑震被关在戒备区。突如其来的智龙灾难……真正的恐龙，远比恐龙二号还要恐怖百倍千倍。所有人的脸上只有阴霾，也不复往日的容颜。可是你知道吗，我一直爱着你，就那么深深地爱着你。你必须知道啊！这可是人类的未来，我们的心血……现在轮到我用生命来守护。

胡奇脑海里全是以往的画面，但意识渐渐地模糊了起来。此时他的大脑对他下达的指令更强烈了，而他的身体已经没有能力响应，很快便失去了生命体征。

安鲁瓦领着勇士们顺着地下迷宫一路赶到火种库，转过最后一道弯，见到一个玻璃冰柜。看到里面排列着整齐的液氮罐，安鲁瓦兴奋极了：“发财了，发大财了！一百亿，足足一百亿人类胚胎！一万年都卖不完！不，它们可以世代繁衍！永远也卖不完！”

安鲁瓦赶了过去，站在胡奇的尸体旁，也全然无视地上的血泊，兴奋地触摸着玻璃墙：“打开门！”

一名勇士上前试图打开，发现要输入密码，于是掏出预言机破译。仪器飞速地闪着光。见许久没有结果，安鲁瓦有点着急了：“快，破译密码啊！”

勇士答道：“我们只掌握了公钥。这密码是人类发明的一种加密技术，没有私钥打不开，就连我们的预言机也无法破译。”

安鲁瓦对此难以置信："什么？我们的预言机能精确计算到地壳之中无穷无尽的粒子状态，还奈何不了这小小的加密锁吗？"

拉瑞的文明固然超出人类不知道多少个段位，但也有其能力盲点，其一便是数学。拉瑞在生物进化上便达到了肉体操纵微观粒子的能力，在其文明诞生之初也便能直接操纵微观粒子。在它们的世界观中，这是理所应当的事情。它们认为微观粒子的组成结构就是生活中的常识，反而不需要如人类从最基本的数学公理开始推导，一步步发展了几百年才摸到微观粒子的边。

也正是在这个发展过程中，人类凭借数学这个抽象的工具，可以进行思维层面与虚拟世界的探索，如计算机就是数字状态的排列组合，再如保存火种库的非对称加密算法。这些数学工具，恰恰是拉瑞不具备的。它们的计算都是非常直观的对于现实世界的推演，可以根据粒子的运作规律和状态来预测未来，可以统计几乎无穷多的微观粒子的状态，但是没有建立数学模型，也没有开创数学算法。

正当安鲁瓦无奈之时，兰斯押着宋崖跟了过来。由于胡奇独自一人跑到了火种库，宋崖很不放心，也与众人分开跟了过来，刚到冷冻库，就被兰斯碰个正着，还被它控制了起来。

"你，打开这个密码锁！"安鲁瓦指着宋崖道。

宋崖："这个锁我也打不开。我们也只有公钥，可以查看里面胚胎的状况，若要取出胚胎来，必须请胡奇博士本人到场。"

"胡奇博士？是他吗？"安鲁瓦将胡奇的尸体翻了过来。

宋崖顿时吃了一惊，没想到这些高等文明的智龙也是如此残暴，一言不合就杀死了胡奇。他刚想要冲过去查看，却被兰斯控制住不能动弹："胡奇博士！胡奇博士怎么了？你们把他怎么了？"

"他死了。"安鲁瓦淡淡地答道。

"你们为什么要害死他！"

"不是我们害死的，在我们赶过来的时候他就倒在了血泊之中。事实上，我在来之前就发动通灵之术试图控制他。我发现他在割腕，但是我与他相隔太远，中间隔着一百米的岩壁，只通过一个粒子缠绕到了他的大脑。我极力阻止他这样做，但还是控制不住他，而他割腕之后又用刀刺穿了自己的心脏。"

见安鲁瓦话已至此，宋崖明白过来了，胡奇为了不让智龙获得人类的胚胎，牺牲了自己，于是解释道："这是非对称加密算法生成的密码锁，私钥是胡奇博士的心跳。他已经死了，也就是说，门永远也打不开了。"

"连你们自己也打不开了吗？"安鲁瓦问道。

"打不开了。"宋崖暗自伤神：胡奇啊，胡奇，你怎么这样傻，你死了又有什么用呢？智龙无法获得胚胎，我们也无法获得。与其这样，还不如把胚胎交给智龙奴役更好，总归有活着的希望，现在这样永远活在液氮罐之中，活在这冰柜之中，又与死了有什么区别呢？

安鲁瓦用阅脑器感受到了宋崖内心的想法，才接受了这一事实，只得无奈地说："太可惜了，多么好的人类胚胎。愚蠢的人类，宁愿杀死自己，也不愿加入我们的部族。"它摇摇头，整理了一下防护服，带领萨拉勇士们乘瞬移器漠然离开。

宋崖留在原地，等拉瑞离开之后，立刻冲到胡奇的身边："你怎么这样傻啊！"边说边查看胡奇的伤口，忽然发现地上的血迹之中已有凝结的痕迹，远看像是一串文字。

“死亡信息？难道胡奇没有彻底封死这冰柜？这条死亡信息才是私钥？”宋崖爬过去，仔细辨认这痕迹：“你知道，我一直爱着你。”

宋崖赶紧清理好现场之后，连同血字一同洗净。

阴山地下城，S701管道入口处

李咏之迟迟没有回来，反倒是常鸿率众返回到了管道大门口。

伏苍子厉色问道：“广傅呢？”

“对不起，广傅暂时回不来了。”李毅坤说着播放了一段广傅的视频：“不过您放心，它现在身体状态良好。”

为了证明视频是刚才实时拍摄的，李毅坤狠心在自己的脸上划出一道血痕，将此一并拍摄在内。

“那为什么回不来了？”伏苍子对于人类所用的计谋不甚明了。

“如果归还广傅后，你们不信守诺言，对我们打击报复，我们便无能为力，所以为了双方的和平起见，我方认为应该扣留它为质。请您率众于一个小时之内离开我们的地下城，否则它将有生命危险。如果您配合，那么我们可以确保它的安全和健康。”李毅坤看似是一个孩子，实际比常鸿这台机器人还要冰冷，还要坚定，再加上此时自己又占据优势地位，更加有恃无恐，不紧不慢地解释道。

伏苍子不相信人类居然真的想要以卵击石：“你们怎么敢的？我们随时可以发动通灵之术，控制你们所有人。你确定要这样做，引起我们两个种族的战争吗？”

西邑拉瑞是淳朴的原始拉瑞，它们向来以自然的态度对待众生，不会发动种族之间的大规模战争。如果是萨拉，二话不说就已经将人类都制服了。可是人类没有成本去相信眼前的智龙，只能假设最坏的情况，极力牵制对方。

李毅坤依然毫不畏惧地把智能合约的工作原理告诉了伏苍子，并进行了现场演示。当条件符合预置内容时，智能合约便会自动执行。

人类出乎意料地牵制到了自己的软肋。伏苍子一时间怒火攻心，但很快调动神经系统，自行调节了肾上腺素，只消不到一秒钟便平复了心情，这就是拉瑞强大的情绪控制能力。

旁边的一众拉瑞看着两者对话都很着急。伏苍子给它们讲述了现在的状况后，淳于天此时觉得之前低估了人类："人类虽然只是一个半智慧生物，居然演化出了用虚拟数字控制实体的方法，还用如此恶毒的方式对待我们。"

希丹建议道："那为了救广傅，我们现在别无选择，只能先行撤退。"

"然后呢？它们始终不归还广傅怎么办？"雷烛问道。

"与它们交换质子，与它们谈判和解条件，这一步只能这样走了。"希丹建议道。

淳于天："解铃还须系铃者。我们要求当时伤害广傅的人类来当质子，与它交流，也助于我们弄明白人类的目的到底是什么。"

伏苍子于是转头说道："我们同意退出地下城，也希望你们信守承诺，可以照顾广傅的健康，否则我们将发动全面战争。但是我们也有条件，请当时伤害广傅的那个人类站出来，跟我们一同离开。"

众人你看着我，我看着你。伏苍子想要互换质子，它想要的人是许浪，但恰巧许浪正在私藏广傅，没人知道他在哪。如果没有人能代替许浪承担这个责任，恐怕真的会突破智龙的底线。

就在大家束手无策之际，许波不知道哪里来的勇气，挺身而出：“伤害广傅的人是我的双胞胎弟弟，我愿意替他为质！”

许波说着就准备往前走。林冉一把拉住他，咬着嘴唇直摇头。许波握住她的手：“放心，没事的。”

眼看着许波向对面的恐龙军团中走去，翼龙在空中哗啦啦扇动着翅膀；霸王龙和三角龙在地下来回跺脚，掀起阵阵尘土；所有的智龙都在黑色金属袋里裹得严严实实。伏苍子极富立体环绕感的声音回荡在地下城中：“可以！”

在这骇人的场面中，职业军人都冷汗直流，林冉却着了魔一样奔向许波：“我和你一起去！”

伏苍子淡淡地说：“可以！”

许波一把推开她：“你快回去！”

“你不是说会没事的吗？那我为什么不能去？”

“林冉，你……你真的不能来！”

林冉见状，索性甩开了许波的手，直冲恐龙军团而去。许波着急坏了，紧追了上去。众人眼见二人消失在了恐龙军团之中。

叁．三角制衡

安鲁瓦此时也带领着勇士们来到这里，与伏苍子一族拉瑞们相遇；武司令也亲率常备军奔赴此处。三股势力汇集在管道大门前这一个狭小的空间，大有剑拔弩张之势。

整个地下城的警报响彻云霄。所有居民不知道发生了什么事，只听说有入侵者，都紧闭门窗。

“伏苍子，你来这里做什么？”安鲁瓦用虹发射出一道电磁波问道。

“我们的王储广傅被人类抓走了，特来此处救援。没想到您能亲自前来助阵，真是感激不尽。其实人类的战斗力很有限，也就不劳烦您了。”伏苍子也发出几道电磁波回答道。

安鲁瓦：“我可不是来这里帮你的。”

伏苍子：“那您是？”

安鲁瓦：“我是来捕获人类的，难道你不是吗？”

伏苍子：“不，我们只想救回广傅。”

安鲁瓦：“既然如此，那我们不客气了。你可别后悔，怪我们独享这笔财富。”

“财富？”伏苍子有点摸不着头脑。

“对啊！在萨拉，一个人类已经价值几十万克！你还不知道吧，我们已经捕获了整整一座地下城的人类，听说这里还有一座地下城，足足100万人类，还有100亿的人类胚胎，特地赶过来捕获它们。”安鲁瓦见伏苍子一众没有和自己争的意思，心想说实话倒也无妨，反正它们很快也就知道了。

见两个拉瑞在这里驻足凝视，常鸿为武司令解释它们正用电磁波沟通。即便常鸿可以监听到它们发射的信号，但它们的语言过于复杂，缺乏对比样本，因此语言分析系统一时间无法破译。常鸿只知道这两拨智龙看起来还不是一个阵营，各有各的目的。

安鲁瓦说罢便令兰斯拿出能量转换器，准备攻击人类。

“且慢！”伏苍子情急之下发动通灵之术，在安鲁瓦脑中建立量子纠缠，下达了停止进攻的命令。

安鲁瓦脑子一阵发蒙：“伏苍子！你这是干什么！你想要攻击我们吗？你们不是不要人类吗？”

伏苍子道：“我们不要，但你们现在也不能要。”然后又把广傅如何受到智能合约的死亡威胁讲了一番。

安鲁瓦道：“这样吧，我们做笔交易。我降服人类之后，我只要火种库里的胚胎。这些人类，都归你。”说着又下达了进攻命令。

伏苍子又纠正了它的命令：“什么交易都不行！我必须先救出广傅！”

安鲁瓦又一阵头晕目眩，气急败坏：“伏苍子，你疯了吗？100万人类，你可知道值多少钱？至少上千亿克啊！这足够你们全体西邑拉瑞过上我们萨拉拉瑞这般物质充沛的高质量生活。”

“钱是你们的生活方式，与我们无关。为了救广傅，我必须阻止你。”伏苍子依然毫不退让。

安鲁瓦打量着伏苍子，心想虽然萨拉大军的支援马上就到，但西邑部族也悉数在此，如果贸然动手，鹿死谁手还真不好说。

伏苍子也打量着安鲁瓦，心想如果安鲁瓦来硬的，也只能拼了。安鲁瓦只带着兰斯，如果动手，要赶在萨拉援军到达之前结束战斗，才能尽量减小损失。

就这样，人类、西邑与萨拉形成了三角制衡，陷入了僵局。人类掌握着广傅的生杀大权；伏苍子为了救广傅，必须保护人类；萨拉想要捕获人类，必须先战胜西邑。

表面上看，萨拉拥有极为先进的科玄文明，手握威力巨大的能量转换器，而西邑只是原始拉瑞部族，因此双方差距悬殊。但实则恰恰相反，萨拉联盟在过去几万年间开疆拓土，征服了其他文明拉瑞，但唯独征服不了西邑这些原始拉瑞部落。几次在边境试探，都以失败告终。后来双方达成了和平协议，也渐渐地适应了彼此的存在。

这是因为，1700万年前，不断有拉瑞走出西邑。它们通过发展文明，最终演化出了萨拉，而文明的演化带来了基因的退化。过于依赖科玄之术，便疏于锻炼自身的禀赋，久而久之，萨拉的拉瑞几乎丧失了第二性征的各项禀赋。它们用高超的能量转换器代替了实性拉瑞的司物之术，用原子计算机代替了依性拉瑞的预言之术，用量子发射机代替了执性拉瑞的通灵之术。

西邑部族始终保持在原始状态，从未演化出文明，但它们的各项能力在1700万年的时间长河中也取得了更大的进化。不像萨拉文明的周而复始，前前后后重启了100多次，西邑的基因进化从未中断，并有过3次大爆发，单凭肉体之躯，就可以达到操纵夸克级别物质的能力。所以面对萨拉先进的科玄器物，它们也并不落于下风。

用拉瑞文明演化学的术语来说，西邑的拉瑞部族虽然还没有文明，但是有更高的文明阈值，一旦发展出文明，将能达到高得多的水平。

安鲁瓦对此心知肚明，如果和西邑真的开战，很可能还没来得及开动能量转换器，便全部被西邑执性骑兵所控制。就算侥幸发射出了能量波，在西邑依性步兵和实性飞兵的配合阻击下，也对西邑拉瑞造成不了多大伤害。

伏苍子也时刻保持警惕，量子矩阵随时待发，如果发现安鲁瓦有意向进攻，就立刻发动通灵之术，改变其心志。就算没来得及控制所有萨拉勇士，只要有能量波发射而来，淳于天就会一瞬间计算出能量波轨迹。雷烛收到运算结果之后，可以从能量发射轨迹的后方将其吸收，反而为己所用。

萨拉的科玄武器和西邑的拉瑞禀赋难分高下。在这种情况下，当然谁也不敢贸然行动。

眼看时间一分一秒地流逝，马上就到一小时了，伏苍子令部族挨个进入管道内部，缓缓退出地下城。只有雷烛和淳于天与它一同留下继续和安鲁瓦对峙。

常鸿喊道："10！9！8！7！6！"

伏苍子紧紧盯着安鲁瓦，安鲁瓦的虹光也聚精会神。淳于天的大脑在飞速地计算所有结局发生的概率，一秒钟之内闪过数不清的念头。安鲁瓦的预言机也已经运算到开始滚烫。雷烛开始汇聚周身能量，如果有需要，可以在一纳秒内全部爆发出来。安鲁瓦的能量转换器功率也开到最大在空转，随时可以发动全面攻击。伏苍子调度了所有能操纵的量子，猛烈地冲击安鲁瓦的阅脑器。

人类世界只是过去了几秒钟，但拉端的世界仿佛停滞了。

“5！4！3！”

安鲁瓦突然启动瞬移器，连同众勇士们一起立刻消失不见。

“2！1！”

伏苍子它们也转身一跃，从管道大门飞身而出。

武司令悬着的一颗心这才终于落了下来。在这场惊心动魄的三角制衡中，人类取得了最终的胜利，也暂时摆脱了被奴役的命运。

阴山地下城，胡奇墓前

随着所有智龙的离开，地下城又恢复了往日的宁静。一切来得这么快，所幸去得也很快。由于常鸿已经将胡奇安葬于一块墓地，众人一同前去祭奠。

地下城为了节约极为有限的空间，要求所有人死亡都只能安排火化，并将骨灰融入人造生态循环系统，不允许建墓地。只有胡奇的离世，让决策阁特许批了一块墓地，将他的尸体完好无损地冰冻保存起来。墓志铭就是他的死亡信息：“你知道，我一直爱着你。”

常鸿：“让我们谨记这场灾难，谨记胡奇博士的牺牲，他是为了保卫火种而选择了牺牲自己。”

全场伫立默哀。

葬礼举行完毕，众人还伫立在胡奇的墓前，久久不愿离去。离去，又能去哪里呢？人类和两股智龙势力形成了三角制衡，短期内是安全的，但是长期呢？何去何从？如果相持不下，怎么办？胡奇留下的死亡信息里，真的有私钥吗？如果有，怎么破解？

刘星莎的眼角默默流下几滴泪水。她的脑海中闪过三年前的那些画面，和胡奇死之前脑海中闪过的画面一模一样。沙发上的白泽仿佛就在眼前用她的口吻安慰着她。从发现慧T，到“火种计划”，再到智龙，经历了这么多，人类还是逃不过死亡的宿命。

她擦了一下滑在颧骨上的泪水。不知什么时候，她秀气的眼角已经有了两道皱纹。

“也许，我知道私钥是什么。”她紧紧牵着宋崖的手，小声说道。

“我知道你知道，不要说出来，直到智龙彻底离开，直到我们返回地表。”宋崖说道。

“‘火种计划’，一定可以成功。胡奇，不会白白牺牲。”风吹干了她眼角的泪水。

“嗯。”宋崖也坚定地点点头，心里想着，还有什么，比这更重要的呢？如果换作是我，也会用生命来守护，现在，就让我用生命来守护她吧！

其实刘星莎一直知道胡奇的心思。虽然他从未表白，但他这么多年无论遇到什么事都对自己保持着绝对的信任。结婚以后，刘星莎多次要给胡奇介绍女朋友，甚至还介绍了魏子青，都被胡奇看都不看拒绝了：“你知道，我的心不会改变。”

当然，宋崖也能感觉得到，但自己与胡奇是发小，而且胡奇又从未有出格之举，反倒向来毕恭毕敬，自己也就不愿说破。

刘星莎认为，胡奇的死亡信息是指私钥更换成了她自己的心跳。之前趁着帮刘星莎安排体检的时候，胡奇确实偷偷录制了一段一分钟的心跳。每当夜深人静之时，他便听着这心跳入睡。

在最后时刻，胡奇将私钥权限转移到了由他录制的心跳所生成的加密字符串范围之上。

虽然宋刘二人不知道胡奇是如何得到刘星莎的心跳记录的，但都心如明镜一般。所幸智龙不知道这件事，也不会仅凭一摊血迹就逐一调查，这才将人类火种库完好无损地保存了下来。

阴山地下城，居民区

萨拉和西邑离开之后许久，陆才千和李咏之躲藏在居民区的角落仍然惊魂未定，直到听闻路上有人走动，叫喊着“没事了，智龙已经走了”，这才探出头来。二人反复询问路人之后，这才放心。二人都被智龙吓得不轻，对其自然恨之入骨，一起抱怨了一番。

二人一边往指挥部走，一路打听到胡奇为了守护火种库不惜自杀的悲壮故事。现在很多人都在参加胡奇的葬礼。

思维敏捷的陆才千立刻意识到私钥必在死亡信息里有所传承，试探地与李咏之商议道：“萨拉署长来势汹汹，就是为了火种库而来，恐怕不会就此善罢甘休。如果能交出私钥，岂不是人类都能幸免于难？”

“何止幸免于难！”李咏之咬着牙蹦出几个字，做了一个数钱的手势。

陆才千心里暗喜，没想到李将军和自己不谋而合。二人不禁畅想着未来，大有相见恨晚之感，准备等萨拉署长卷土重来的时候，便可以火种库为筹码，设立一个人类繁殖中心，将胚胎源源不断出卖给萨拉，来换一个人类总管之类的职务。李咏之早就想取代武司令的位置，陆才千一心想在地下城扬名立万。如今趁此危机，二人一拍即合。

李咏之吩咐道："快去胡奇葬礼，看看有没有什么线索！"

阴山地下城，胡奇墓前

二人到葬礼时，已经快要结束。所有人都默默伫立，该怎么知道谁有私钥的线索呢？陆才千灵机一动，有了办法，混入人群之中，专门找左右嘀咕或者看起来紧张的人，走到身边附耳过去低声说道："胡奇死得冤。你一定要守护好私钥。"那人疑惑地看了一眼陆才千，摇了摇头，表示自己和私钥没有关系。

陆才千就这样一个个筛查，没有引起任何注意。问到刘星莎时，她还沉浸在悲伤之中，本能地点点头，随即一想："陆才千怎么知道私钥在我身上，难道是在套话？"赶紧矢口否认："什么私钥？"

陆才千见状，便已经有了七八分肯定，兴奋得一路小跑，叫上李咏之赶紧返回指挥部做好准备："现在已经基本确定火种库的私钥跟刘星莎有关系，很可能就是在她手里。"

李咏之还在迟疑："可这也难以知道私钥到底是什么？"

陆才千："刘星莎就是行走的人形私钥啊！将军可否找个理由先将她抓捕扣押？"

李咏之摇摇头："幻影军不负责地下城的运营事务，贸然抓人，会因抓捕的程序不规范而被质疑。不如你我二人穿上幻影服将她挟持回来。"

陆才千："这也不行。如果一个大活人凭空失踪，我们又没能审问出个结果，这反倒暴露了自己。"

二人又商议了一阵，苦思冥想之后也没有什么好办法。陆才千说道："她在明，我们在暗，倒也不急于一时。我再找机会多打听，私钥是什么形式，和刘星莎到底有什么关系。"

阴山地下城，指挥部

李毅坤顾不得参加胡奇的葬礼，急匆匆来到武司令的办公室。

武司令道："快进来，我们的小英雄。刚才可多亏了你，危机已经化解了。瞧你还是一副紧张的样子，先坐下。"

李毅坤直接冲到武司令的办公桌前，双手用力撑着桌子："司令，危机没有被化解，才刚刚开始！"

武司令略带疑惑："不是你用智能合约制造的死亡威胁吗？萨拉和西邑的智龙都已经离开，那现在还有什么危机？"

李毅："萨拉来者不善，无功而返之后一定会卷土重来。如果它们回来，咱们一定不是对手。当时现场一片混乱，现在火种库的私钥恐怕都已经暴露了！我们可能里外受敌啊！"

李毅坤尚未成年，在关键时刻沉着冷静，化解了此次危机。而他的这个担心不无道理，武司令仔细斟酌了一番之后问道："那你觉得应该怎么办？"

李毅坤："我们应该把广傅送还西邑，求得它们的原谅，然后带上火种库、全部居民、全部物资，立刻投奔西邑！"

见武司令凝神看着自己，一言不发，李毅坤继续说道："此前西邑和萨拉双方对峙的时候，西邑已经全部出动，萨拉却只有一个长官和几名随从，想必萨拉的整体实力远甚于西邑。自古以来，如有三股势力博弈，必然是两个弱小势力联合起来共同抵抗强大的一方。”

武司令点点头，继续沉思着。李毅坤说得没错，如果萨拉真的归来与人类对决，则人类只能是坐以待毙。如果人类投靠对方，则毫无谈判筹码，甚至会沦为奴仆。而西邑对抗萨拉肯定也需要人类的帮助，一定会冰释前嫌。更何况，看两边的状态不难判断，西邑智龙只为了讨回广傅，危急时候又不惜与萨拉对峙保护人类，因此多半是善意的。萨拉智龙却只为掠夺而来，多半是因为本性如此。

想到此，武司令拨通了左右副官的通信频道：“立刻安排全体常备军，护送全体人民，携带全部物资，转移至隔壁空腔，并派遣先行使者与西邑智龙交涉讲和。”

待一切安排妥当，又拨通李咏之的通信频道交代了一番：“你率领最亲信的幻影军官，护送刘星莎到西邑。这是最重要的任务，你务必亲自去！”在李毅坤所提建议的基础上，武司令又留了一手，将火种库依然保存在地下城作为最后的筹码。

“好的，保证完成任务。”李咏之放下电话，不禁笑出声来。陆才千在旁边也听得一清二楚，跷着二郎腿得意扬扬：“真是踏破铁鞋无觅处，得来全不费工夫。”

肆. 人龙涌动

萨拉本土，阿尔卑斯山下

安鲁瓦从阴山悻悻而归："这个伏苍子，着实可恶，坏我好事！"

副官兰斯道："要不要回喜马拉雅，问清楚那个女奴，看她是否知道私钥的事情？"

安鲁瓦摆摆手："不必了。此前她也说了实话，私钥确实在胡奇手中，可惜他却自杀了。现在也不仅仅是私钥在谁手里这么简单，而是西邑还要横加阻拦。要想获得人类火种库，必须彻底征服西邑那帮原始拉瑞。我们这里这些军队对付人类还行，但对付西邑还是不够的。咱们现在回灯塔山，请示罗门，再做打算。"

兰斯："那个女奴，要不要拿下？"

安鲁瓦瞪了它一眼："你是不是拎不清？现在驯龙场一天赚这么多钱，如果拿下她，那军费从哪来？"

见兰斯连连点头，安鲁瓦又补充道："把喜马拉雅地下城驻军也一并召回，如果罗门军权给得不够，咱们还是得用自己这点亲兵。"

兰斯犹豫道："可是，全人类都还在喜马拉雅，若将驻军全部召回，它们会不会反叛？”

安鲁瓦又瞪了它一眼：“我看你是真拎不清啊！即便人类全副武装，我们也能不费吹灰之力，就使它们沦为阶下囚。现在人类都手无寸铁，留下100个拉瑞做好基本安防工作就够了。当务之急，是召回大军，拿下阴山的火种库，征服西邑伏苍子，懂不懂！”

兰斯连连称是，两拉瑞和一些随从亲兵便直奔萨拉本土而来，乘坐瞬移器，经历了上下起伏的几千座地桥，终于到达了本土入口，验明身份之后，又换乘一架带有绝热防护层的瞬移器，穿过层层隘口，从小路七拐八转，因为两边岩浆涌动，虽然有绝热防护层，但也不停有热汗直流，稍有不慎坠入地幔则死无葬身之地。登录本土大陆后，安鲁瓦顾不得歇口气，直奔东北角的灯塔山而去。

萨拉本土地域十分广阔，远非原始拉瑞部族狭小的地下城可比，位于阿尔卑斯山下，将整个高原下方的地壳连成了一片，东西横贯400多千米，南北纵横200多千米。四周都挖破了莫霍面，直达地幔；周边有2000多千米宽的滚滚岩浆烈焰环绕，犹如一道不可逾越的护城河。萨拉本土只有一条狭长小路连通外部，是极其易守难攻之地。

整个萨拉本土，犹如地狱一般恐怖。广袤的内部地区里又分割成48个区域。各个区域之间也都有沟壑挖通至地幔，连接汹涌澎湃的岩浆。区域越靠近边缘，则生活环境越恶劣，居住的拉瑞越低贱。

萨拉总署位于本土的东北角。但总署署长并非萨拉本土的当权者，而只是行政长官，或被称作罗门外围。“罗门”，是萨拉本土的实际掌权者的统称。50多个拉瑞家族都居住在总署附近一个名为“灯塔山”的地方，而通往这个地方的大门叫作“罗门”，也成了它们这个集团的代称。

罗门垄断了萨拉一切资源和权力，包括所有土地的所有权、科玄器物的专营权、立法权、司法权、军队控制权等等，并通过一系列复杂的税收制度来使得其余拉瑞无法积累自己的财富资源，从而永远处于被剥削的状态。

罗门阶层对于几乎所有拉瑞来说都是隐形的，所以大家只知道署长。署长表面上看是萨拉至高无上的王，并且是由每个拉瑞投票选举产生的，但实际上每个投票的拉瑞都被阅脑器所操纵，而署长完全听命于罗门。罗门也并非坚不可破的一个整体，而是又分为5大派系。每个派系有自己独立的政治组织，彼此之间有清晰的利益划分范围；每个派系又有两名长老作为代表，共计10名拉瑞，构成萨拉上决院；每个派系又根据所占利益的权重比例派出相应代表，一般有四五十名拉瑞，构成萨拉下决院。所以，整个萨拉的当权者是罗门世袭贵族，面对公众的是其指派的上下两院代表。署长虽名为署长，实际是萨拉的打工者，负责执行两院的决策命令。

萨拉本土，灯塔山

灯塔山是一个环形会场，因其中心有一形似高耸灯塔的装饰性建筑而得名。会场中正在召开征服人类主题听决会。安鲁瓦刚一到大门口，便被两名拉瑞带入会场中询问台上。萨拉的决策都是由听决会所产生，而听决会是上下两院的长老所组织召开的。如此一来，听决会的决策由各位长老投票表决，名义上便是代表全体拉瑞。

召开听决会的时候，长老们都悬浮在一个液罐之中。液罐里有精密仪器，可以操纵拉瑞的大脑持续分泌旺盛的多巴胺。

上决院院长卡伯韦尔一边体验着巨量多巴胺带来的快感，一边漫不经心地问道："署长先生，你征服喜马拉雅一百万人类的事迹我们已经知道了，并且听说你运营得很好，还听说你又发现了一座阴山地下城，也顺利征服了吗？"

安鲁瓦不敢有所隐瞒，摇了摇头："因为西邑拉瑞突然横加阻拦，没法贸然行动。"

卡伯韦尔问道："西邑……它们的王叫伏苍子，是传说中最古老、最原始的那一脉拉瑞？"

安鲁瓦答道："是的。它们拼死守护阴山人类，而且人类过于狡诈，竟然用一种叫作智能合约的技术，能自动引爆火种库的炸弹，于是我只得暂且放弃。"

卡伯韦尔点点头："你孤身前往，英勇可嘉，碰到敌人殊死反抗，这怨不得你。"

另一位下决院长老说道："灭绝偏远地带原始拉瑞的主题在上次听决会没有被通过，正好可以借此机会与征服人类的主题合为一题。西邑拉瑞背叛种族，与人类联手，试图威胁文明拉瑞生存，并大举发动进攻。这个罪名，足令全天下的拉瑞唾骂痛恨它们。我们借此大军压境，将不服从管教的原始拉瑞全部消灭，将萨拉福音传播到每一个拉瑞身上。"

一位长老问道："署长，你可探明西邑的虚实？"

安鲁瓦答："已探明，当时西邑恐龙军团全部集结于阴山，有三角龙步兵，霸王龙骑兵，翼龙飞兵，各有几百，联合起来一千有余。"

长老们都哄堂大笑，一位长老说道："哈哈哈！愚昧的西邑啊，伏苍子是吧？恐龙军团是吧？现命你率领两千名精锐拉瑞，让它们各自携带一台军用能量转换器。全军还配置十套超功率全组件，再加上你们总署自己的私军，对付阴山的人类和西邑那帮乌合之众，应该绰绰有余了吧？”

“足够消灭它们十次！”安鲁瓦说着接过军印，准备退下。

“慢着！人类火种库，你务必要保全，知道怎么做吗？”一名长老叫住了它。

“知道。围而不攻，以武力持续恐吓，命它们交出火种库，可保它们活命，则它们不得不交。等拿到一百亿人类胚胎之后，再将原始拉瑞全部杀光，将人类全部奴役。”这对安鲁瓦来说是常规操作。

“我听说你把喜马拉雅交由一个人类在运营？”有一名下决院长老担心地问道。

卡伯韦尔是喜马拉雅地产的拥有者，私吞了安鲁瓦上交的全部收益，宽慰它道：“不必担心，区区一个人类弱女子而已。用人类管理人类，效率更高。现在的困人斗表演气氛很旺，改天咱们也去现场看看。哈哈！”

几名长老彼此附和着。安鲁瓦见状，这才退下。

萨拉本土，边境

安鲁瓦将本土新增兵源与总署私兵集结一处，又清点好装备，充填好能量。一行拉瑞逐个穿过炽热岩浆包裹之中的崎岖小路，向着阴山方向而去。

西邑，王宫后厅

众拉瑞回到西邑之后，军团们都各自回去休息。伏苍子等拉瑞在王宫后厅继续商讨。淳于天已经凭借超强的信息整理能力将人类文明的资料翻阅了一遍，但是它感兴趣的不是人类本身，而是人类所记载的地球历史。

“原来你一直是对的，我们确实是神的子民，神话不仅仅是传说。6500万年前，我们生活在一个充满光明的世界。”淳于天略带忧伤地感叹道，接着又把恐龙自2.3亿年前浩浩荡荡的进化历史跟诸位讲述了一遍。

“我们的历史记载只有1700万年，神话传说也只有6500万年。没想到，我们的先祖，早在2.3亿年前就已经称霸地球了。这么长的时间尺度，真的难以想象。”见多识广的希丹也连连称奇。

“只是很可惜，先祖的信息基本没有留下，只有一个脚印。人类的科学家凭借地表的数据库还原了祖先的样貌。我真的想亲眼看看，我们的祖先，传说中的神，长什么样。”雷烛向往地说道。

“你想要去地表世界吗？”伏苍子看穿了它的心思。雷烛默不作声地点点头。

正在此时，人类的两名质子，许波和林冉，被骑兵带了过来。

此时此刻，许波异常清醒镇定。其实他在挺身而出的那一刻便有了想法，他可从来不打无准备的仗。而林冉，也同样泰然自若，经过了此前空腔内的患难与共，她对许波有着绝对的信任，知道他一定有办法。但是她也担心许波，毕竟智龙是完全陌生的生物，不知道有什么潜在的危险。自己凭借丰富的生物学知识，也许可以与许波共渡难关。

伏苍子对许波说：“你主动替弟弟为质，想必已经有了和平解决的方法。说吧，你的想法是什么。”

许波笑道：“我的王，你又何必问我，自己来我脑海中一看便知。”

伏苍子还不懂人类的讽刺挖苦修辞，认真地解释道："发动通灵之术操纵他人，可不是我们西邑的待客之道。你说吧，让其他拉瑞也一起听听。"

挥夷彭、风于岂、融也都围了过来。它们从没有见过人类这种生物，好奇极了，围着许波二人不断地发射着电磁波，像是在打探什么似的。

林冉带上夜视镜近距离观察这么多脱去防光服的智龙，心中不由感叹大自然的力量，居然能造出如此神奇的物种。它们具有如此超乎寻常的智力水平、不可思议的各项第二性征禀赋、半透明的身体，还有迷你版的霸王龙和三角龙。林冉亲眼所见都难以置信，不禁感叹人类历史只有几十万年，文明只有几千年，在地球的历史长河中果真如沧海一粟。

许波道："为了救回广傅，你们愿意付出多大的代价？"

伏苍子："我们西邑部族与萨拉不同，和你们人类也不相同。你们都是文明部族，通过占有的物质来衡量生命的价值。而对我们来说，生命是独一无二的存在，而物质本来属于大自然，取之不尽用之不竭。如果是物质的代价，那么用你们的话说就是：我们付出多大的代价都可以。"

许波："那你知道，为什么我们人类，一定要挟持广傅吗？"

伏苍子："知道。你们的将军已经说得很清楚了——你们不相信我们。因为我们的能力远在你们之上，所以，你们害怕归还广傅之后，我们会打击报复。"

许波："那你知道，为什么你的两个条件我们都没法答应吗？除了不能归还广傅，我们也不能离开地下城。"

伏苍子："知道。你们也说了，因为你们的世界遭受了陨石灾难，如同我们的先祖一样，你们是来避难的。"

雷烛道："你问了这么多，到底有什么好主意？"

许波见铺垫得差不多了，便说出了心中想法："发现了吗？其实你们的两个条件互为因果。人类陷在这死结之中无能为力，反而是身处局外的你们才能办到。"

"你是说要我们帮忙？"雷烛也一下子坐了过来。

许波点头："没错，只要你们愿意不惜一切代价，帮助我们修复地表，人类便可以离开地下城，自然也会归还广傅，并且再也不会打扰你们。"

淳于天此时终于完成了推算，走到众拉瑞和许波林冉身边，慢慢坐到地上说道："你们把事情想得太简单了。之前的三角制衡只能解一时困境。萨拉署长不会善罢甘休，此时应该在回本土集结大军的路上，对我们原始部落的拉瑞实行灭绝计划。你们人类的下场可能好一点，不会被灭绝，会被当成奴隶或者宠物。"

"报……报告！"淳于天话音刚落，一个拉瑞急匆匆闯入王宫，说道："萨拉署长离开阴山之后，径直朝本土而去，并在沿途在野领馆传令，召集全军！"

许波问道："如果我们持续更新智能合约，只要萨拉一进入阴山，就引爆炸弹，那它们什么也得不到。这样就能始终维系死亡威胁，不是吗？"

淳于天："并非如此。萨拉既然已经决定出军，便也考虑到了这种可能性。对署长来说，最好的结局当然是获得全部火种库。可是如果人类选择玉石俱焚，它也可以接受次一等的结局，即捕获活人，设立人类繁殖中心，依然有源源不断的奴仆宠物供应。而事实上，它们甚至已经这么做了，如征服了你们人类的喜马拉雅地下城，捕获了那里的100万活人。与此同时，它们早已想要实行原始拉瑞灭绝计划，苦于始终没有借口，而这次正好能以西邑包庇异类挑起事端为由实行该计划。所以说，萨拉只要出军，所有结局都会一举两得。”

许波陷入了沉思。确实如此，起初产生三角制衡的本质原因是署长寡不敌众，惧于西邑的恐龙军团。如今它们大军压境，具有压倒性的实力，则三者之间便不可能再存在什么制衡的方法了。

伏苍子：“可有对策？”

淳于天用虹发出一道电磁波：“有上、中、下三策。”

伏苍子示意许波是值得被信任的：“你可以用人类的语言直接说，让他们两人也能从人类视角发表看法。”

淳于天转用流畅的中文说道：“上策，就是许波的提议，我们与人类共同重返地表；中策，我们用人类火种库建立繁殖中心，源源不断孵化胚胎进贡给萨拉，以此维持长期和平；下策，我们与人类联合，共同抵抗萨拉。”

雷烛摇摇头：“现在萨拉大军压境，上策恐怕来不及。我们耗费全部能量挖通至地表的时候，还没等地表生态恢复，它们大军应该就到了，把我们瓮中捉鳖。”

淳于天：“1.3%。”

许波问道：“1.3%？什么意思？”

淳于天：“上策成功的概率。”

伏苍子：“那中策呢？”

许波拉起林冉的手，坚定地说道：“没有中策。人类，绝不为奴。”

林冉也坚定地点点头。

雷烛一摊手：“那就只有下策了呗！”

“对于萨拉本土的实力，我们不得而知，只能大概估算一个范围。如果将人类掌握的数字科技与我们的第二性征能力结合运用，我们还有5%～10%的概率保全。”淳于天说着看向伏苍子：“你能放下对人类的成见吗？”

“生死存亡之际，只能如此。问题是，人类能相信我们吗？”伏苍子点点头，看向许波。

许波：“大是大非面前，人类必有定论。我回去游说，归还广傅，与西邑联合，共同抵御萨拉。”

淳于天：“善意地提醒你——你们人类肯定也会这么想。如果反抗到底，大概率还是会失败，可如果你们携带火种库直接投靠萨拉，能有更理想的收益期望值。”

许波被淳于天一激，气血上涌：“人类的热血绝不向冰冷的数字妥协。无论概率几何，只要坚持反抗到底，就是胜利！”

林冉问道：“那就没有和平共处的方法吗？即便我们人类和你们西邑拉瑞本来有这么大的误会，你们也都愿意冰释前嫌，那我们和萨拉无冤无仇，为什么就不能和平相处？”

淳于天叹了口气：“萨拉种族本质上也已经是被其文明牵着鼻子走。征服，不惜发动战争的征服。只要经过计算后征服能具有正向收益期望，它们就会不择手段。即便我们想要融合同化，但冲突是早晚的事，只是没想到，来得这么突然，还牵扯进了人类，毕竟你们本是不属于这个世界的物种。”

雷烛故作轻松笑道：“这场灾难结束之后，我们跟你们一同返回地表。”

许波哈哈一笑："欢迎你们，人类愿意与拉瑞共享地表世界！"

伏苍子："好了，各位，抓紧行动，准备起来吧！大敌当前，西邑部落全民皆兵！"说完派出一名死士护送许波和林冉返回阴山。

许波临走留下豪言："我的王，请你放心。我定当不负使命，促成人龙联军，共同背水一战！"

伍. 驯龙勇士

喜马拉雅地下城，驯龙场内

“有请今天第六位出场的人类勇士。他要挑战的是第一关：见龙在田！”主持的拉瑞用虹发送了这一道电磁波。

场地长宽均30多米，四周有高高的观赏席。一侧门打开后，呼哧呼哧跑出来一只半透明的三角龙，虽然经历了地心6500万年的演化，也有近四米长，像一只巨大的犀牛，但是动作又十分灵活，如同一只下山猛虎。另一侧的门也打开，走出来一个魁梧雄壮的男人，身穿一种轻便却坚固的铠甲。这种铠甲可以抵御恐龙抓、咬等利刃型进攻，使双方能打得有来有往，从而大大增加了表演的观赏性。但这种铠甲不能抵御撞击、踩踏等挤压型进攻，所以一场表演中，人类的死亡率还是高达30%。如果双方能坚持周旋10个回合没有死亡，便算平局。

这个男人配备一根近3米的白蜡杆长枪。枪头是20多厘米的一个长刃，戳中恐龙眉心上的装置就算赢。男人慢慢走到场地中央，紧紧握着手中长枪，死死盯着对面的三角龙。还未开始，男人的汗水已经顺着两侧脸颊流下。

“这场看样子又没戏了，这个人太紧张。”驯龙场高台上一个举着全息成像望远镜的男人说道。

“别着急，好戏才刚开始。”魏子青坐在一旁淡淡地说道。

“难道，今大，轮到他出场？”男人放下望远镜，忍不住笑道。

这名男子叫周森，正是此前传授魏子青催眠术的那名男子。魏子青接管了驯龙场之后，喜马拉雅地下城中所有的人类幸存者都以为迎来了解救者，没想到她只释放了周森，便立刻着手安排了这种更加残酷的“困人斗表演”。她使用能量转换器打造出人类冷兵器时代的攻防装备，要求所有的人类都必须接受严格的军事武艺训练，制定了一系列评级与积分制度。

由于此前的表演基本就是投喂，观众一开始还能看个新鲜，图个兴奋，但多看几次就失去了兴趣。经过魏子青的这番改革，困人斗表演夜夜火爆，一票难求。无数达官显贵从萨拉总部赶来观看表演。观众还可以打赏、押注。驯龙场所得收入由魏子青与萨拉平分。一时间，消费拉动经济蓬勃发展，负责监管驯龙场的萨拉军官也就欣然批准了这种表演方式。

正在二人对话之际，三角龙猛冲向魁梧的男人。男人一边胡乱挥着长枪，一边急忙退步。三角龙一个大力扫尾，扫到了枪杆上，直接把长枪震得飞了出去。男人只觉双手发麻，一个趔趄，还没反应过来，就被冲到眼前的三角龙扑倒在地。三角龙抬起双脚往下一砸，立刻让男人口吐鲜血而亡。

由于时间太短，整个过程只有几秒钟，观众席上发出阵阵嘘声。一个拉瑞说道：“今天的表演真差劲，6个人类，第一关都过不去！”另一个拉瑞接话道："是啊，被主办方骗了。还说今天是VIP专场，把票卖得这么贵。这些都是秒杀啊，真没劲！"

待几名拉瑞清理好场地之后，主持的拉瑞照样用虹发送了一道广播："有请今天第七位出场的人类勇士，他要挑战的是第一关：见龙在田！"

三角龙呼哧呼哧地已经有点不耐烦了。从侧门中走出一名神情冷漠的男子，拖着长枪径直走向三角龙。

"还真的是他！"周森惊呼道。

"你就看好吧！"魏子青依然淡淡地说道。

男子毫无畏惧的表情，仿佛激怒了三角龙。三角龙猛冲了过来，见男子一挥枪，便与刚才一样，一记重尾扫了过来。可男子并不是出枪，而是像撑竿跳一样，把枪绕过龙尾扎在地上，飞身一跃，落在了三角龙身后。在三角龙刚刚回头之际，男子也一记回马枪，翻身如蟒，枪出如龙。人尚未回，枪已正中三角龙眉心。眉心处的装置"砰"地炸开，洒出红色烟尘。

男子默念："胜负已定。"

席上的观众一瞬间被惊得目瞪口呆。拉瑞们前一秒还在吃着零食聊着天，突然就听到了广播宣布的晋级："恭喜第七名人类勇士，晋级第二关：飞龙在天！"

三角龙悻悻地退出场外。观众席沸腾了，电磁波充满了整个场地。一个拉瑞说道："这个人类太夸张了！刚才都没来得及仔细看，这次一定要盯紧了！"另一个拉瑞也兴奋地喊道："我就说嘛，不愧是VIP专场！刺激！"

观众们也都佩戴着专为拉瑞定制的全息成像眼镜，是根据人类科学家发明的全息成像技术改良而成。因为拉瑞和恐龙的视力都已经全部退化，眼睛、视网膜、视皮层等整个视觉系统都已经丧失了工作能力，改靠电磁波的反射描绘物体形状，来对外界有所感知。这种改良的眼镜，将生成的立体画面直接连通至大脑中负责想象的区域。如此一来，即便没有视觉系统，拉瑞们都能有高清的、真实与想象融为一体的观感。本来拉瑞不需要这种眼镜，正是因为这场异常精彩的表演，才全部消费升级，不惜重金购买全息成像眼镜，等同于又体会到了重见天日的美好。参加困人斗表演的恐龙，也都佩戴着这种眼镜。

男子示意主持的拉瑞不需要休息，继续表演。场地的侧门打开，哗哗飞出一只翼龙。观众席再度欢呼不已，因为此前最勇猛的人类也只能和三角龙拖至平局，这是第一次见到翼龙与人类的搏斗。

翼龙张开双翅，足足有七八米长，盘旋在男子头顶上方，接连伸爪攻击。男子快速地舞动长枪，让长枪绕身不停地旋转，有如金钟罩护体。翼龙的爪子找不到任何缝隙，强行进去抓一把，被舞花枪猛地一弹，疼得“嗞嗞”尖叫。

见对峙不能取胜，翼龙飞向高处，一个急速俯冲，径直扑来。男子并不慌忙逃跑，而是扎稳半弓步，俯身凝神，等翼龙俯冲过来的一瞬间，一个鱼跃滚翻躲开。翼龙的极限速度是每小时一百五十多千米，这并没有到男子的极限反应速度。

俯冲没中，在地上砸出一个坑，掀起阵阵尘土。男子也不急于反攻，只是立刻又舞花枪护体。翼龙见不能近攻，又飞上天，再一次俯冲……如此反复十几次，谁都没法得手。

周森也惊住了：“这玩意跟一架战斗机一样，在天上飞，他也没法取胜啊！”

魏子青说道：“对他的考验，才刚刚开始。”

观众看得起兴，对翼龙的每一次俯冲都阵阵欢呼，但是明显能感到，翼龙的速度一次比一次慢了，因为它的体能在急速消耗。越是消耗，越是心急。这一次飞得最高，铆足了劲，想要一次取胜。

男子观察到翼龙几乎飞到了地下城的顶部，心里默念：“胜负已定。”

这一次翼龙又俯冲下来，势在必得，但男子照样一个鱼跃躲闪，在翼龙还未落地时将长枪从腹部下方掷出，正待落地后一个滚翻站起来，拍拍身上的灰尘。只听见“砰”的一声，掷出的标枪正中翼龙眉心，炸出滚滚红色烟尘。

观众席上所有的拉瑞彻底沸腾了。一个拉瑞说：“人类居然有如此英勇的驯龙勇士！”监管驯龙场的军官急忙暂停表演，开启观众打赏，引得兴奋的观众疯狂撒钱。

周森惊叹道：“不愧是他！智勇双全，地表最强人类！哦不，地下城最强人类，哈哈！”

魏子青说道：“这下你总该放心了吧，我是不会看错人的。”

二人正说着，主持的拉瑞又开启了广播：“恭喜第七名人类勇士，晋级第三关：亢龙有悔！”

场地侧门打开，“咚、咚、咚”走出一只霸王龙，身形硕大，足足有三米多高，六七米长，占满了一小部分场地，挥舞着粗壮的尾巴，张开血盆大口。

魏子青此前做过测试，发现至少十名全副武装的人类战士才能跟它打几个回合。而如今，他一个人类面对这只霸王龙，犹如泰山压顶，这令观众都感到了场地内恐怖而压抑的气氛。

男子将枪背在身后，双目紧闭，一动不动。此前欢呼的观众们也都不自觉地安静了下来。

“都说霸王龙已经退化成迷你小恐龙了，还不及史前的一半大，但这跟人比起来，依然是一个庞然大物啊！他……纵使武功盖世，这……怎么可能有取胜的机会……”周森举着望远镜，越说越结巴。

周森和魏子青口中的“他”，这名手持长枪英姿飒爽的男子，名叫折云远。祖上有党项血统，五代十国时镇守边关，世代出名将。家族之中人人勇武，参加过抗金、抗辽、抗西夏。靖康之变后，折家消散在历史云烟中。一支后裔客居海南岛，后又流离至东南亚，为避人耳目改姓李，世代家传武艺兵法。

确定地下城名单时，武部长亲自推荐李云远，作为军事特殊人才获得了喜马拉雅地下城名单。进入地下城后，李云远改回祖姓，名为折云远。折云远既精通现代搏击，又精通冷兵器格斗，还善于制定现代化战争部署。他既是将才，又是帅才，还担任喜马拉雅地下城常备军副司令

魏子青此时也站起身来，拿过望远镜观看，说道：“他必须有战胜的能力，我们才会有希望。”

霸王龙不紧不慢向折云远走来，鼻孔冒着粗气，不屑地摇头晃脑。折云远这才睁开双眼，右手拿起枪往地上一砸，眼中杀出一道凶光。如此渺小的一个人类，此刻竟然让如此庞大的霸王龙身体一颤。

霸王龙双脚猛地踩了几下地面，仿佛在给自己打气，然后冲向折云远。折云远这次非但不躲，也一个箭步冲向霸王龙。见霸王龙张开血盆大口扑面而来，折云远一个滑步潜入霸王龙腹部下方，举枪就是一刺。

霸王龙的皮肤有几厘米厚，依然被刺破了一道口子，疼得霸王龙嗷嗷大叫，转身就要用脚踩。正在它抬脚的时候，折云远顺势跳到了它的脚上，借力二次跃起，双手在空中举起枪对准霸王龙大腿就是一刺。

这一刺力道十足，直接将枪头全部插入了大腿外侧。折云远借助枪杆的韧性，猛地一压，弹到了霸王龙胯上，然后拔出枪尖，顿时让鲜血喷如泉涌。

霸王龙猛地晃动身体，险些把他晃下去。折云远在剧烈的抖动中保持住了平衡，急速奔向霸王龙硕大的头部。霸王龙索性侧身倒地，一个原地打滚。折云远见状急忙跳下来，险些被压在身下，一个滚翻起身，但正落在霸王龙前爪处，被一下抓到后背。所幸前爪威力不大，只是在铠甲上撕开了一道缝，倘若没有这铠甲，怕是要穿入脊柱。

人龙大战九个回合不分胜负：霸王龙中枪十余处，鲜血染红了整个场地；折云远身上铠甲全部被撕裂，索性脱掉，准备赤身肉搏。

第十个回合，霸王龙几乎精疲力竭，垂下头左右摇晃，仿佛在摇尾乞怜想要平局收场，可折云远没打算停手，依然左突右进，在霸王龙身下来回穿梭，时不时举枪就刺。霸王龙恼羞成怒，决定奋力一击，突然发动全身力量，张开血盆大口猛地冲过来。

折云远岿然不动，心里默念一声："胜负已定。"急速冲向霸王龙，霸王龙这次已经提前预判他又会一个滑步窜到自己腹下，于是立刻一个转身，一记重重的扫尾砸了过来。折云远速度之快自然已经来不及刹车转弯，眼看就要被这粗壮的尾巴击中。

周森大叫一声："不好！"全场拉瑞都"呼"地从座位上站起来。魏子青掩面心里默念："折云远，你必须赢！"

折云远却早已料到这计扫尾，提前一个云枪，将枪尾转至斜下方，朝龙尾中线砸去，一个撑竿跳，借助龙尾的神力，飞出六七米远，四米多高，正好赶上霸王龙转身回来。霸王龙眼见折云远从空中落下，有如天神下凡，根本来不及躲闪，被折云远一枪正中眉心，“砰”的一声炸出满天红尘。

观众席彻底沸腾了，所有的拉瑞用虹发射阵阵电磁波，让整个地下城飘满了折云远的名字。不知道为什么，这些观众本来是来看恐龙如何残虐人类，却被这场殊死搏斗深深吸引住了，它们甚至比周森还要激动，疯狂地撒钱，表演结束之后久久不愿离席。

拉瑞长官冲进了魏子青的观台，激动地说：“这场表演太成功了！这样的人类勇士，要多找几个啊！快检查一下他有没有受伤，明天继续！”魏子青面无表情地应和着，周森前后招待着长官，算好了今天的收益账目，拿到分成高兴地说：“发财了，发财了！”

魏子青说道：“瞧你这点出息。这才刚刚开始。”

周森道：“那是自然！以后天天办这种表演，每天都能发财！”周森从未想到自己经历了恐龙二号灾难，逃生到地下城，又经历了萨拉突袭灾难，沦为奴隶，此刻却能翻身，成为地下城当中的一介富豪，激动不已。

魏子青正色道：“困人斗表演，只是一个开始。”

周森见状，也不再嘻嘻哈哈，正襟危坐道：“你是说……你还是想复仇？咱们现在这样，做咱们的老板，名下有这么多产业，一人一半，难道不好吗？你总想着复仇，找谁复仇，复什么仇？这一切，都是命运。”

魏子青：“你说对了，没有复仇，只有命运。”

周森：“这就对了嘛！”

魏子青依然正色道：“正是因为命运如此安排，我们不得不做。即便我们想小富即安，人类和拉瑞，也始终一个是奴隶，一个是主人。奴隶迟早要反抗，而反抗就有可能成功。到时候，风口浪尖之下的，只能是你我。与其被动等到那个时候，还不如早做准备。”

周森叹了一口气：“好吧，就知道说服不了你。也罢，我现在的自由民的身份也是你给的。你说吧，想要怎么办。”

魏子青：“我已经有了计划，光凭我们两个人，肯定做不到，所以需要他的加入。”

周森无奈地摇摇头：“行吧，你是老板，你想怎样，我都听你的。”

陆. 为了人类

喜马拉雅地下城，魏子青会客室

在两名拉瑞的看护下，周森带着折云远来到了魏子青的会客室："魏老板，人带到了。"

魏子青身旁的一名拉瑞说道："看看谁来了，这不是今晚的大明星嘛！"

折云远狠狠地瞪了魏子青一眼，质问道："姓魏的，你还想干什么?！"

周森也瞪了他一眼："魏老板好意保你做自由民，你不要不识好歹！"

折云远冷笑道："好一个魏老板。她改革的困人斗表演，残害了多少人类同胞，你不知道吗？所有人类饱受凌辱，而你们，却在这里赚着流满鲜血的钱，你们还是人吗?！"

魏子青也不愠不怒："你叫我魏子青就好。折司令，我想邀请你加入。这件事，没有你，我办不到。"

折云远淡淡回道："我宁做奴隶，每日与恐龙做困人斗表演，苟且活着，也不会与你一起残害同胞。"

魏子青反问道："折司令，你觉得现在人类还被残害得不够彻底吗？三个月前，你我都被俘虏奴役，这是我魏子青的过错还是你折司令的过错？！"

折云远没吭声。是的，从结果上讲，这确实是他的过错。当时，他担任地下城常备军副司令员，听到萨拉破城的声音后，第一时间率军赶赴现场。但由于实力过于悬殊，还没等做出任何反应，全军就遭到控制，动弹不得，被解除武装。无论何种理由，两军交战，战败就是战败。

魏子青示意几名拉瑞退出房间，接着说："现在，也只有我们，可以拯救整个人类了。而我们，现在需要你的帮助。"

见折云远还是静静地站在那里，似乎在凝视着什么，也似乎在走神，周森上前一步，走到他的面前，解释道："我们现在名为表演，实则招募勇士，能够击败恐龙的勇士，能够与萨拉军团对决的勇士。"

魏子青接着说："我们表面上看助纣为虐，帮助萨拉奴役人类，实际隐忍偷生，借此组建一支武装力量，寻求时机，推翻萨拉暴政。"

折云远思索着整件事的来龙去脉，还是不能相信二人，问道："可我听说，你魏老板得位不正，靠的是出卖阴山地下城火种库，才换来了这些产业，现在又说一切是为了人类，岂不是自相矛盾？"

魏子青早就想好了如何撒谎来洗白自己。"这可真是天大的误会。萨拉征服我们之后，你我都沦为奴隶。我被署长抓走，用阅脑器读出了我的记忆，这实属迫不得已。我获得驯龙场经营权之后，见萨拉奴役人类过于残忍，才安排了困人斗表演。署长也是觉得我能给他们带来更多的收入，才任命我和周森来管理运营驯龙场和人类繁殖中心，这才给了我们做大做强的机会。”

折云远还是将信将疑，继续问道：“那你也可以选择宁死不屈。如果你自杀，至少能够保全同伴。”

魏子青：“你觉得这可能吗？阅脑器的厉害将军也见识过。现在说这些还重要吗？即便没有从我这里得到任何消息，萨拉这一地壳文明已经四通八达，早晚会发现阴山。现在重要的是，我们如何自救，如何反击？”

折云远内心对此是认同的，人类已经陷入绝境，纵使理清因果又有何用？周森见他神情中略带一丝犹豫，急忙在旁边一阵煽风点火，先是极尽描述人类的惨状，试图在细节刻画之间激起折云远心中怒火；又是夸赞折云远单杀霸王龙武艺超群，运筹帷幄决胜于千里之外是古今难得之帅才；再侃侃而谈魏子青如何善良正义，为大局着想不拘小节，最终一定能曲线救国。

折云远听罢周森一阵慷慨激昂的说辞后，却始终没有反应。周森只得暗下决心，准备实施催眠洗脑术，便下拉衣领，露出脖子上的白色项链。折云远伸手打断了他，这才开口道：“这位周先生，你如果用千隆问屈术诱导我，我权当你在说评书，听听便是。如果要是用催眠的把戏，我便不奉陪了。”

与此同时，魏子青赶紧上前一步，一把按住项链：“周森，不可冒犯。折司令，他……”

折云远叹了口气：“不必说了，就现在人类的处境而言，难道我们还有别的选择吗？”其实在刚见到魏子青的时候，折云远就知道，自己只有这一条路可走，人类也只有这一条路可走。无论魏子青是善是恶，无论她是否出卖了阴山，无论她是否泄露了火种库的机密，也无论她所改革的困人斗表演是为了奴役同胞还是为了解救同胞，这些都不重要了。重要的是，由于一系列客观事实如此，自己只能选择加入魏子青的阵营，才能谋取变局，才可能解救人类。而他之所以要盘问仔细，是为了看清两人的底线，担心自己被当枪使。实则他早已暗下决心，既然命运如此，那便义不容辞，为了人类，必须武装起义。

魏子青见折云远同意了，高兴地说道："是啊，现在这个局面，除了武装起义，我们还能有别的什么出路吗？折将军，难道你还要再回去打恐龙吗？我们需要你的帮助！"

折云远问道："我帮的不是你们二人，而是整个人类。"

魏子青和周森也立刻说道："对，为了人类！"

三人表面上看如同桃园三结义一样慷慨激昂，实际上只有折云远一人是一心为了人类。周森早先被魏子青说服，首先为了活命，其次为了赚钱。而魏子青，心里只有仇恨，只想征服，成为地心世界的女王，让所有的拉瑞，所有的人类，都付出代价。但这并不影响三人团结一致，共商大计。

折云远："人类都在为仆为奴，想要筹备武装军队，光凭我们三个肯定不够。想必你已早有准备吧？"

魏子青做了一个引路的手势："将军，请随我来。"

喜马拉雅地下城，人类繁殖中心大厅

三人移步来到人类繁殖中心大厅。大厅是一个巨大的圆形广场，有十几层楼那么高，是由此前这里的指挥部改造而来。折云远指着大门口的指示牌问道："人类繁殖中心？什么意思？"

魏子青回答道："人类繁殖中心是署长的计划。它希望能长期培育出优质基因的人类，来不断填补稀缺的奴仆和宠物市场。但是人类的生育周期太长了，再加上它对此也没有考核指标，我就可以轻松配合它。表面上看我在运营人类繁殖中心，实际上里面的人类全是我们的武装后备力量。"

折云远点点头。三人从最下面一层走进来，眼前赫然出现密密麻麻一列列铁笼，放眼望去见不到头，抬头望去看不到顶。

每个铁笼中各自站着一个人类，全部一动不动，目光呆滞，犹如将死未死之人，仔细看去，又有血有肉，仿佛一个个植物人。

上一层铁笼中装着霸王龙，一只只也一动不动，半透明的肌肤之下隐约还有血液安静地流淌。整个大厅阴森恐怖至极。折云远仿佛感觉到了这些僵尸一样的人和龙的呼吸声。

看着折云远惊悚的眼神，魏子青讲解道："这里是我救济的人类幸存者。现在全城有十几万幸存者，大多数都在高官富商的拉瑞家里做奴仆和宠物。我以困人斗表演为名，收养了近一万人，都是精心挑选而来的壮年男女，有一定的战斗能力。"

折云远走到一个铁笼前，里面关着一个男人，赤裸上身，十分健硕，头上戴着一个古怪的头套，套子有三四十根小触角紧贴着头皮，好像是伸进了大脑里一般紧密。折云远敲敲铁笼，但男人一动不动，折云远不断加大敲击的力度，并喊道："喂！听得到吗！你是谁！回话！听得到吗！"

男子依然纹丝不动。周森缓缓走过来："折将军，你别叫他了。他听不到，听到了也不会回应你。"

折云远显然感到自己又受到了欺骗："你们把这些人怎么样了？"

魏子青过来拍拍他的肩膀，宽慰道："没事，他们只是被关机了。"说着她拿出一个类似平板电脑的操作器，按下几个按钮。铁笼中的男人突然睁开双眼，怒目圆瞪，露出阵阵凶光，令人不寒而栗，冲到折云远面前疯狂地摇晃着铁笼。魏子青又按下一个按键，男子立刻恢复了平静，温柔地说："你们好，我是编号4521，很高兴认识你们！"

折云远错愕不已："什么意思？人类，还能关机、开机？让你随意操控？"

魏子青指了指楼上的铁笼，每个隔间里都关着一只恐龙："不仅是人类，还有恐龙，都被我们连通了反式脑机接口，来应对萨拉的阅脑器。"

折云远纵使见多识广，此刻也惊掉了下巴："反式……脑机接口？"

周森解释道："没错。脑机接口是人脑向外界传达思想的通道。当人体机体组织受损的时候，人脑无法将行为传导到现实世界。例如，瘫痪的人可以通过脑机接口将大脑的指令传达到电子设备，再由设备替他完成相应动作。而所谓'反式'就是指反其道而行之，由量子计算机为人脑输入指令，使得人脑各个神经元在计算机程序的编排之下链接。"

折云远怒道："那人类岂不是成了提线木偶，行尸走肉？"

魏子青叹了口气："我们这个办法也是不得已而为之。阅脑器的工作原理是通过量子纠缠给人脑输入信号，就像膝跳反应一样，只有彻底破坏了输入信号与行为模式的连接，阅脑器才无从读取人脑信息，也无法操控。就好比膝盖还是会弹跳，但不再是由敲击引起，而是由我们的脑机接口重新编程的指令引起。"

见折云远还在眉头紧锁，魏子青继续说道："我们在人体被深度催眠的时候，破坏其固有的神经元链接，也就是抹除了人脑预置的应对不同输入信号的反应模式。这只是暂时的，战争结束之后，便可将他们从深度催眠状态唤醒。随着神经元链接都恢复原样，他们也就成为正常的人类。”

这一点至少在目前的技术上没法做到，因为神经元链接的破坏是不可逆的。战争结束后，这些人类恐怕全部成了祭品。魏子青为了掩盖这种残忍手段的罪恶感，只能对折云远如此这般说。

“好了好了，折将军，大丈夫不拘小节，非常之时，当行非常之事。”周森见状，又来打圆场，把操作器给折云远详细演示了一遍。看到这些人确实行为功能正常，折云远这才放下戒心，郑重地说：“生死存亡面前，难免有非常规的牺牲。我们一定要对得起他们的牺牲。”

魏子青见状，再度拉过二人：“为了人类！”

“为了人类！”

所有的铁笼中的男人和女人全部睁大双眼，振臂齐呼：“为了人类！”

楼上的霸王龙也全部齐声“咕咕”直叫。

喜马拉雅地下城，魏子青会客室

三人穿过大厅，又回到了会客室。折云远道：“现在已经能应对阅脑器。但我们与萨拉掌握的武器实力过于悬殊，毕竟能量转换器的威力实在太大了。”

魏子青说：“我现在这里有一套军用装备，超功率能量转换器，瞬移器，和一台阅脑器。困人斗表演改革之后，每晚收入就有上千万克。不出数月，我们就能积累雄厚的资本，购置一批能量转换器。”

折云远摇摇头：“署长上次征服常备军时，派出一两百台超功率能量转换器。军用和民用差距过大，纵使我再有奇谋，在绝对力量面前，也最多偏安一隅。若想要有所图谋，我们必须等到一个天赐良机。”

“现在被困在城里，什么事都得偷偷摸摸着干，哪还有什么天赐良机啊。”周森无奈地叹了口气。

正值三人都一筹莫展之际，守门的拉瑞敲门进来汇报：“署长从阴山无功而返，现直奔萨拉本土而去，准备集结大军。”

“集结大军去往哪里？”魏子青问道。

拉瑞答道：“没有消息。”

“知道了，继续保持关注，你退下吧！”魏子青朝这名拉瑞挥挥手，这名拉瑞居然真的乖乖退下。

智慧生物之间的冲突，说到底还是阶级的冲突，毕竟谁都想当家做主人。人类和拉瑞又并非食物链之中天生的死敌。这些拉瑞，本来是萨拉的最底层，生活穷困潦倒，现在跟着魏子青各方面待遇都很好，自然比人类还要亲近。

魏子青打趣道：“现在好了，别说良机，危机还差不多。署长所领的军队实力是我们的几十倍。听说萨拉本土广袤无边，若大军压境，实力恐怕是我们的成百上千倍。”

周森也附和道：“是啊，刚才说‘为了人类’，现在马上就要被碾压。”

折云远却镇定地说道：“天赐良机，正在当下。”

周森：“哦？署长大军压境，哪里有什么良机？”

折云远：“良机就在危机之中，福祸转换的临界点正在于此。本来我们毫无胜算，可是试想，萨拉攻击我们喜马拉雅，花了不到半小时，就将百万军民全部俘虏。怎么到了阴山，它却无功而返？”

周森抿着嘴唇："对啊，为什么呢？"

折云远："肯定是在阴山遇见了至少同样强大的对手。这不可能是人类，那就只能是拉瑞。也就是说，拉瑞内部，产生了冲突。也许拉瑞和人类一样，并非一股势力。甚至有可能，它们都在争夺火种库。"

周森还是没有明白过来："所以呢？"

折云远分析道："所以，署长此番回本土是为了调集大军去往阴山二次抢夺火种库，这正好给了我们可乘之机。我们进可攻，退可守。进，'先夺其所爱，则听矣'。我们赶在署长之前，夺取火种库，就掌握了主动权，至少掌握了谈判筹码。退，现在喜马拉雅缺乏驻军，我们可乘此空虚之际，夺取地下城，以此为据点，坚守以待时机。"

魏子青听完这阵分析，大喜道："事不宜迟，我们立即着手准备。"

在折云远的统筹之下，二人便立刻开始行动起来。折云远将单人格斗动作划分为八个基本动作，将十人编排为一队，又为每队备有十种攻防套路。他又把喜马拉雅地图做了标注，预先编排不同的进退路线。他预料到百余种敌人进攻与防守的方式，并将应对策略全部预先编制为指令集。最后，周森把这些内容编为程序输入量子计算机，由反式脑机接口连通至人脑。

另一方面，魏子青派出几名拉瑞心腹，在全城重金招募了几百名流浪拉瑞，乔装打扮成各个行业的拉瑞，形成一个巨大的情报网，派遣至萨拉本土和各个萨拉在野领馆打探消息，做到知己知彼的万全准备。

一切准备就绪，周森问道："折司令，进可攻退可守的计划，我们什么时候开始实施？"

"等。"

柒．一触即发

罗门长老在灯塔山里醉生梦死，萨拉署长率大军浩浩荡荡向阴山奔袭而来，西邑拉瑞与阴山人类团结一致同仇敌忾，也有人准备投靠萨拉换取荣华富贵，魏子青等三人蛰伏在喜马拉雅地下城驯龙场中伺机而动。

地幔之中的炽热岩浆暗流涌动，仿佛随时可以冲破地壳。冲突一触即发。

附　录

（一）伏苍子对话录

谈判结束之后，希丹准备将许波与林冉二人送回人类地下城。临行之际，许波恳请与伏苍子进行一场单独的对话。以下根据许波的回忆整理而成。

许波：“我学习了你们的文明演化学，但其中的概念对我来说很难理解。比如，为什么文明阈值取决于万物博弈呢？”

伏苍子：“那我尝试用人类容易理解的语言为你解释。文明作为博弈的工具，本身会消耗能量。如果它消耗的能量超过了博弈获胜所获取的能量，则是一种得不偿失的负和博弈，那么社会便会陷入坍塌式的内卷，这就意味着文明越发达，坍塌速度越快。就好比一只猛兽，若进食所消耗的能量大于了食物本身能给它提供的能量，那么久而久之，它越吃，就越饿。”

许波：“那社会结构的进化速度，一定可以跟上文明的进化速度吗？比如，萨拉的社会结构已经定型，如果它们的文明再次爆发呢？”

伏苍子：“这就是它们部族发展的症结所在。根据它们的理论，物种的进化包括基因和社会结构两个方面，但这两方面其实都有其上限。

而根据我们的理论，还有一种进化是无边无际的，并且也可以爆发式进化，就是文化的进化。所以，无论文明如何爆发式进化，相应的文化也同样爆发式进化，那这个种族便可以无忧无虑地享受文明的便利。”

许波：“文化？你所说的文明和文化是什么意思？”

伏苍子：“人类的语言之中没有相应的概念，我便用了最为相近的‘文化’一词。简单地讲，文明是铸造出的外在事物，文化是所有个体大脑中神经系统所搭建的网络的总和。此两者的关系类似于你们所说的物质与精神。”

许波：“我懂了，那按你此前所说，超过文明阈值是负和博弈所致，那文化的进化就可以使人与人之间，哦，不，拉瑞与拉瑞之间停止博弈吗？”

伏苍子：“是的，我们回到万物博弈的概念。这个力是所有个体‘存在的欲望’的合力，这一点你可以理解吗？”

许波：“我理解。”

伏苍子：“那么，‘存在的欲望’，对于一个没有文化的部族，这种欲望只能体现到与他人博弈之中。例如，吃的欲望，便从果腹延伸为存储无限多食物的欲望；住所、通行工具、家具的使用欲望，便从使用延伸为存储无限多财富的欲望；性的欲望，便从产生后代延伸为占有无限多性伴侣的欲望。”

许波：“这样的延伸可以提高生活质量，有什么问题吗？”

伏苍子：“这些欲望都是横向的、外向扩展型的。此之满足，必带来彼之缺失。本来社会中的美食足够所有拉瑞享用，但有的拉瑞占据了未来十年的食物，便会导致其他拉瑞食不果腹。本来社会中所有的拉瑞都可以组建家庭，但有的拉瑞占据了几十个性伴侣，便会导致其他拉瑞孤独终生。而这些被侵蚀的拉瑞，当欲望降低到无法满足生存的时候，便会集中爆发，这便是冲突的来源。文明水平越高，这种欲望的横向扩张能力便越强，其产生的冲突对抗便越多。”

许波：“可是文化，为什么能消除这些现象呢？”

伏苍子：“因为文化是内省型的，大脑神经元能搭建的网络结构是无穷多的。以食物来说，文化可以将欲望延伸至烹饪方式上，提升单次美食的质量，而不是存储更多的食物；以各类享受物质来说，文化可以将欲望延伸至物品的审美艺术与使用技巧之上，而不是获取更多的物品；以性来说，文化可以将欲望延伸至提升情感的丰富程度上，而不是获取更多的性伴侣。由此，‘存在的欲望’便由横向扩张转化为纵向扩张，也就从根本上消除了彼此间的博弈力。”

许波：“所以萨拉文明高度发达，但是缺乏文化，仅仅依靠社会结构的进化，早晚还是会崩溃？”

伏苍子：“你可以这样总结。虽然我不愿意这样诅咒它们，但是萨拉第138次文明塌陷是不可避免的。”

许波：“那我还是不明白，西邑的文化已经如此丰富，可以承载超越萨拉文明水平之上的文明，为什么你们还迟迟不肯发展文明？”

伏苍子：“因为文明可以被当作博弈的工具。对外，文明就是发动战争的武器，但我们现在没有这点需求，因为我们凭借身体自然的能力，已不逊于萨拉的各项高科玄武器；对内，文明会引发欲望的横向扩张，所以权衡利弊之下，我们没有必要那样做。当然，还有一个原因，希丹掌管着的黑色小球，里面记载着六千五百万年前先祖们的各项科玄，如果超越了我们现在文化的承载能力，便也会到达文明阈值。”

许波：“那你们难道永远都不发展文明了吗？”

伏苍子：“当然不会如此武断，如果有需求，或迫不得已的情况下，我们才会发展。如果萨拉的文明超越了我们的自然能力，我们便会借助武器来作战。这是一个被动地顺应趋势的过程，而不是主动试图改写自然规律的过程。”

许波：“我终于明白了。但之前有一个问题，我还不清楚：为什么欲望会横向扩张？”

伏苍子：“因为我们的进化出了问题，违背了自然基本法则。”

许波：“违背了什么自然基本法则？”

伏苍子：“生存的优先级。”

许波：“什么是生存的优先级？”

伏苍子：“群体的生存是第一优先级，基因的生存是第二优先级，个体的生存是第三优先级。自然界的生物，在演化中会将不适宜的基因淘汰出局，也会牺牲自己的生命去交配，从而延续其基因。”

许波：“那拉瑞呢？”

伏苍子：“拉瑞的世界发生了错乱，因此生存的优先级顺序恰恰相反，从而导致个体之间的博弈是最为激烈的，会依次伤害到基因的生存与群体的生存。所以，我们的先祖才会在六千五百万年前互相消灭，萨拉文明才会在过去一千七百万年中反复地湮灭——重生。这就是违背自然基本规律所导致的欲望横向扩张的结果。”

许波：“你说的生存优先级，其实人类的世界也和拉瑞一样。不过，这不正是智慧生物之所以智慧之处吗？这应该是进步才对，怎么能说是错乱？”

伏苍子：“正是智慧所带来的错乱。因为拉瑞和人类都是高等智慧生物，所以我们凭借智慧可以不断延长自己的生命，才导致自我生存的优先级变成了最高级别。于是，我们又发明出各种政治与哲学理念，来反向合理化这种错乱，仿佛与自然法则对着干才是文明的体现，但这恰恰是对自然本质缺乏理解的一种偏见，因为任何社会法则都不能脱离于自然法则。”

许波：“但这不也是进化的必然结果吗？弱肉强食，适者生存。”

伏苍子：“这也是我们弄错的另外一个自然法则，看来你们也弄错了。所谓的弱肉强食，适者生存，是指不同物种之间的博弈，可我们却把异类竞争的规律当作真理引入同类竞争。”

许波：“可是自然界中，同类物种之间也会竞争呀！比如，许多动物都会为了争夺配偶斗得你死我活。”

伏苍子：“因为它们不是社会性动物，这恰恰是基因生存优先级大于个体的例证。人类、拉瑞等智慧生命都是社会性动物。直接回答你的疑惑，又回到了最初的概念，文明阈值。正是因为动物没有文明，所以动物无论怎么博弈都不会突破文明阈值。比如，两只黑猩猩掌握了激光枪，在争夺资源的时候大打出手，那么其种族便离灭绝不远了。”

许波：“那这种错乱，如何更正？”

伏苍子：“还是文化。将欲望的发展从横向校对至纵向，从而避免错乱导致的过度博弈。掌握激光枪的黑猩猩，如果它们痴迷于射击技术，并且有很高的道德思想，便会将激光枪视为一种自我享乐的工具，而不是互相攻击的武器。”

许波：“可是欲望真的能被校对吗？”

伏苍子：“我们拉瑞不存在这个问题，但是我理解你的问题。人类作为半智慧生物，具有自我意识，但是缺乏自我控制能力。贪婪、发怒、自大，都是人类校对欲望面对的难题。不过你们是幸运的，因为你们自己的文化已经发现了这些薄弱环节，也有了校对的方法。在你们的先秦时期，勤学苦练便能具备校对欲望的能力。可惜后来你们将其作为政治工具，并在文明化之后抛弃了修为的学习，从而彻底丧失了自我控制的能力，反倒被情绪和欲望所驱使。”

许波：“道德、修为，这些也是文化吗？”

伏苍子：“对，一切大脑之中的神经链接，都是我所说的文化，当然包括道德和修为，还有法律、政治制度、社会结构，以及其他一切你们所谓的世界观、人生观、价值观，等等。我都用文化一词加以概括。”

许波：“如何才能具备极高的道德？道德是对心灵的束缚吗？”

伏苍子：“当然不是，道德只是文化的一种。每个个体都对社会有深刻的认知，便会本能地知道哪些决策是对的，哪些是错的，从而避免做错误的事情。用你们的话说，这叫作‘随心所欲不逾矩’。”

许波：“可是对和错，有标准吗？由于每个人的立场都不同，你以为是对的，在别人眼里可能就以为是错的。”

伏苍子：“当然。无关他人之事，没有对错之说，可世间事又真能有多少无关他人？人类在倡导的个人主义，便是完全忽视了其所产生的社会性影响。智慧生物的本质是社会性。任何横向扩张欲望、扰乱社会发展方向的事，都是错的。人类不具备预言的能力，恐怕对此难以理解，很难知道自己的哪些行为会产生什么全局影响，但这对于拉瑞的依性预言家来说，计算其中利弊并不困难。”

许波：“这些逻辑我还是有点蒙，好像都是互为因果。”

伏苍子：“这不是逻辑，不是线性的因果关系，而是全局观测。”

许波：“我还是不太明白。好吧，我回去慢慢想想。那么对于人类的文明发展，你有什么建议吗？”

伏苍子：“不要试图构造凌驾于自然规律之上的社会结构，努力发展文化，时刻警惕文明阈值的距离。”

许波：“那以你对人类的了解，人类达到文明阈值了吗？”

伏苍子：“还没有，但是很接近了，因为你们个体的进化水平太低了，没有突破两性生殖，基因重组的可能性大大降低，导致你们很早就进化到了个体能力的上限。此外，你们的社会制度和文化水平都在最近两千年发生了巨大的退化。”

许波：“退化？怎么会？人类一直在快速进步啊！”

伏苍子：“对，进步与退化是指文化之于文明的水平而言。文明的进步超过了文化，这只能让文明阈值来得更快。你们必须重拾文化的发展。”

许波：“好，我知道了，谢谢你的建议，并且谢谢你们的帮忙。”

伏苍子：“不客气。”

（二）拉瑞的世界观

拉瑞档案

伏苍子：执性，XXX，西邑的王

淳于天：依性，YYY，西邑的预言家

雷烛：实性，ZZZ，西邑的首司

广傅：杂性，XYZ，西邑统治者的后代，王师，储君

挥夷彭：执性，XXX，西邑的王的继承者

风于罡：依性，YYY，西邑的预言家的继承者

融：实性，ZZZ，西邑的首司的继承者

希丹：杂性，XYZ，西邑总署署长

路端：西邑的死士

利辛格格：萨拉在野领馆外交官

安鲁瓦：萨拉总署署长

兰斯：萨拉总署副官

卡伯韦尔：萨拉罗门上决院院长

西邑/东邑/陶虞/弗朗/萨拉：拉瑞部族名

银生代：古拉瑞西邑部族所采取的纪年法

注：以上皆为音译。

拉瑞学科名词

文明演化学：拉瑞研究文明发展与自然进化关系的学科。

预言坍缩：两个依性拉瑞的预测能力越相近，越无法预测对方的行为，直到双方的预言在现实中形成唯一的表现。

洞穴困境：资源有限的情况下，物种只能进行负和博弈。

文明阈值：当一物种的文明进化程度超过自身进化程度时，包括基因进化，社会结构进化与文化进化便会起到反噬物种的作用，从而不可避免地走入灭亡。

万物博弈：所有个体向世界施加自己的博弈力，其合力方向便是宇宙发展的方向。

拉瑞的分类

全书共涉及三种拉瑞，在生物学分类上都属于蜥臀目，兽脚亚目，拉瑞科。

六千五百万年前，所有的拉瑞在生物学分类上属于“拉瑞科——古拉瑞属——古拉瑞种”。

陶虞与弗朗等部族的拉瑞掌握了高超的科玄，而西邑与东邑等部族的拉瑞则停留在原始阶段，但它们的第二性征能力是一样的。二者之间的关系如同在发达国家生活的人类与在原始部落生活的人类，虽然科技水平天差地别，但从生物学上讲，是同一种智人。

进入地壳之后，拉瑞都因为身处地壳深处而发生身体形态的演化，与地表时期已经形成生殖隔离，在生物学分类上属于“拉瑞科——拉瑞属”。

一千七百万年前，拉瑞开始产生分化，期间逐渐形成两种拉瑞。西邑一族始终处于原始状态，不断进化第二性征的禀赋；萨拉一族则走向了文明道路，在身体的精神力量开始停滞甚至退化的同时，掌握了高超的科玄。

西邑一族为“拉瑞科——拉瑞属——拉瑞种”，萨拉一族为“拉瑞科——拉瑞属——褪拉瑞种”。此两种间并不存在生殖隔离。

拉瑞的世界观

智慧生命对于世界的认知源于其自身的属性，而最为基本的属性是性别。对于人类而言，无论个别人因何目的如何宣称性别有几十种，其最为本质的区分依然是只有两种，因为人类只有X和Y两种染色体。因Y染色体有所缺失，YY不能存活，所以只有XY和XX两种性别。因病变而产生多条染色体的情况，也属于X和Y的排列组合。

不光人类如此，据现今人类的科学所知，地球上进行有性繁殖的生物大多如此。有的生物可以雌雄同体，有的生物可以雌雄互换，这也是排列组合与表现形式不同，而其本质依然为X和Y两种。比如，鸭嘴兽有十条染色体，理论上具有二十五种性别，但本质只有X和Y两种性染色体，也只能表现出两种性别。

所以，人类认知世界即源于此二元划分。人类的基础思维模式在一元与二元中徘徊。太极生两仪，以阴阳两种属性作为二进制基础。阴与阳的排列组合方式有四种，是为两仪生四象，再加一个变换位，即四象生八卦。

在此二元的基础之上，认识到“我者”与“他者”的存在，衍生出三元哲学。具备三元思考能力的人可以站在他者的角度，从万事万物的角度来考虑问题。

二元如不能融合，便成为二元对立。心灵与身体、存在与虚无、物质与精神、上帝与撒旦、天使与魔鬼，如此对抗的博弈方式，便不能融合演进，而是会坍缩至一元，让诸神演变为单一神。

一元的世界因其完全排斥任何不同，其自身便是引发冲突的根源。一元者误以为自我的精神世界与客观的外部世界是一个整体，认为只要自我认知更改，则世界必须更改。而每个人都如此，希望世界绕着自己转。这便引发了每个人都觉得自己有道理，而所争论之点却十分荒谬的现象。

拉瑞由于在进化中突变产生Z染色体，便具有了本质上的多元。三种染色体，便不仅仅是三种性别，而是七种大性别、十种小性别。所以在拉瑞的哲学认知中，世界在根本性上即为三元，又分为三元统一、三元对立、三元制衡，而三元的排列组合又可以派生至十元之多，拉瑞的思维便具备更强的包容性。

具体来说，世界物质分为依、执、实三大类。施动者属依，被动反应者属执，无须反应者属实。比如说，人类可说日为阳、月为阴，而拉瑞可说日因其发光而属依，月因其反光而属执，地球只接收二者的光而无须反应则属实。凡此种种，不一一列举。

	人类	拉瑞
基础元次	二元	三元
关系	统一/对立	统一/对立/制衡
派生元次	三元/四元	七元/十元

人类与拉瑞的元次比较

显然，地球上只有拉瑞是一种异类。其他生物依然只有两性，甚至自然界的许多特征也只有二元划分。

但从拉瑞的视角来看，它们不觉得自己是异类，反而觉得这样才是正常的。世界若想进步，智慧若想发展，必须增加基础元次。所有的有性生物的进化趋势都是到三性。

事实上这种趋势一直存在，只是没有被引爆。一些蜥蜴和爬行动物已经进化到了三种性染色体的初级阶段。比如，绿鬣蜥具有XYW染色体系统。雄性绿鬣蜥具有XY染色体，雌性绿鬣蜥具有ZW染色体，但绿鬣蜥的W染色体似乎在性别决定上不表达。此外，有一些袋鼠科动物具有XY_1Y_2染色体系统。随着时间的推演，动物界真有可能进化出真正的三性生物。

再往后，哪种生物是地球的主宰，取决于哪种生物可以率先进化至四元，乃至五元、六元。DNA本质为四元结构，其ATGC的排列组合是生命如此复杂的根本原因。如果这种复杂度可以从微观进化到宏观层面，生物进化便可以实现一个难以想象的飞跃。

从数学上讲，最为基础、最为本质的特征增加一，其排列组合的结果便能有阶乘级的增加，这是一种比指数级还要快速的爆发式增长。相应的，繁殖中的染色体重组可能性也有了阶乘级的提升，则进化效率与速度便也有了阶乘级的突破；个体的思想也是阶乘级的丰富，则社会结构的复杂度也能相应地阶乘级增长。最终其文明阈值便也是阶乘级增长。

拉瑞的文明演化学家称：三性智慧生物最多可以进化至直接操纵原子级别的物质；四性智慧生物可以在宏观层面操纵微观粒子，用微观粒子制造黑洞和白矮星等这般庞大的宏观现象；五性智慧生物还可以创造“创造物质”的方法，即改变物理化学之中的规律与常数。到了九性智慧生物，其元次多达两万余种，文明阈值已经近乎无穷大。

照此推论而言，时间并非衡量物种发展水平的有效指标。低元次世界在上百亿年才能发展到的水平，对于高元次世界的智慧生物来说不足百年即可到达。就好比金融资本主义阶段，有人在数年之间所积累的财富，是靠单一劳动自盘古开天辟地以来都无法积累的。

性染色体种类	有效排列组合数量
无性	1
两性	2
三性	10
四性	35

性染色体种类数量与性别数量的关系

四性组合（染色体为ABCD）35种具体为：

纯性4种：　AAAA | BBBB | CCCC | DDDD

双杂性18种：　AAAB | AABB | ABBB

AAAC | AACC | ACCC

AAAD | AADD | ADDD

BBBC | BBCC | BCCC

BBBD | BBDD | BDDD

CCCD | CCDD | CDDD

三杂性12种：　ABCC | ABBC | AABC

ABDD | ABBD | AABD

ACCD | ACDD | AACD

BCCD | BCDD | BBCD

四杂性1种：　　　ABCD

事实上，对于n种基础性别染色体，其所能组成的性别种类为：

$$\frac{(2n-1)!}{n!(n-1)!}$$

拉瑞的哲学观

对于人类所面临的终极哲学难题，拉瑞并无此类困惑。例如，“人存在的原因是什么”“人活着的意义是什么”“宇宙存在的意义是什么”“宇宙因何而存在”。

“意义”是一主观性质的词汇，如问“人存在的意义”，那么就必须限定：对谁的意义？这就将抽象之名词具体化，将问题变为“人存在的意义对于XX来说是什么？”否则这便是一个空洞的伪问题。但如果加上主语，无论主语为何，意义便转化为了作用。

如此一来，人存在的意义对于我来说是什么？就变成了对人的社会性分析。如果将“人”再具化，即我存在的意义对于石头来说是什么？这就变成了对二者作用关系的分析。

拉瑞可以洞见万事万物之本质，掌握万事万物之规律，也就不存在纯粹抽象的问题。拉瑞存在的意义是什么？这个问题便转化为拉瑞存在的意义对于XX是什么？然后拉瑞只需直截了当地穷举XX都是何物，便求得了此问题的解。

唯一的例外是“我存在的意义，对于我来说是什么？”这需要两步求解：第一步是“我存在的意义对于万物是什么”，第二步是“万物的存在对于我的意义是什么”。如此这般，意义这一抽象概念便又可以转化为作用。

这种作用与人类哲学中“功利主义”全然不同，而是站在宇宙演变的视角，从万物博弈的角度出发所诠释的“作用”。

而在拉瑞看来，更为简单的哲学难题无外乎立场不同、定义不同、功能不同，从而导致行为主体陷入难以分辨世界的状态。

宇宙存在的意义等问题与此雷同，依然可以转化为作用的问题。人类缺乏对于全局的判断，便会先入为主用“目的论”来假设，会假设所有存在之物都事先有一目的。如此一来，面对宇宙这一唯一本体之时，目的追问便陷入了死循环。

而拉瑞则全然不同意这般没有观测依据的说法。如若不然，便无法回答这一类问题：

“如果说此宇宙为某一智慧生物所造之物，那么此智慧生物所存在之彼宇宙又由何来？”

“如果我身处洞穴，洞穴之外的人又如何能得知自己不也在洞穴之中？”

“如果我身处梦境，做梦之人又如何能得知自己不也是在做梦？”

“如果我是虚拟之物，构造此虚拟世界之人又如何能得知自己不也是一段代码？”

如此这般便陷入了无限递归之中。故而基于“洞穴假说”这一理念所展开的各类虚拟推演存在的必要性便仅限于为此做好准备，而不是用来指导现实。人类的道家对这个问题也有所解答，即道自本自根自源，是为不可再提问的根本性原因。

至于从零到一是怎么形成的，也即存在的本源是什么，拉瑞认为这也是一个伪问题。假设世界什么都没有，宇宙也不存在，那么会随之而生一个问题：“为什么不会诞生宇宙？”无论宇宙诞生之初是什么模样，依然也可以问：“为什么不是别的模样？”所以如果一定要追问宇宙何以为宇宙，拉瑞就会认为这是万物博弈的结果。

而之所以人类有此类伪问题，是因为自我意识尚不全面。用拉瑞的话来说，以字母符号作为语言的半智慧生物，人类在此类问题上表现得尤为突出。拉瑞并不单纯地使用逻辑，而是将逻辑与综合观测相结合。

世界中可以被逻辑所拆解的部分对应人类的科学思维，而不可被直接认知的部分亦可被当作黑箱，而对黑箱整体的运作结果进行综合观测对应人类的玄学思想。这便是拉瑞科玄之术的由来。

许多问题是这样就是这样，没有目的。其存在是一种必然性，其与自身的关系与作用也是显而易见的。这是一种全局统筹性的观测。

了解清楚存在的意义，便能明白活着的意义。活着是存在的一种状态，其本身便是其意义。如有人宣称活着没有意义，只是其不具备自我意识而已。可用反证法得知，如果其活着当真没有意义，便会自杀。

在此类问题上，人类之所以会丧失自我意识，是因为没有意识到自己本身只是观察者，所谓“汝身非汝所有，天地委之形也”。而拉瑞具备完全的自我意识，便从根本上没有这类困惑。

（三）人类代码遗稿

人物档案

刘星莎：出生于2027年12月8日，射手座

卢兑震：出生于2016年8月19日，狮子座

魏子青：出生于2033年4月23日，金牛座

李文军：出生于2019年10月20日，天秤座

李咏之：出生于2023年11月3日，天蝎座

宋崖：出生于2025年9月9日，处女座

胡奇：出生于2024年3月16日，双鱼座

武司令：出生于1990年4月6日，白羊座

许波/许浪：出生于2036年12月29日，摩羯座

林冉：出生于2043年3月30日，白羊座

辛若涵：出生于2040年4月21日，金牛座

李毅坤：出生于2049年11月9日，天蝎座

陆才千：出生于2019年2月9日，水瓶座

周森：出生于2022年7月9日，巨蟹座

折云远：出生于2031年6月20日，双子座

溯源相似度程序伪代码

```
#训练生物进化规律
function train_evolution_rule (data, test_ratio, num_epochs):

    #从数据中划分出训练集和测试集
    train_data, test_data=split_data (data, test_ratio)

    #从数据中提取特征
    features=extract_features (data)

    #构建生物进化模型
    evolution_model=build_model (features)

    #编译模型
    compile_model (evolution_model)

    #训练模型
    train_model (evolution_model, train_data, num_epochs)

    #在测试集上验证模型
    test_model (evolution_model, test_data)

    #返回训练好的进化模型
    return evolution_model


#筛选出符合目标特征的生物
function filter_target_species (data, pruning_algorithm, target_feature):

    #对生命之库中所有生物应用剪枝算法，得到目标生物集
    target_species=pruning_algorithm (data)

    #对每一个目标生物运行生物进化模型，推演进化结果
    for species in target_species:
        evolution_result=apply_evolution_rule (species, evolution_model)

        #检查生物是否符合目标特征
        if check_feature (evolution_result, target_feature):
            output_results ("目标生物:" , species)
```

古生物骨骼拼接程序伪代码

```
function dinosaur_assembly (){
    //读取古生物骨骼数据
    fossil_data=read_fossil_data ()

    //穷尽所有拼接方案
    all_combinations=get_all_combinations (fossil_data)
    assembled_dinosaurs=[]
    for each combination in all_combinations:
        assembled_dinosaur=assemble_dinosaur (combination)
        if is_bipedal (assembled_dinosaur):
            assembled_dinosaurs.append (assembled_dinosaur)

    //输出结果
        output_results (assembled_dinosaurs)

}
```

智慧恐龙进化模拟程序增强学习伪代码

```
#初始化环境和智能体
environment=Environment ()
agent=Agent ()

#迭代训练
for episode in range (num_episodes):
    state=environment.reset ()
    done=False

    #每个episode内迭代
    while not done:
        action=agent.act (state)
        next_state, reward, done=environment.step (action)
        agent.update (state, action, reward, next_state)
        state=next_state

    #每个episode结束后更新模型
    agent.update_model ()

    #记录每个episode的累计奖励
    cumulative_reward=environment.get_cumulative_reward ()
    log (cumulative_reward)

#使用训练好的模型进行预测
state=environment.reset ()
done=False

while not done:
    action=agent.predict (state)
    next_state, reward, done=environment.step (action)

state=next_state
```

部署在地下城区块链上的死亡威胁智能合约伪代码

```
contract DeathThreat{
address public owner;
address public detector;
uint public detonationTime;
bool public hasDetonated;
bool public hasDinosaurLeft;      //智龙是否已经离开地下城
event BombExploded () ;           //引爆炸弹的事件
constructor (address_owner,address_detector) {、
    owner=_owner;
    detector=_detector;
    //设置时间戳，1小时后自动执行detonate函数
    detonationTime=block.timestamp+1 hours;
}
function dinosaurLeaves () public{
    //地下城检测器发现智龙离开，将调用此函数
    require (msg.sender==detector,"Unauthorized access" ) ;
    hasDinosaurLeft=ture;
}
function detonate () public{
    require (now>=detonationTime,"Not yet detonation time" ) ;
    require (!hasDetonated,"The bomb has already detonated" ) ;
    require (hasDinosaurLeft,"Dinosaur has left!" ) ;
    require (msg.sender==owner,"Unauthorized access" ) ;
    //将广傅身上的炸弹引爆
    hasDetonated=true;
    emit BombExploded () ;
    }
}
```

后记

本书是作者根据祖母刘星莎的回忆口述整理而成，对于拉瑞的观念阐述与人类的种种描写均不代表作者的立场。据祖母称，她讲述的都是真实经历，而不是哄小孩子编的故事。

但谁知道呢。就算如此，祖母的回忆又有多少是真实的，多少是潜意识加工的？这些都不得而知。祖母说她读了很多书，可以佐证她讲的故事，如《科学与文化融合考证史》《陨石灾难纪实录》《论拉瑞的三元哲学对人类的意义》《跨物种交流方法论》《21天精通身心修行》。

我对祖母讲述的地球历史充满了好奇，可惜，她所提及的这些资料均已亡佚。仿佛历史存在一个记忆断档，在这之后，人类关于此前的记录全部消失。

科幻还是历史，这真的重要吗？我们的世界，现在就是这个样子。世界在万物博弈之中前行，文明是博弈的工具。工具将发挥怎样的作用，是融合彼此，还是消灭对方，取决于使用工具的主人。

文明阈值是否终会降临？天下之为天下，人类和拉瑞能否共同做到？

故事的结局，只能留给时间。

后记